19.80

Justus Pfaue / Harry Baer
Bas-Boris Bode
Der Junge, den es zweimal gibt

Justus Pfaue / Harry Baer

Bas-Boris Bode
Der Junge, den es zweimal gibt

Hoch-Verlag · Düsseldorf
Österreichischer Bundesverlag · Wien

Einbandgestaltung GZK
unter Verwendung von Film-Dias
der Magnet-Film, Berlin

© 1985 by Hoch-Verlag, Düsseldorf
ISBN 3-7779-0378-7 (Hoch)
ISBN 3-215-06167-8 (ÖBV)
Druck: Hub. Hoch, Düsseldorf, 1985

Dieses Buch konnte nicht
ohne hilfreiche Unterstützung
von Marcus Schönbörner
und Janos Zsigmond v. Lemheny
entstehen.

Bas-Boris Bode war in seinem Eishockey-Team der harte Brocken, an dem keiner vorbeikam, bis zu jenem Tag im November, als er glauben mußte, vor acht Jahren gestorben zu sein.

1. Die Reise

Am Morgen seines achten Geburtstages bekam Bas-Boris von seinem Vater ein Paar Schlittschuhe. Am Abend hatte er sich den linken Unterarm gebrochen, weil er noch nicht richtig Schlittschuhlaufen konnte. Darauf folgte ein böses Telefonat zwischen Amsterdam, wo Rutger Bode, der Vater von Bas-Boris, lebte, und Annette Bode in Berlin. Die Eltern waren seit einem Jahr geschieden, weil Annette plötzlich glaubte, Rutger in einem Anfall von Schwachsinn geheiratet zu haben. Was aber nicht stimmte.
Rutger ist Holländer und betreibt in Amsterdam eine Galerie für zeitgenössische Kunst. Eigentlich schon die Kunst von morgen. Außerdem war er auch mal Fremdenführer in Curaçao, Kellner in Los Angeles und Rocksänger in Deutschland. Als Rocksänger hatte er Annette kennengelernt, und das kam so: Annette ist eine gefürchtete und gefeierte Operationsschwester. Von den Ärzten wird sie »Bloody Mary« genannt, weil sie seit Jahren auf der Unfallstation eisern ihren Dienst versieht. Und die holländische Rockband »The Coconuts« hatte einen Autounfall, und Rutger, den Leadsänger, hatte es übel erwischt. Linker Unterschenkel, rechter Oberschenkel gebrochen.
»Ihre Beine verdienen ihren Namen nicht mehr, mein Junge! Aber das kriegen wir wieder hin«, hatte Annette gesagt. So lernten sich Annette und Rutger kennen.
Eigentlich kannte Annette Rutger schon vorher. Die »Coconuts« hatten zu der Zeit einen Hit, der war so heiß, daß Annette, wenn sie diesen Song im Radio hörte, sich beim Autofahren immer anschnallte.

Herr und Frau Bode liebten sich noch immer, auch wenn sie jetzt geschieden waren. Die Scheidung war Schwachsinn, fand Bas. Und er hatte recht damit. – Wie das Telefongespräch ablief, kann man sich vorstellen ... Rutger legte seinen ganzen Charme in seine Stimme: »Annette, rate mal, wer hier ist.«
Charme hin, Charme her. Bei Annette zeigte er heute keine Wirkung.
»Was, ihr lebt noch? Ich kann's nicht glauben, daß du meine Nummer noch kennst. Rutger, seit Tagen warte ich auf deinen Anruf!«
Der arme Rutger hatte keine Chance, den Redeschwall seiner Frau zu stoppen. Die ließ ihn einfach nicht zu Wort kommen und plapperte munter weiter: »Ich will keine Entschuldigungen oder blöde Ausreden von dir hören, Rutger. Die kenne ich sowieso schon alle. Schließlich macht man sich als Mutter auch Sorgen!«
Rutger paßte einen günstigen Moment ab, als sie gerade Atem holte, und fuhr dazwischen: »Wenn ich auch mal was sagen darf, Frau Bode. Ich möchte dir ...«
Doch schon hatte Annette das Wort wieder an sich gerissen, und ein energischer Ton lag in ihrer Stimme:
»Lenk jetzt nicht ab. Wie geht es Bas?«
»Annette, Bas hat sich ...«
»Ja, klar. Ich weiß, Bas fühlt sich sehr wohl bei dir. Trotzdem, Rutger, ein für allemal, Bas bleibt bei mir in Berlin.«
Jetzt nutzte nur noch die Offensive. Rutger nahm allen Mut zusammen und legte los:
»Annette, Bas hat sich den Arm gebrochen.«
Die schien den letzten Satz gar nicht begriffen zu haben, denn sie wiederholte nur mechanisch:
»Er hat sich den Arm gebrochen ...«
Dann war etwa eine Minute Sendepause. Und nun legte Annette erst richtig los. Was sie jetzt sagte, war nicht mehr druckreif. Man kann es unmöglich wiedergeben. Bas selber hätte sich nie getraut zu sagen, was jetzt an Schimpfwörtern auf den armen Rutger niederprasselte.
Bas' Arm lag also in Gips, und er tat ihm außerdem höllisch weh.
Sein Vater war deswegen sehr bedrückt. Da ist der Junge schon mal

hier in Amsterdam, und dann passiert so was! Und das ausgerechnet beim Schaatsen. Schaatsen ist holländisch und heißt Schlittschuhlaufen. Wie lang manche deutschen Wörter sind, obwohl man sich auch kürzer ausdrücken könnte. – Nun, wie auch immer, irgendwann läßt auch dieser Schmerz nach. Wie heißt es doch so schön? Ein Indianer..., und Bas sowieso nicht. Annette hatte noch einige Male angerufen. Rutger war ans Telefon gegangen – und hatte dann doch nicht den Hörer abgehoben. Irgendwie hörte er am Klingeln des Apparates, wer am anderen Ende der Leitung war. Und dann ließ er es eben, weil er ganz genau wußte, was er wieder zu hören kriegen würde.

Nach ein paar Tagen hatte Bas kaum noch Schmerzen. Das merkte auch Rutger. So zeigte er seinem Sohn Amsterdam.

Natürlich kannte Bas die Stadt. Schließlich besuchte er seinen Vater nicht zum ersten Mal. Aber so eine richtige Stadtführung mit seinem Vater war doch was anderes! Amsterdam ist eine liebenswerte Stadt und für jeden Neuankömmling faszinierend. Eigentlich ist sie ein riesiges Freilichtmuseum. Wo man auch hinschaut, stehen ehrwürdige Häuser mit Jahreszahlen von 1590 bis 1630 oder so. Eigentlich alles Denkmäler. Beim zweiten Blick entdeckt man dann etwas Erstaunliches: die Häuser sind fast alle schief, mit kleinen Unterschieden, versteht sich. Manche dieser schönen Gebäude hat man mit dicken Holzbalken abgestützt, um das Schlimmste zu verhindern. Einige neigen sich bedrohlich nach vorne, andere scheinen zur Seite zu kippen. Und trotzdem wohnen Menschen darin. Warum auch nicht? Die müssen eben nur aufpassen, daß ihnen beim Kochen das Essen nicht aus der Pfanne rutscht.

Das alles sieht schon sehr komisch aus, hat aber seinen triftigen Grund und läßt sich schnell erklären.

Amsterdam ist ins Wasser und auf Sumpfboden gebaut. Um hier Häuser errichten zu können, mußten die Einwohner unglaublich viele Holzpfähle in den Untergrund rammen, worauf sie dann schließlich ihre Stadt gebaut haben. Wie nun jeder weiß, ist Holz nicht unbegrenzt haltbar. Das wußten natürlich auch die Amsterdamer. Und damit die Pfähle nicht so schnell verrotteten, wurden sie mit Tierfellen und

Häuten bespannt. Aber selbst das dickste Fell kann das Holz nicht über Jahrhunderte schützen. So verfaulen die Stützen doch und verschwinden im Grund. Mit ihnen senken sich die daraufstehenden Häuser, und da sie dies nicht gleichmäßig tun, entsteht der Eindruck einer Stadt mit lauter schiefen Häusern.

Die Kanäle, die Brücken, die Paläste, die einmaligen Häuser, die man heute in der Altstadt bewundern kann, stammen aus dem 17. Jahrhundert, dem berühmten »Goldenen Zeitalter« Amsterdams. Die Stadt nannte sich damals stolz »Herrin der Meere« – sie besaß einen der bedeutendsten Häfen jener Zeit.

Davon kann heute nicht mehr die Rede sein. Geblieben ist die Stadt mit ihren Kanälen, die hier Grachten heißen. Und weil es in Venedig auch Kanäle gibt, nennt man Amsterdam gerne das »Venedig des Nordens«.

Und noch ein Kuriosum: Die Häuser sind nicht nur schief, sondern außerdem auch schmal gebaut. Aber nicht aus Platzmangel, sondern weil man dem König früher entsprechend der Breite seines Hauses Steuern zahlen mußte. So wurde eben möglichst weit nach rückwärts gebaut und dadurch Steuer gespart. Der König verlangte dann aber auch noch eine Gardinensteuer. Und da er die nicht bekommen sollte, hängte man keine Gardinen auf. Diese Sitte hat sich erhalten. So sind bis auf den heutigen Tag in fast allen Wohnungen in Holland die Fenster ohne Vorhänge. Man kann bis tief ins Hausinnere hineinschauen und zusehen, wie die Menschen leben und arbeiten. So neugierig sind aber meistens nur die Touristen.

Die Galerie von Bas' Vater liegt in der Keizersgracht, in einem Patrizierhaus aus dem 17. Jahrhundert, das nicht ganz so schief ist wie die übrigen Häuser in der Straße. – Keizersgracht, Prinsengracht, Herrengracht, das ist das vornehme Amsterdam. Nicht ganz so vornehm wohnt man an den vielen anderen Grachten. Und weil Wohnungsnot herrscht, haben viele Menschen mit Booten vorlieb genommen, die umgebaut eine Wohnung ersetzen und deshalb Hausboote genannt werden. An manchen Grachten liegen so viele, daß man vor lauter Booten das Wasser nicht mehr sieht.

Wer einmal in Amsterdam ist, hat Schwierigkeiten, wieder davon

loszukommen. Das liegt an der Stadt, aber auch an den Holländern, einem ganz besonderen Menschenschlag. Freiheitsliebend sind sie, sehr gewitzt und vor allem gesellig.
Bas kennt dieses Land, seine Einwohner und die Stadt Amsterdam. Aber mit acht Jahren begreift man noch nicht so viel von der Welt, und sein Papi ist für ihn das Wichtigste in Holland. Und der fährt mit Bas ans Meer. Wo hat man schon so was in Berlin? Da gibt es nur den Wannsee. Aber was ist der im Vergleich mit der tosenden Nordsee.
Auf dem Weg zum Strand müssen Vater und Sohn durch ausgedehnte Dünenlandschaften fahren. Klar, das beeindruckt Bas schon mächtig. Riesige Sandberge, überwuchert mit Strandhafer, dem einzigen, was hier wächst. Das sieht nicht nur sehr malerisch aus, sondern ist auch wichtig für den Küstenschutz, denn der Strandhafer verhindert, daß der Sand der Dünen davongeweht und weggeschwemmt wird, vor allen Dingen bei den heftigen Stürmen im Winterhalbjahr. Die Niederländer wissen um die Gefahren des Meeres. Die Zauberformel heißt: Sturmfluten bannen, was aber wenig mit Zauberei zu tun hat. Denn was es mit den Niederlanden auf sich hat, sagt ja schon der Name. Das Land liegt unterhalb des Meeresspiegels. Gäbe es Deiche und Dünen nicht, die die Wassermassen zurückhalten, würde Holland aussehen wie Annettes Badezimmer vor ein paar Wochen.
Da war was los gewesen. Annette hatte gerade Wasser in die Badewanne einlaufen lassen, als das Telefon klingelte. Ihre beste Freundin war am anderen Ende der Leitung. Und wie jeder weiß, dauern Gespräche zwischen guten Freundinnen immer etwas länger. Und über dem neuesten Tratsch vergißt man so einiges. Auch das Badewasser. Die Wanne lief voll, dann über, und das herrlich duftende Schaumbad staute sich im Badezimmer. Just in diesem Moment kam Bas nach Hause. Er sah aus wie ein Schmutzfink. Ohne ihre Unterhaltung zu unterbrechen, deutete Annette streng in Richtung Badezimmer. Die Flutwelle, die Bas beim Öffnen der Tür überraschte, riß ihn fast um. Mit einem spitzen Schrei lief Annette zur Wanne, um den Wasserfall zu stoppen. Bas fand das eher komisch. Eine Plastikdose wurde zum Mini-Ozean-Dampfer um-

funktioniert und schwamm, von ihm dirigiert, lustig auf den Wellen des Wohnzimmers. Das war, wie gesagt, erst kürzlich passiert.
Die Nordsee aber hat nun mal ein bißchen mehr Wasser, und Holland ist kein Badezimmer. Die Folgen einer großen Flutkatastrophe kann sich jeder selbst ausmalen.
An all das muß Bas denken, als er hier mitten in dieser Dünenlandschaft ein großes Haus entdeckt, das einsam in den Sandbergen steht. Von einem Haus zu sprechen wäre eigentlich stark untertrieben. Es ist vielmehr eine Art Schloß mit Türmen, Seitenflügeln und einem weitläufigen Park. Rutger bemerkt, mit welchem Interesse Bas auf das Schloß schaut. Ein heftiger Wind kommt auf.
»Eigentlich ist es ja verboten, hier in den Dünen Häuser zu bauen. Aber das Schloß steht schon seit vielen Jahren da, und abreißen kann man es nun auch nicht mehr. Übrigens wohnt Mijnheer van Gulden drin. Du weißt doch, der Mann, der die wertvollen Bilder sammelt. Ich hab dir doch mal ein Buch gezeigt.«
Das stimmte. Es waren wirklich tolle Bilder darin gewesen, von berühmten Malern. Von van Gogh, Manet, Picasso und vielen anderen mehr. Aber das hatte Bas damals nicht so sehr interessiert, wie er sich zu erinnern glaubt, und außerdem tut ihm jetzt der gebrochene Arm auch wieder höllisch weh.

Während Vater und Sohn sich draußen gegen den Wind stemmen, sitzt Mijnheer van Gulden im Schloß an seinem mächtigen Schreibtisch und erledigt die Korrespondenz.
Frans van Gulden sieht für seine 55 Jahre noch recht gut aus. Er ist ein strengblickender, äußerst korrekt gekleideter und sehr reicher Mann. Seine Leidenschaft gehört dem Sammeln von Kunstwerken. Er kann die umfangreichste und bedeutendste private Kunstsammlug der Niederlande sein eigen nennen. Die Liste seiner Meisterwerke von Rembrandt, Breughel, Cézanne, Manet, Picasso, um nur einige große Maler zu nennen, kann es mit den Sammlungen mancher Museen dieser Welt aufnehmen.
Von seinem Schreibtisch aus kann er sein Lieblingsbild sehen. Van Gogh

hat es vor langer Zeit gemalt. Es zeigt einen Fischerjungen in Ölzeug. Den alten Mann erinnert es an seinen Enkel Vincent, der erst vor zwei Monaten mit seinem Vater Leo van Gulden aus Australien herübergekommen ist und seitdem im Schloß lebt. In dieser kurzen Zeit hat der kleine Vincent das Herz des alternden Mannes erobert. Sein Enkel ist zu seinem Lebensinhalt geworden.

Frans van Gulden hat seine Korrespondenz unterbrochen und schenkt sich aus einer Silberkanne Tee ein. Wie immer süßt er ihn reichlich, mit sechs Löffeln Zucker. Dann ruft er nach seinem Enkel.

Doch Vincent ist nicht in seinem Zimmer, und auch Hendrikje, die Haushälterin, weiß nicht, wo er steckt. Frans van Gulden ist beunruhigt. Er trinkt hastig seine Tasse leer. Besorgt schaut er auf das van Gogh-Gemälde. Dann blickt er auf die Standuhr. Sie zeigt halb fünf. Die Haushälterin räumt den Tee ab.

»Meistens schleicht er sich hinten hinaus, wenn er zum Strand will«, sagt sie.

Mijnheer van Gulden wirft ihr einen ungehaltenen Blick zu.

»Nicht bei diesem Wetter, Hendrikje. Sie sollten ihm das untersagen. Ein für alle Mal. Auch wenn er angeblich in Sydney hervorragend gesegelt sein soll. Von seinem Vater hat Vincent das jedenfalls nicht gelernt. Der ist ein miserabler Sportler.«

Hendrikje zuckt mit den Schultern. Beunruhigt hat sich Mijnheer van Gulden erhoben und ist ans Fenster getreten, er schaut in die Dünen hinaus. »Suchen Sie das Haus ab!« Vom Keller bis zum Dachboden! Vielleicht will Vincent uns ja nur foppen.«

Ein heftiger Sturm fegt um das Schloß. Der Wind peitscht den Strandhafer. Es ist wie so oft in dieser Gegend. Die Landschaft am Meer hat nun nichts Liebliches mehr an sich.

Die Suche nach Vincent bleibt erfolglos. Sein Segelzeug ist ebenfalls verschwunden. Den alten Mann beschleicht eine furchtbare Ahnung.

»Ich suche draußen nach ihm.«

Er verläßt das Haus über eine der zahlreichen Treppen und Balkone und stürmt durch den Park in die Dünen.

Bas kann sich vom Anblick der sturmgepeitschten Landschaft am Meer nicht losreißen. Da entdeckt er einen Mann, der aufgeregt in den Hügeln umherrennt. Er ruft immer wieder etwas, das wie Vincent oder so ähnlich klingt. Doch Bas kann es nicht richtig verstehen. Rutgers Auto fährt weiter in Richtung Strand, und Bas verliert den seltsamen Mann aus den Augen. Außerdem hat er schon wieder etwas Neues erspäht. Einen Leuchtturm. Und so ein Turm hat schon etwas Beeindruckendes. Besonders wenn man acht Jahre alt ist und so ein Ding zum erstenmal sieht.

»Das ist schon was, nicht wahr, Bas? Damit zeigt man den Schiffen den Weg, besonders bei schlechtem Wetter. – Hey, Bas!«

Rutger hat bemerkt, daß der Junge ganz fasziniert aufs Meer schaut. Kein Wunder, denn heute macht die Nordsee ihrem Ruf als »Mordsee« alle Ehre. Haushohe Brecher donnern auf den Strand und scheinen jedesmal ein Stück Land mit sich zu reißen. Schaumkronen tanzen auf den Wellen. Ein Teufelstag.

Irgendwo treibt ein kleines Segelboot kieloben im Wasser. Der Sturm hat es wohl losgerissen. Die Wellen scheinen sich einen Spaß daraus zu machen, die Jolle wie einen Ball hin und her zu werfen. Vater und Sohn haben das Auto neben dem Leuchtturm abgestellt und schauen aufs Meer. Ein kalter Wind schlägt ihnen entgegen.

»Bas, komm, du erkältest dich. Laß uns etwas Heißes trinken! Ein gebrochener Flügel und eine Grippe wären zu viel auf einmal. Das verzeiht Mami mir nie.«

Rutger hat recht. Dagegen läßt sich nichts sagen. Der Wind pfeift schon arg kalt daher. Bas greift nach der ausgestreckten Hand seines Vater.

»Papi, ich will Kakao, aber nur so, wie ihn Mami macht.«

Rutger zieht Bas Boris in ein Strandcafé am Ende der Promenade. Außer Rutger und Bas sind keine anderen Gäste im Lokal.

In den Dünen folgt van Gulden hier und da sichtbaren tiefen Fußabdrücken im Sand. Seine Augen suchen das Meer ab. Er erblickt das gekenterte Boot, kieloben in der Dünung treibend. Er läuft zum Strand. Außer Atem, ungeachtet der Kälte und der stürmischen See,

geht er ins Wasser, um die treibende Jolle zu erreichen. Im Wasser findet er einen Segelstiefel. Fassungslos und entsetzt starrt er das Gummiding an. Die Haushälterin kommt herangelaufen. Sie weint. Mittlerweile steht van Gulden schon bis zum Bauch in der kalten Nordsee. Er gibt den Kampf gegen die Wellen auf und kehrt um.
»Holen Sie schnell Hilfe«, schreit er Hendrikje an.
Die Haushälterin rennt quer über den Strand zur Promenade.

Die Serviererin bringt eine Tasse Kakao und einen Grog für Vater und Sohn.
»Papi, warum können wir nicht zusammenwohnen? Du bei uns in Berlin oder wir bei dir in Amsterdam«, fragt Bas.
Fast sentimental rührt Rutger in seinem Grog. Er blickt seinen Sohn nicht an, sondern schaut verlegen aus dem Fenster.
»Weißt du, Mami und ich haben uns gestritten. – Dumm, nicht?«
Ein lautes Sirenengeheul rettet den Vater vor der Antwort. Welchen Jungen läßt Sirenengeheul und Blaulicht schon kalt? Selbst eine heiße Schokolade an einem kalten Tag kann nicht so heiß sein, daß Bas nicht ans Fenster rennen würde. Auf der Strandpromenade fährt ein Rettungsfahrzeug vorbei und Polizeiautos und und und . . .
Bas ist kaum zu halten. Neugierig drückt er die Nase an die Scheibe, um ganz nah am Geschehen zu sein. Er will zur Tür rennen. Rutger hält ihn zurück.
»Papi, komm schnell, da ist was passiert, unten am Strand«, ruft Bas.
»Zuerst wird der Kakao ausgetrunken. Und dann geh ich und schau mal nach, verstanden?«
Und Papi ist nun mal der Chef. Also!
Was das Sirenengeheul schon andeutete – jetzt ist alles klar. Am Strand läuft eine großangelegte Rettungsaktion ab. Ein weiterer Polizeiwagen ist dazugekommen. Und ein Lastwagen von der Armee. Und das ist das Tollste: Ein richtiges Seenotrettungsboot kämpft draußen gegen die hohen Wellen an. Die Männer darauf sind als grelle, orangefarbene Punkte zu erkennen. Überall die zuckenden Blitze der Blaulichter der

Rettungsautos und der Polizei. Die ersten Neugierigen laufen zusammen. Selbst bei diesem Sauwetter.
Das kleine Segelboot wird eingebracht und an Land gezogen. Es ist leer. Der Mast hat sich aus seiner Verankerung gelöst. Selbst die beiden Sprungleinen sind gerissen. Von Vincent findet sich keine Spur. Mijnheer van Gulden beobachtet das Geschehen. Er ist wie erstarrt. Er blickt auf das kleine Boot und schließt die Augen, so als begreife er erst jetzt die ganze Wahrheit.
Frans van Guldens Sohn Leo kommt zu Unfallstelle geeilt. Er sieht die Haushälterin Hendrikje und umarmt sie spontan. Beide haben Tränen in den Augen. Es ist erschütternd, den beiden zuzusehen. Leo tritt zu seinem Vater und legt ihm die Hand auf die Schulter. Der alte Mann wehrt sie mit einem heftigen Schütteln ab. Nicht einmal in diesem Moment will er seinem Sohn Leo nahe sein. Abgrundtiefe Verachtung spricht aus seinem Blick.
Aber so war es nicht immer gewesen. Es hatte Zeiten gegeben, da hatte Frans van Gulden seinen Sohn genauso geliebt wie heute seinen Enkel Vincent. Leos Mutter war bei seiner Geburt gestorben. Und das hatte der alte Mann seinem Sohn, auch wenn er es sich nie eingestanden hat, nicht verziehen. Die unermeßliche Liebe, die früher seiner Frau gegolten hatte, hatte er zwar zunächst auf den kleinen Leo übertragen. Der Junge wuchs auf in Reichtum und Überfluß; so lebte er, bis er anfing zu denken. Doch da brach plötzlich eine Welt zusammen für den Kleinen. Der Grund war das Verhalten seines Vaters, Frans van Gulden. Der nämlich mußte erkennen, daß in Leo nicht seine über alles geliebte Frau weiterlebte, sondern daß er ein Mensch mit eigenem Wesen und eigenen Gedanken war. Sein Sohn natürlich, aber auch gleichzeitig der Mensch, der ihm das genommen hatte, was er am meisten geliebt hatte in seinem Leben.
Er begann seinen Sohn zu hassen, erschrak aber auch, als ihm dieser Gedanke bewußt wurde. Und diese Abneigung spürte natürlich auch Leo. Vater und Sohn entfernten sich immer mehr voneinander. Nur, ein kleiner Junge kann mit solchen Problemen nicht so einfach fertig werden. Leo flüchtete sich in eine Scheinwelt, und er entdeckte

die Fotografie, mit der er sich seine eigene Welt aufbauen konnte. Die Beziehung zu seinem Vater reduzierte sich auf das Nötigste. Und als Leo alt genug war, verließ er das Haus seines Vaters, um in Amsterdam seinen Vorstellungen vom Leben nachzujagen. Doch all seine Versuche, eine eigene Existenz aufzubauen, schlugen fehl. So mußte er immer wieder und immer häufiger auf das Geld seines Vaters zurückgreifen, was der nur mit höhnischem Gelächter quittierte.

Vor zwei Monaten war Leo mit seiner Frau und seinem kleinen Sohn Vincent aus Sydney zurückgekommen. Der kleine Vincent hatte im Sturm das Herz des alten Mannes erobert. Wahrscheinlich auch deshalb, weil van Gulden an ihm die Fehler seines Lebens wieder gutmachen wollte. Seit Vincent im Schloß lebte, war Frans van Gulden wie verändert. Er duldete sogar die Nähe seines Sohnes und dessen Frau.

Und jetzt mußte so etwas Unfaßbares passieren.

Das Spektakel am Strand läßt Frans van Gulden wieder zu sich kommen. Sein Gesicht, fast zur Maske erstarrt, bekommt neues Leben. Er wendet sich den ratlos herumstehenden Männern zu, deren Gesichter Vater und Sohn gegenüber Teilnahme ausdrücken.

»Schauen Sie nicht herum! Suchen Sie ihn. Suchen Sie meinen Enkel«, faucht er sie an.

Ein neuer Polizeiwagen kommt zum Unfallort gefahren. Ihm entsteigt ein Beamter in Zivil. »Maazel, Kriminalpolizei. Inspektionsassistent«, stellt er sich Mijnheer van Gulden vor. Dann folgen die üblichen Ermittlungsfragen. Seit wann Vincent vermißt werde. Wie er das Haus verlassen habe. Seit wann er bei van Gulden lebe usw. Obwohl er ständig mit Gewalt und Verbrechen konfrontiert wird, merkt man dem jungen Kripobeamten an, daß dieser Unfall auch ihn nicht unbeteiligt läßt.

Die Haushälterin Hendrikje kann ihre Tränen nicht mehr unterdrükken und lehnt sich jetzt hemmungslos weinend an Leos Schulter. Dabei fällt Leos Kamera beinahe in den Sand. Van Gulden wirft den beiden einen ungehaltenen Blick zu.

»Ich habe im Augenblick keine weiteren Fragen an Sie, Mijnheer van Gulden. Ich müßte aber Ihren Sohn Leo bitten, die Fußspuren Ihres Enkels und das Boot zu fotografieren. Bevor ein Polizeifotograf kommt, hat die Flut alle Spuren verwischt. Sie verstehen!«
»Tun Sie, was Sie tun müssen, aber finden Sie meinen Enkel!«
Leo hat es gehört, nickt und nimmt seine Kamera. Der Inspektor deutet mit einem Stecken auf die Details, die ihm wichtig erscheinen und die er abgelichtet haben möchte.

Rutger und Bas stehen oben am Geländer der Promenade und beobachten das Geschehen unten am Strand. Bas ist ganz aufgeregt, springt von einem Bein aufs andere. Seinen gebrochenen Arm hat er vergessen. So viele Polizeiautos und dazu noch die Rettungskolonnen! So was hat er noch nie gesehen.
Leo fotografiert. Zuerst die Spuren, wie es der angehende Inspektor wollte. Dann die Landschaft und das allgemeine Treiben: Das Boot. Klick. Die Rettungsmannschaften. Klick. Den Leuchtturm, lange Brennweite. Klick. Dann gerät auch Bas ins Bild. Klick.

Daß es schon wieder zurück nach Amsterdam gehen soll, gefällt Bas überhaupt nicht. Rutger hat sein Auto in der Nähe des Leuchtturms geparkt. Er schließt die Beifahrertür auf. Obwohl Bas das Treiben am Strand immer noch fesselt, steigt er ein. Da fährt der Rettungswagen der Küstenwache über den Boulevard zurück. Und noch ein Polizeiwagen. Und noch einer. Die Serviererin aus dem Café, die auch auf die Straße gelaufen ist, fragt, was denn passiert sei. Neugierig reckt Bas seinen Hals. Der Fahrer des Rettungswagens hält.
»Ein kleiner Junge ist verunglückt. Schrecklich! Mein Junge segelt auch bei diesem Wetter.«
Dann fährt er weiter, und die Serviererin geht zum Strand hinüber.
»Komm, Bas«, sagt Rutger. Natürlich hat auch er zugehört. Er schüttelt fassungslos den Kopf, steigt ein und fährt davon. Im Rückspiegel sieht er noch, wie die Küstenwache ein Boot über die Dünen schiebt. Dann biegt er ab. Rutger konzentriert sich auf den Verkehr, Richtung Amster-

dam. Schließlich ist Hauptverkehrszeit. Da hat er alle Hände voll zu tun.
Es ist Abend geworden. Der Sturm hat sich gelegt. Im Haus der van Guldens brennen viele Lichter, die Fenster sind erleuchtet. Durch den Haupteingang verlassen zwei Küstenwachleute das Haus. Hendrikje begleitet die beiden Männer der Seenotrettung. Einer der beiden im grellen Overall versucht etwas zu sagen, aber Hendrikje winkt ab. Sie zieht ein paar Gulden hervor.
»Für die armen Seelen«, sagt sie und drückt den Männern das Geld in die Hand.
An deren Gang und an der Art und Weise, wie sie vorsichtig die Haustür schließen, sieht man, daß sie eine schlechte Nachricht überbracht haben. Langsam entfernen sie sich vom Schloß.

Mijnheer van Gulden sitzt auf einem Stuhl unter dem Gemälde des Fischerjungen. Die Ellenbogen hat er auf die Knie gestützt und sein Gesicht in den Händen vergraben.
Auch Leo ist in der Halle. Seine rotgeäderten Augen verraten seinen Schmerz.
Van Gulden scheint seit den Ereignissen am Strand um Jahre gealtert zu sein. Er hebt seinen Kopf ein wenig.
»Sie werden Vincent nie finden. Auch wenn sie morgen weitersuchen. Was das Meer einmal verschlingt, gibt es nicht mehr preis.«
Er geht auf seinen Sohn zu. Seine funkelnden Augen drücken seine Abscheu aus.
»Deine Frau ist auch gegangen, hat das Haus verlassen. Alles deine Schuld.«
Er tritt noch näher an Leo heran.
»Das einzige, was du wolltest, war Geld, stimmt's?«
Leo reagiert nicht. Schweigend und hilfesuchend blickt er die Haushälterin an, die den Tee serviert. Sie hat den letzten, heftig hervorgestoßenen Satz des alten van Gulden mit angehört. Nur mühsam kann sie die Fassung wahren. Van Gulden macht ihr jetzt bittere Vorwürfe, daß sie nicht besser auf Vincent achtgegeben habe. Wäre sie

aufmerksamer gewesen, hätte der schreckliche Unfall nicht passieren können.
Auf seiner Ablage liegt der kleine Gummistiefel, den er aus dem Meer gefischt hat. Er nimmt ihn nun in die Hände, schaut ihn gedankenverloren an. Seine Finger krallen sich förmlich in den Schuh.
»Du hast dein Leben selber zerstört, Leo, und heute auch meins«, stößt er hervor. Dann wendet er sich ab und verläßt die Halle, ohne sich noch einmal umzublicken.

An diesem Abend kann Bas nur schwer einschlafen. Der Tag war so aufregend. Natürlich kreisen seine Gedanken um das Geschehen am Strand. Außerdem geht es morgen wieder zurück zu Mami nach Berlin. Es ist auch zu dumm, daß Papi nicht mit will und Bas ihn immer nur für ein paar Wochen in den Ferien sehen kann. Es muß doch eine Möglichkeit geben, wieder wie eine richtige Familie zusammenzuleben. Bas beschließt, etwas zu unternehmen. Jedenfalls beim nächsten Mal. Oder später. Er wird es schon schaffen, irgendwann, wenn er halt ein bißchen älter ist. Dann heiratet er Annette, und dann kann der Rutger mal sehen, wo er bleibt. Und dann...
Da schläft er ein. Ganz fest und tief.

Beim Frühstück sieht Bas gar nicht glücklich aus. Verdrossen kaut er auf dem Brot herum. Irgendwie schmeckt ihm heute gar nichts. Selbst der Kakao nicht. Dabei hat Rutger sich Mühe gegeben. Und das Jo-Jo-Spiel will auch nicht gelingen. Andauernd verheddert sich die Schnur, so daß Bas es ärgerlich auf den Frühstückstisch legt.
Rutger ist ins Kinderzimmer gegangen, um Bas' restliche Sachen zu holen. Er stellt das Reisegepäck auf den Schreibtisch in der Galerie, neben die Fotos von Bas und seiner Mutter. Die neuen, nur einmal benutzten Schlittschuhe hängen an den Griffen des Koffers.
Mit klirrendem Scheppern wird die Haustür von außen geöffnet, die mechanische Glocke läutet. Der Briefträger steht in der Tür und hält Bas die Post für Rutger und die Tageszeitung entgegen.

Bas nimmt den Stapel und bringt ihn seinem Vater. Während Bas seinen Kakao austrinkt, blättert Rutger die Zeitung schnell durch. Die Titelzeile berichtet von einem Segelunglück an der Küste, bei dem ein achtjähriger Junge ums Leben gekommen ist.
»Wir müssen jetzt aber zum Flughafen, Bas. Zieh deine Jacke an.« Rutger legt die Zeitung achtlos weg und verdeckt das Jo-Jo, das Bas dann auch vergißt. Aufbruchstimmung. Die Koffer in der Hand verlassen sie die Galerie. Die Stimmung ist gedrückt.

Auch im Schloß van Guldens ist die Stimmung gedrückt. Mijnheer van Gulden steht in der Wohnhalle und betrachtet die Fotografie eines achtjährigen Jungen, die in einem Silberrahmen steckt. Leo steht seinem Vater gegenüber.
»Die habe ich in Sydney gemacht, vor drei Monaten. Da lebten wir drei noch glücklich zusammen.«
Van Gulden wendet sich ab und stellt die Fotografie neben das Bildnis des Fischerjungen. Er deutet auf einen Briefumschlag, der auf dem Tisch liegt. Er ist prall gefüllt mit Banknoten. Und ohne Leo noch eines Blickes zu würdigen, sagt er:
»Nimm das! Komm nur noch in dieses Haus, wenn ich dich rufe. So, und jetzt geh!«
Die Haushälterin betritt mit einem Tablett die Halle. Fragend schaut sie Leo an, nachdem sie das Foto erblickt hat. Der zuckt mit den Schultern, so als wolle er etwas zu verstehen geben. Dann verläßt er wortlos das Haus.
Das war vor acht Jahren.

Inzwischen hat Bas gelernt, auf Schlittschuhen zu laufen. Und das sogar sehr gut. So gut, daß er der Jugendmannschaft eines Berliner Eishockeyvereins beigetreten ist. Bas hat es bis zum Stürmer und Spielmacher in seiner Mannschaft gebracht. Daß Bas sich vor acht Jahren in Amsterdam seinen Arm ausgerechnet bei den ersten Gehversuchen auf Schlittschuhen gebrochen hat, wurmt ihn heute noch. Annette hat er das Versprechen abgenommen, niemandem aus dem Team der »Eisbären«, so heißt seine Mannschaft, auch nur die leiseste Andeutung zu machen. Ein Schwur, den sie bis heute noch nicht gebrochen hat.

Ansonsten hat Bas keine spür- oder sichtbaren Mängel. Er ist ein Junge, der mit seinen sechzehn Jahren durchweg gute Eigenschaften hat. Außerdem ist er auch noch ein exzellenter Schüler, der obendrein bei seinen Klassenkameraden und besonders bei den Mädchen in hoher Gunst steht. Das geht selten zusammen. Denn ein Streber ist Bas nun wirklich nicht!

Seine Leidenschaft gilt dem Eishockey. Jede freie Minute verbringt er auf dem Eis. Kondition und Fitness zeichnen ihn aus. Und Training im Kraftraum. Die anderen »Eisbären« bewundern so viel Einsatz. Als es dann darum geht, einen neuen Kapitän für die Mannschaft zu bestimmen, ist es keine Frage, daß sich alle für Bas entscheiden. Klar, so ein harter Knochen ist das beste Aushängeschild für die »Eisbären«.

Um ihren nach Eishockey süchtigen Sohn wenigstens noch dann und wann einmal zu sehen, hat Annette beschlossen, die »Eisbären« beim Training zu betreuen. Während der Turniere natürlich auch. Schließlich ist sie ja Operationsschwester auf einer Unfallstation. Da wird sie mit ein paar Schrammen und blauen Flecken, mit denen die Jungen regelmäßig vom Eis kommen, allemal fertig.

Eishockey ist eine der härtesten und schnellsten Sportarten der Welt. Die Spieler werden etwa alle zwei Minuten ausgewechselt. Das hat seinen guten Grund. Die schnellen Sprints beim Angriff und Konter ermüden und treiben den Schweiß aus allen Poren. Es ist kein Sport für empfindliche Nasen. Das weiß Annette. Wer schwitzt, hat auch Durst. Sie hält immer ein paar Flaschen mit speziellen Durstlöschern bereit. Die braut sie nach eigener Rezeptur zusammen. Mit Mineralien und solchem Zeug. Genaues weiß keiner. Aber Doping ist nicht »drin« bei Annette.

Die »Eisbären« wissen, was sie an der Frau haben. Ihre Massagen nach dem Spiel in der Kabine sind besonders geschätzt.

Lutz zum Beispiel kann gar nicht genug davon haben. Der erfindet immer neue Prellungen und Stauchungen, um ja möglichst lange auf der Massagebank durchgeknetet zu werden. Das tut so richtig gut.

Lutz ist auch ein spezieller Typ. Die Meinung anderer kümmert ihn wenig. Er macht das, was ihm gefällt. Wahrscheinlich mag Bas ihn deshalb so gern. Die beiden sind dicke Freunde. Obwohl es so aussieht, als hätten sie nichts gemeinsam. Außer Eishockey natürlich. Lutz macht jede Mode mit, aber auf seine Weise. Ideen hat er, das muß man zugeben. Er ist zwar nicht nach jedermanns Geschmack, aber... Seine Haare sind heute blond und morgen schwarz. Je nach Lust und Laune. Hinten kurz und vorne lang, oder vorne schief und mit Treppen hinten. Er ist der Star der »Eisbären« und der Liebling der Fans, besonders der Mädchen, und ein Konkurrent für unseren Bas. Lutz ist eben Lutz, und jede Beschreibung erfaßt nur einen Teil, nie das Ganze. Der Rückhalt der Mannschaft ist Snoopy. Das ist natürlich nicht sein richtiger Name. Eigentlich heißt er Theodor. Der Theodor, der Theodor, der steht bei uns im Fußballtor, hieß es mal in einem alten Schlager. Aber beim Eishockey nennt man das Tor »Goal«. Den Torhüter logischerweise »Goalie«. Für diese Position hat Snoopy mit seiner beeindruckenden Leibesfülle die besten Voraussetzungen. Die allein reicht schon für mehr als das halbe Tor. Den Rest des »offenen Loches« muß er mit seinem Spiel verteidigen. Und das macht er nicht schlecht. Wenn sein eindrucksvoller Körper blitzschnell in Aktion tritt, sind gegnerische Angreifer überrascht.
Oft genug stört das Tänzeln des Dicken die Gegner so sehr, daß sie vergessen, auf den Kasten zu schießen. Snoopy hat so manche Eigenschaften, die man ihm nicht zutrauen würde. Sein unschlagbarer Humor hat schon einige Herzen gebrochen. So ist das nun mal. Kugelrund ist er schon, aber für seine Freunde geht er durch dick und dünn.
Zusammen sind sie schon eine starke Truppe. Auch mit dem Vierten in dieser Runde ist nicht gut Kirschen essen. Theo ist zwar der Kleinste und spindeldürr. Das ginge ja noch. Aber dazu trägt er auch noch gelb-schwarz gestreifte Hosen. Hauteng natürlich. Nicht nur, daß er daherkommt wie ein Kartoffelkäfer auf Storchenbeinen, er raucht auch noch wie ein Schlot. Und das will ein Sportler sein. Unglaublich!

Wenn Theo und Snoopy nebeneinanderstehen, sieht das aus wie »Dick und Doof«. Bloß, so tölpelhaft wie die beiden Filmkomiker sind sie nun wirklich nicht. Jedenfalls nicht auf dem Eis.
Das also sind Bas' beste Freunde. Lutz, Snoopy und Theo. Natürlich hat er auch noch andere. Noisy zum Beispiel. Dieser Krachmacher hat seinen Spitznamen nicht umsonst.
Oder Toni, der Schönling, und und . . .
In Amsterdam wird er noch einige neue Freunde hinzugewinnen. Ohne die würde Bas heute vielleicht nicht mehr leben. Das weiß er nur noch nicht.
Zunächst einmal freut er sich mit seiner Mannschaft, daß sie die Qualifikation nach Amsterdam geschafft haben. In ein paar Tagen soll es losgehen.
»Kaaskop – wir kommen!« Das ist der Schlachtruf!
Annette muß da natürlich mit. Wenn Bas das nicht freut, wen dann? Papa in Amsterdam, Mutter in Amsterdam und Sohn in Amsterdam! Bas ist mehr als erfreut. Gibt's da nicht eine neue Chance für die beiden? Was heißt für die beiden, für die Familie! denkt sich der Junge und ist glücklich.
Auch Rutger Bode freut sich, daß Bas kommt. Und schließlich und endlich sieht er Annette wieder. Ob sie sich sehr verändert hat? Auch an ihm sind die Jahre nicht spurlos vorübergegangen. Die ersten grauen Haare sind nicht zu übersehen.
Zufrieden schaut er sich im Ausstellungsraum seiner Galerie um. Hier findet gerade eine kleine Vernissage statt. Vernissage, das ist die Eröffnung einer neuen Ausstellung. Die von ihm eingeladenen Gäste sind dabei, sich die gezeigten Bilder anzusehen. Es ist, wie immer in Amsterdam, ein bunt zusammengewürfeltes Völkchen. Flippige Künstler, seriöse Geschäftsleute und Studenten. Damen und Herren der Gesellschaft. Jung und alt. Galerie Bode hat sich mit der Zeit einen festen Platz unter den angesehensten Kunsthandlungen Hollands erobert. Das liegt nicht zuletzt an Rutgers sicherem Spürsinn für junge, talentierte Künstler. Damit sorgt er regelmäßig für Aufsehen in der Amsterdamer Kunstszene. Selbst große Kunstsammler lassen sich

gerne von Rutger beraten. Und die Maler schätzen das größere Publikum, das er anzulocken versteht.
Auch diesmal scheint die Ausstellung ein großer Erfolg zu werden.
Begeistert gehen die Leute durch die Räume des alten Hauses und bewundern die Bilder.
Ein alter Herr geht auf Rutger zu, faßt ihn vertraulich am Arm und zieht ihn mit sich, dabei heftig auf ihn einredend.
»Herzlichen Glückwunsch, Rutger. Sie haben wieder den richtigen Riecher gehabt.«
Komplimente hört jeder gern. Besonders, wenn sie vom Direktor des Rijksmuseums kommen. Das ist schon eine Auszeichnung. Rutger strahlt übers ganze Gesicht.
Ein neuer Besucher ist auf der Bildfläche erschienen. Der Direktor hat ihn sofort entdeckt und macht Rutger auf ihn aufmerksam.
»Schauen Sie, das ist Leo van Gulden. Der Sohn vom alten van Gulden. *Dem* van Gulden.«
Doch Rutger macht eine ausweichende Handbewegung, die wohl bedeuten soll, vielleicht kenne er ihn, vielleicht aber auch nicht. Eigentlich will er nur nicht zugeben, daß er ihn kennt – wenn auch nur vom Hörensagen, nicht persönlich.
Der Direktor scheint einiges über Leo zu wissen. Er weiß auch, daß Vater und Sohn wie Feuer und Wasser sind. Daß der mittellose Leo überall Schulden hat und manchmal als Touristenfotograf jobbt.
»Hank, das interessiert mich nicht«, winkt Rutger ab.
Während ihres Gesprächs sind sie schließlich an einen Schreibtisch herangekommen. Hank Lockmann, so heißt der Museumsdirektor, deutet auf einige Fotos. Auf einem dieser Bilder ist Bas als etwa Fünfzehnjähriger zu sehen. Natürlich in Eishockeykluft, in voller Montur. Das Bild steht zwischen dem seiner Mutter und einer Aufnahme, die Bas als Achtjährigen zeigt. Die meisten Erwachsenen merken, wenn sie Kinder nach einer Weile wiedersehen, erst, wie alt sie selbst inzwischen geworden sind. So auch Hank Lockmann, der sich wundert, wie groß Bas geworden ist. Er seufzt. Das hindert ihn nicht, Rutger weiter über Leo van Gulden zu unterrichten.

»Weißt du eigentlich, daß der alte van Gulden seinen berühmten van Gogh verkaufen will? Den Fischerjungen! Es gibt Angebote aus Amerika. Geld braucht der doch eigentlich nicht. Es ist eine Schande.« In diesem Augenblick steuert Leo van Gulden den Schreibtisch an und greift nach einer Visitenkarte der Galerie. Sein Blick streift die Fotos auf dem Schreibtisch. Da fällt ihm die Visitenkarte aus der Hand und flattert auf den Boden. Leo starrt wie gebannt auf eines der Fotos. Rutger hebt die Visitenkarte auf und gibt sie ihm. Van Gulden deutet nur sprachlos auf das Bild vom kleinen Bas.

»Das ist mein Sohn, als er acht Jahre alt war, Herr van Gulden«, sagt Rutger bestimmt.

Doch Leo scheint nicht zuzuhören. Er schluckt nur, so als versuche er etwas zu begreifen, was er nicht verstehen kann. Er nickt und geht wie benommen langsam aus der Galerie.

Rutger wendet sich verwundert Hank Lockmann zu, doch der hat sich längst zu den anderen Gästen gesellt.

Im Bus der Berliner geht es lustig zu. Einige Spaßvögel sorgen für die entsprechende Stimmung. Bas und die übrige Mannschaft, Annette und der Trainer sind bester Laune. Der Busfahrer hat seine Lautsprecherdurchsagen längst aufgegeben. Am Anfang der Reise mußte er sogar um ein wenig Ruhe bitten. Aber dann, in der DDR, wird es den Jungen langweilig. Einige schlafen schon, der Rest vergnügt sich mit den neuesten Hits.

Irgendwann wird der genervte Fahrer zornig. Das geschieht etwa auf der Höhe von Magdeburg. Und das hat seinen guten Grund. In der DDR dürfen nämlich alle Wagen nicht schneller als 100 Stundenkilometer fahren. Und das sogar auf der Autobahn. Da kann man sich nicht mal über irgendeinen Spinner mit viel PS auslassen, der an einem vorbeirauscht. Das eintönige Fahren ohne jede Abwechslung ermüdet. Auch die Jungen haben keinen Gesprächsstoff, denn selbst der heißeste Ofen fährt hier langsam.

Erst wieder hinter der innerdeutschen Grenze gibt es für die Jungen was zu sehen. Hinter Helmstedt juckt es sogar den Busfahrer, jetzt

schneller zu fahren, obwohl er es eigentlich nicht dürfte. Das haben die Berliner so im Blut. Sie spüren förmlich die Befreiung, aus ihrer eingemauerten Stadt endlich heraus zu sein.
Dann wird es wieder langweilig. Braunschweig, Hannover, Osnabrück. Holland rückt näher. Die Jungen genießen die Reise, auch wenn draußen nicht viel zu sehen ist. Schließlich fährt man in einem Luxusbus. Mit richtigem Klo. Bloß, als entdeckt wird, daß diese Kabine zum Rauchen benutzt wurde, gibt es wieder Krach, weil der Trainer ausflippt. Wer war der Sünder? Theo! Wer sonst! Und der Trainer ist schnell mit einer Ohrfeige zur Hand.
Dann geht es über die holländische Grenze, und der Bus fährt weiter, immer weiter durch flaches Land. Und dann endlich Amsterdam! Jetzt sind die Jungen nicht mehr zu halten:
»Kaaskop, wir kommen!« brüllt die Mannschaft im Takt.
Der Busfahrer bittet und bettelt um Ruhe. Vergebens. Die Begeisterung kennt keine Grenzen mehr.
Dabei ist das Fahren im Stadtverkehr von Amsterdam keine Spazierfahrt. Und es ist obendrein bitterkalt. Inspektor Maazel und seine zauberhafte Tochter warten schon seit einer geschlagenen halben Stunde.
Snoopy drückt sich die Nase an der Scheibe platt. Mann, was ist das für eine Superfrau da, die ist Spitze. So schnell, wie der Dicke den Bus verläßt, gibt's das auf keinem Schiff. Wie ein junges Reh springt er aufs Pflaster. Und Lutz hinterher. Soukje heißt diese »Superfrau«. Mann, oh, Mann!
Lutz wohnt bei Kees, der sich neben dem Inspektor die Beine vertritt. Seine rote Nase glänzt in dieser Kälte. Kees ist Amsterdamer und der Kapitän des Gegners! Die Begrüßung ist kurz. Es ist zu kalt für lange Gespräche. Gepäck raus und nach Hause!
Annette liest im Bus ihre Reisedisposition vor. Wer wo zu wohnen hat. Wer bei wem. Und wo man sich trifft, morgen! Gott sei's gelobt und getrommelt, daß die nächste Haltestation in der Nähe der Keizersgracht ist, nicht weit von Rutgers Galerie. Der wartet dort natürlich aufgeregt und ist sichtlich nervös, als der Bus um die Ecke biegt. »Wieder einer weniger.« Der Busfahrer seufzt erleichtert. Bas springt raus

und fällt seinem Vater in die Arme. Der kann der Wucht der Begrüßung kaum standhalten. Nicht ohne Rührung beobachtet Annette die Liebkosungen zwischen Vater und Sohn. Sie hält sich verständnisvoll im Hintergrund.

Trainer Jürgen erscheint in der Bustür und verabschiedet sich eine Spur zu vertraulich von Annette, seiner spieltechnischen Beraterin. Rutger entgeht das beileibe nicht. Er sieht dem Trainer giftig in die Augen. Wenn Blicke töten könnten! Bas deutet grinsend auf seine Mutter. Ganz so dumm ist er ja nun auch nicht.

»Darf ich dir diese Dame mit dem freundlichen Gesicht vorstellen? Annette Bode.«

Ein wenig zögernd, aber lächelnd geht Rutger auf seine Ex-Frau zu. Er setzt sein gewinnendstes Gesicht auf, dem kaum eine Frau widerstehen kann. Er wirkt, na ja, ein wenig scheu und zurückhaltend. Und gleichzeitig unverschämt.

Zuerst ist noch sehr viel Distanz zu spüren. Erst mal gibt es nur einen Händedruck. Bas sammelt sein Reisegepäck zusammen. Diese kühle Begrüßung ist nicht sein Fall. Schließlich küßt Rutger seine Frau auf beide Wangen. »Schon besser«, denkt Bas. Das muß doch was werden! Da fährt der Bus schon wieder weiter. Mit dem Rest der Gemeinde, der johlt und pfeift. Sind halt Draufgänger, laut, aber nicht übel. Bas winkt seinen Kameraden zu.

Dann gehen sie. Die drei Bodes. Familie Bode.

»Die bring ich schon zusammen. Der Familie kann geholfen werden.« So denkt Bas vor sich hin und strahlt über das ganze Gesicht.

Annette hat fast vergessen, wie schön Amsterdam ist. Rutgers Galerie ist in einem über 300 Jahre alten Haus direkt an einem Kanal gelegen. Wo gibt es schon so was in Berlin? In solch einer Umgebung schmeckt der Kaffee, den Rutger serviert, doppelt gut. Annette genießt es sichtlich. Bas spürt, daß die Distanz zwischen den beiden nur künstlich ist. Im Grunde mögen sich seine Eltern immer noch. Auch wenn es keiner von ihnen zugeben würde. Verlegen deutet Annette auf die Fotos des jüngeren und des älteren Bas.

Da verwechselt Rutger die Kaffeekanne mit der Champagnerflasche und schenkt seiner Exgattin den Schampus in die Kaffeetasse ein. Und wie auf Kommando stoßen die beiden mit den Tassen und dem teuren Sekt drin an und müssen lachen. Eigentlich sind sie wieder einmal fasziniert voneinander. Da vergißt man schnell, was um einen herum ist.
»Rutger, kaum zu glauben, daß zwischen den beiden Fotos acht Jahre liegen«.
Rutger schaut seine Ex-Frau wehmütig an.
»Und zwischen Amsterdam und Berlin zwölf!«

Bas hat inzwischen das Gepäck auf sein altes Kinderzimmer geschleppt. Es ist noch genauso eingerichtet, wie er es das letzte Mal verlassen hat. Aber irgendwie gefällt es ihm nicht mehr. Vielleicht liegt es an den Postern, die an der Wand hängen: Franz Beckenbauer, der Kaiser. Idol eines jeden Sportlers. Aber schon lange als Fußballspieler abgetreten. Und Kühnhackl, ein toller Typ. Zwar auch aus Bayern, aber aus Rosenheim. Da spielt man Eishockey! Meine Güte! Da möchte so manche Großstadt gerne mitreden können. Was der Kaiser mal für jeden Fußballer war, das ist der Kühnhackl auf dem Eis. Er ist der Chef der Nationalmannschaft. Und ein Bulle von einem Typ.
Aber was versteht sein Vater, der Kunsthändler, schon vom Eishockey. Dem muß er natürlich beweisen, daß ihn die Kunst interessiert.
»Papi, ich steh jetzt auf Kunst, so wie du! Hast du ein paar Poster, die ich in meinem Zimmer aufhängen kann?« fragt Bas.
»Auf einmal Kunst?« kommt die prompte Antwort, und auch Annette ist erstaunt. »In seinem Zimmer in Berlin hängen Popstars und Sportler, so wie hier!«
Darüber muß Rutger lachen, und er zeigt Bas, wo er einige Kunstdrucke finden kann. Und tatsächlich reißt Bas die Poster von den Wänden. Den Kaiser, den Kühnhackl und all die anderen. Selbst wenn es ihm im Herzen weh tut. Wichtiger als die Größen sind ihm seine Großen. Die Eltern müssen wieder zueinanderfinden, koste es, was es wolle! Warum nicht auch über Bilder, über die Kunst? Wenn sie sich da

erst mal einig sind, vielleicht sprechen sie dann auch in anderen Dingen wieder miteinander.
Rutger hat ihm gezeigt, wo die Kunstdrucke liegen. Egal, wer sie gemalt hat, egal, wie sie aussehen. Bas heftet sie an die Wand seines Zimmers. Der letzte Druck, den er aus der Papprolle zieht, macht ihn stutzig. Er zeigt einen Fischerjungen in Ölkleidung. Bas wird ein bißchen schwindelig. Ein schönes Gemälde. Der große van Gogh hat es gemalt, vor langer Zeit.
»Sag mal, hast du dem Maler Modell gestanden?« bemerkt Annette erstaunt. »Bas, siehst du's nicht auch? Du siehst dem Jungen auf dem Gemälde verblüffend ähnlich.«
Da kommt Rutger ins Zimmer und sieht, wie Bas gerade dabei ist, das Bild an der Wand zu befestigen.
»Dieser van Gogh ist sehr berühmt und sehr wertvoll, Bas. Er befindet sich zur Zeit noch in Privatbesitz, soll jedoch demnächst nach Amerika verkauft werden. Es ist eine nationale Schande!«

Unter dem »Fischerjungen« sitzt der alte Frans van Gulden in seinem düsteren Schloß. Er trinkt Tee, viel Tee, mit sehr viel Zucker. Hier scheint sich in den letzten acht Jahren nichts verändert zu haben. Nur an den größer gewordenen Flecken in der Decke der Halle erkennt man, daß die Zeit nicht stehengeblieben ist.
Die Haushälterin Hendrikje, der einzige Mensch, der mit ihm in diesem großen Haus lebt, betritt die Halle. Sie meldet die Ankunft seines Sohnes Leo. Van Gulden ist überrascht. Seit dem schrecklichen Unfall damals hat Leo das Elternhaus nicht mehr betreten.
Van Gulden will seinen Sohn nicht sehen. Doch Leo drängelt sich einfach an der Haushälterin vorbei.
»Ich habe Vincent wiedergefunden! Er lebt!«
Es dauert einige Zeit, bis der alte van Gulden die Worte seines Sohnes begriffen hat. Er ist erregt, läßt sich aber nichts anmerken. Im Gegenteil – er macht nur eine abweisende Handbewegung, die sagen soll: »Verschwinde«. Leo läßt sich davon nicht beirren, sondern berichtet von einem Foto, das Vincent jetzt mit sechzehn Jahren zeige. Die

Haushälterin blickt Leo entgeistert an. Ihre Augen spiegeln Vorwurf und Verständnislosigkeit zugleich wider.
Das Gespräch hat Frans van Gulden sichtlich aufgeregt. Schwer atmend schleppt er sich an seinen riesigen Schreibtisch und deutet auf das silbergerahmte Foto seines Enkels Vincent. »Was bedeutet schon ein Foto? . . . Es lebt doch nicht.« Dann muß er sich erst einmal setzen. Die Haushälterin füllt schnell aus einer Karaffe ein Glas Wasser ein. Sie läßt zehn abgezählte Tropfen einer Medizin hineinfallen und führt es dem alten Mann an den Mund. Dann verlassen Hendrikje und Leo leise die Halle und begeben sich in einen Nebenraum. Hendrikje scheint ernsthaft verärgert zu sein. Sie packt Leo fest am Arm und macht ihm bittere Vorwürfe.
»Wie kommst du dazu, deinen Vater mit solchem Unsinn zu behelligen?« Er solle doch an die Gesundheit des alten Mannes denken und alles vermeiden, was ihn aufregen könne.
Leo nickt nachdenklich. Hendrikje fingert aus der Tasche ihres Kittels einige Geldscheine heraus und steckt sie Leo zu.
»Dein Vater hat vor, alle Bilder zu verkaufen«, erklärt sie beim Hinausgehen. »Den Anfang macht der van Gogh, und dann folgt eins nach dem anderen. Bis er stirbt. Das Geld will er verschenken, damit du es nicht bekommen kannst.«
Das also ist van Guldens späte Rache an seinem Sohn. Ratlos verläßt Leo das Schloß.

Bas, Annette und Rutger treten aus der Tür der Galerie. Die Zeit bis zum ersten Trainingsspiel der »Eisbären« am späten Nachmittag wollen die Bodes mit einem Bummel durch die Straßen von Amsterdam verbringen. Bas trägt seinen Sportsack, die Schlittschuhe hat der über die Schulter geworfen. Rutger hängt das »Vorrübergehend geschlossen«-Schild an die Glastür und schließt ab. Untergehakt gehen die drei die Keizersgracht entlang.
Sie wissen nicht, daß sie beobachtet werden. Leo hat sich in einem Hauseingang versteckt. Er folgt ihnen unauffällig.
Vor der Schaufensterauslage einer Boutique bleibt Annette stehen. Bas

und Rutger werfen sich einen vielsagenden Blick zu. Leo ist einen Meter hinter ihnen stehengeblieben, betrachtet Bas, spricht ihn schließlich an:
»Vincent, heißt du Vincent?«
Natürlich hat Bas längst bemerkt, daß Leo ihnen schon längere Zeit gefolgt ist. So etwas ist nicht normal. Und deshalb reagiert Bas nicht gerade freundlich. Doch das bringt ihm nur Annettes Mißfallen ein. Sie seien doch schließlich im Ausland, und so weiter und so fort. Prompt erzählt sie auch noch, daß Bas in der Schule den Spitznamen Vincent, der Unbesiegbare, habe. Toll! Bas wird rot vor Zorn. Und Rutger hat Leo van Gulden natürlich sofort wiedererkannt. Seit der Begegnung in der Galerie interessiert er sich sehr für die van Guldens oder vielmehr für die Sammlung beziehungsweise deren Verkauf. Rutger stellt Leo vor, der sich für die Verwechslung und die Belästigung entschuldigt. Und dann erzählt Leo van Gulden, daß Bas eine ganz unglaubliche Ähnlichkeit mit seinem verstorbenen Sohn Vincent habe. Das Ganze beruhe auf einem Mißverständnis. Annette ist gerührt. Bas' Mißtrauen ist aber noch längst nicht beschwichtigt. Er drängt seine Mutter zu gehen, da es Zeit fürs Eishockeytraining sei und sie außerdem noch Lutz abholen wollten.
Annette verabschiedet sich viel zu freundlich, wie Bas meint. Rutger bittet Leo auch noch in die Galerie, wo man sich in Ruhe über Leos Sohn oder auch über seinen Vater und dessen Verkaufspläne unterhalten könne. Das letztere hat Rutger bei der Einladung wohl hauptsächlich im Sinn gehabt.

Leo hat sich an den Schreibtisch im oberen Teil der Galerie gesetzt. Er betrachtet die beiden Fotos, die Bas mit acht Jahren und mit sechzehn Jahren zeigen. Rutger serviert Kaffee. Er bemerkt, welche Aufmerksamkeit Leo den Bildern seines Sohnes schenkt. So holt er sich einen Stuhl an den Schreibtisch und setzt sich neben Leo.
»Ihr Vater will den van Gogh verkaufen, hörte ich. Schade drum.«
»Das Bild erinnert meinen Vater an Vincent. Er ist vor acht Jahren bei einem Segelunfall ums Leben gekommen.« Leo macht eine Pause,

blickt wieder auf die Fotografien. »Ich respektiere den Entschluß meines Vaters, obwohl . . . Ich meine, wir haben keine gute Beziehung zueinander, Sie verstehen. Seit meiner Heirat damals . . .«
Leo und Rutger schauen sich in die Augen. Doch Leo kann dem Blick nicht standhalten. Verlegen spielt er mit einem Motorradkatalog auf dem Tisch. Wahllos blättert er in den Seiten. Dann berichtet Leo auch über die Absicht des alten van Gulden, seine Sammlung nach und nach ganz aufzulösen. Als Kunsthändler und guter Holländer ist Rutger empört. Er bittet Leo, ein Treffen mit seinem Vater zu arrangieren. Doch der macht nur eine resignierende Geste. Rutger aber trägt ihm seinen Wunsch noch einmal sehr eindringlich vor, denn insgeheim hofft er, die einmaligen Kunstwerke für Holland erhalten zu können. Wie, das weiß er selber noch nicht. Aber es wird schon eine Möglichkeit geben, und immerhin hat er bisher noch alles geschafft, was er sich vorgenommen hat. Manchmal allerdings auch auf sehr eigenwillige Art und Weise.

Leo legt den Motorradkatalog, den er noch immer in den Händen hat, zur Seite. Er erhebt sich und deutet an, daß er gehen möchte. Rutger begleitet ihn zur Tür.

»Mijnheer van Gulden, ich verstehe die Verwirrung, die die Ähnlichkeit zwischen Bas und Ihrem Sohn bei Ihnen ausgelöst hat. Aber, bitte lassen Sie meinen Sohn damit in Ruhe.«

Leo verabschiedet sich und tut so, als hätte er den letzten Satz nicht wahrgenommen.

Inzwischen läuft das erste Trainingsspiel der deutschen Eishockeymannschaft. Angreifende »Eisbären« spielen gegen die eigene Abwehr. Überlautes Geschrei, Gebrüll und Anfeuerungsrufe hallen durch die Eissporthalle. Sogar die ersten Fans sind schon auf den Tribünen und beobachten neugierig das Geschehen auf dem Eis. Bas, die Sturmspitze der »Eisbären«, erregt durch sein angriffsfreudiges und körperbetontes Spiel ihre besondere Aufmerksamkeit. Doch jetzt geht Bas, nach einem harten Bodycheck mit einem Abwehrspieler, erst einmal zu Boden. Wütend reißt er den Helm vom Kopf und drückt seine

Hand irgendwo in die Rippengegend. Sein schmerzverzerrtes Gesicht zeigt, daß er sich bei dem Zusammenprall weh getan hat. Aber ernstlich verletzen kann man sich bei sowas eigentlich nicht. Dafür sorgt schon die dicke Eishockeykluft mit den Panzerungen, die jeden härteren Schlag dämpfen kann. So ein Eishockeyspieler in voller Montur macht schon mächtig Eindruck. Selbst Theo, der ja nun wirklich spindeldürr ist, erscheint in diesen Klamotten wie Mister Universum persönlich.

Das Training geht weiter. Der Abwehrspieler mäht noch einige andere Sturmleute um. Bas Boris drückt sich den Ellenbogen in die Rippen und fährt an die Bande. Dort, wo sein Trainer und seine Mutter stehen.

Er schimpft wie ein Rohrspatz:

»Der Typ hat doch 'nen Vogel. Hast du das gesehen, Mami? Bremst voll, läßt hinten den Schläger einen halben Meter raussstehen, und ich jage mit Karacho da drauf!«

Annette geht auf Bas' Gemecker gar nicht erst ein. Sie kennt ihren Sohn zu genau und weiß: wenn er noch so schimpfen kann, dann können die Schmerzen an der Rippe nicht so schlimm sein.

Wortlos deutet sie auf die gegenüberliegende Bande. Dort steht ein gutes Dutzend Jungen: das holländische Eishockeyteam. Unter ihnen auch Kees van Erken, der Mannschaftskapitän, den Bas schon von Lutz her kennt.

Lutz ist während des Turniers in Kees van Erkens Familie untergebracht, die auf einem richtigen Hausboot wohnt.

Die Holländer beugen sich über die Bande und beobachten aufmerksam das Training der »Eisbären«. Es sind alles kräftige, wohltrainierte Sportler, und alle, so scheint es, sind sie einen Kopf größer als die Jungen der Mannschaft von Bas.

Merklich beeindruckt pfeift Bas durch die Zähne. Er setzt seinen Helm mit Gesichtsmaske wieder auf und kurvt zu seinem Gegenspieler aus der Rempelei, der soeben wieder den Puck führt. Donnernd krachen die beiden zusammen, und diesmal geht der Gegenspieler zu Boden, und Bas gewinnt den Bodycheck.

Dem hat er's gezeigt, und die Holländer sollen gleich mal sehen, was Bas drauf hat.
Der Trainer schmunzelt vielsagend, und auch Annette strahlt. Sie hebt den Verbandskoffer auf die Bande und klopft bedeutungsschwer darauf.
Dann wendet sie sich an Jürgen, den Trainer der »Eisbären«. Aber nur Annette redet ihn mit seinem Namen an. Die Jungen sagen einfach »Trainer«.
»Wenn ich mir unsere holländischen Freunde da drüben anschaue, werde ich einiges zu tun bekommen.«
Dabei weist sie auf die kritisch blickende Truppe von Kees.
Einer von ihnen deutet auf Bas, der soeben einen Abwehrspieler aussteigen läßt und einen gut plazierten Schuß an Snoopy vorbei ins Tor donnert.
Anerkennende Gesten und Gesichter bei den Holländern.
»Hoffentlich kann er das nicht nur im Training ... Klasse.«
Jürgen ist näher an Annette herangerückt. Irgendwie spürt man, daß er an Bas' Mutter noch ein bißchen mehr als ihre Fähigkeiten als Teambetreuerin bewundert. Natürlich hat Annette diese Zuneigung schon längst bemerkt. Es schmeichelt ihr ein wenig. Welche Frau hört nicht gern ein Kompliment oder mag es nicht, hofiert zu werden? Annette ist eben auch eine Frau. Und zwar eine ganz besondere, Bas meint sogar, die tollste Frau der Welt. Und wenn er alt genug wäre, würde er sie sofort heiraten.
Bas wird jetzt von zwei Abwehrspielern seiner Mannschaft gleichzeitig in die Zange genommen. Jürgen beobachtet erregt das Geschehen.
»Genau das hab ich ihm eingebleut. Erst zeigen, was er drauf hat, damit der Gegner merkt, was in ihm steckt, und dann möglichst viele Gegenspieler auf sich ziehen und den Puck nach Möglichkeit noch in den freien Raum spielen.«
Tatsächlich hat Bas es geschafft, einen seiner Mitstürmer mit dem Puck in den freien Raum zu schicken, so daß dieser den Goalie umspielen kann und der Puck erneut im Netz landet. Annette und der Trainer klatschen begeistert in die Hände und machen mit der Rech-

ten das Victory-Zeichen. Die holländischen Spieler an der Gegenbande haben ihre Köpfe zusammengesteckt und diskutieren heftig.
Jürgen verkündet mit dem Megaphon den Trainingsschluß. Die »Eisbären« fahren zum Ausgang in Richtung Kabinen.
So eine Eishockeykabine ist schon was Besonderes. Nicht, daß sie sich von anderen Umkleideräumen großartig unterschiede, nein, aber was eine Horde Eishockeyspieler daraus macht, ist schon toll. Im ganzen Raum sind Wäscheleinen gespannt, die vollgehängt sind mit Handtüchern, Bandagen, Trikots, Eishockeyunterzeug . . . Und weil man beim Spiel natürlich gehörig ins Schwitzen kommt, wird die Montur anschließend zum Trocknen auch noch auf die Leinen geladen. Die Kleiderhaken sind sowieso schön behängt mit den Privatklamotten. Dazu kommen noch die Sportsachen, die Schlittschuhe, Helme, Wasserflaschen und was man sonst noch alles braucht. So entsteht ein beinahe undurchdringliches Durcheinander, und man wundert sich jedesmal, daß die Spieler ihre Sachen noch auseinanderhalten können.
Annette mußte schon oft genug darum kämpfen, daß ihre Massagebank nicht als willkommener Ablageplatz für irgendwelchen Kram mißbraucht wurde. Aber bisher hat sie es immer noch geschafft, sie frei zu halten, denn schließlich wollen die »Eisbären« nach einem harten Match von Annette ja auch durchgeknetet werden.
Abgekämpft sind die »Eisbären« inzwischen in die Kabine gestürmt. Als erstes geht es unter die heiße Dusche. Die halbnackten Jungen finden nichts dabei, daß Annette Bode zwischen ihnen herumläuft und hier und dort kleinere Verletzungen behandelt.
Snoopy liegt auf der Bank. Annette sprüht ihm ein Kältespray auf die lädierte Wade. Dann macht sie eine ihrer berühmten Massagen, und Snoopy genießt das sichtlich.
Theo kommt hinzu, ein Handtuch um die Hüfte geschlungen: »Frau Bode, mein Handgelenk schnackelt.«
Er macht es ihr vor, nicht ohne ein laut hörbares »Aua« von sich zu geben.
»Was der nicht alles anstellt, nur um von meiner Mutter behandelt zu

werden«, denkt Bas. Mitten im Raum steht er in der Unterhose mit dem obligaten Unterleibschutz und betastet seine Rippen. Lutz, sein Gegenspieler von der Abwehr, schaut ihn an. Er entschuldigt sich für den harten Bodycheck damit, daß er den Kick mit dem Schläger noch mal üben mußte. Bas ist nicht nachtragend und hat Lutz längst verziehen.
Die Taktik für das Spiel gegen die Holländer ist da schon viel interessanter. Und während sich die beiden umziehen, überlegen sie Spielzüge, die man im Turnier anwenden könnte.
Ein »Eisbär« steckt den Kopf durch die Tür zu den Duschräumen und ruft für jedermann hörbar:
»Snoopy kotzt!«
Annette, ohne ihre Massage zu unterbrechen, beschwichtigt:
»Das tut er doch vor und nach jedem Spiel.«
In diesem Augenblick kommt Snoopy aus der Dusche. Lutz stößt Bas mit Verschörermiene von der Seite an, dann haut er Snoopy auf den Bauch:
»Na, Goalie, zwölf Matjes mit Zwiebeln, was?« Und leise, daß niemand es hören kann: »Übrigens, wir haben uns für 'ne Disco-Tour verabredet. Heute um neun. Bei Lutz am Hausboot.«
In der Eingangstür zur Kabine steht plötzlich Rutger, um Annette und Bas abzuholen. Er muß noch etwas warten.
Während der Rückfahrt erzählt Rutger von seiner Unterredung mit Leo van Gulden. Bas interessiert das aber nicht sonderlich. Er freut sich vielmehr, daß seine Mutter noch in die Galerie mitkommen möchte und nicht gleich ins Hotel will.
Warum die aber auch in einem Hotel wohnen muß, das kapiert er sowieso nicht. Dabei gibt es in der Galerie genügend Platz, auch für Annette.
Wenigstens kann sie Bas jetzt helfen, die Koffer auszupacken. Bas hat Musik aufgelegt. Seine augenblicklichen Lieblingssongs, laut natürlich.
»Dabei kann man sich so richtig entspannen«, meint er. Seine Mutter ist ganz und gar nicht dieser Meinung. Sie zeigt sich verwundert, daß Bas für die paar Tage so viel mitgenommen hat. Natürlich ahnt sie, daß

er auch über das Turnier hinaus bei seinem Vater in Amsterdam bleiben will. Da kommt Rutger ins Zimmer.
»Wenn du länger bleiben willst, Annette... Ich kaufe dir neue Sachen. Ich hab gelauscht.«
Annette nickt, als wolle sie sagen: Gib dir keine Mühe. Rutger macht eine einladende Handbewegung. Er läßt Annette den Vortritt und folgt ihr in die Küche, nicht ohne zu fragen, wie es ihr so gehe. Annette gibt sich jedoch sehr reserviert.
»Meinst du beruflich? Sehr gut, Rutger.«
»Nein, Annette... Ich frage nicht die Berliner Königin der Gallenblasen, Blinddärme und so. Ich frage dich... rein privat.«
Jetzt muß auch Frau Bode lachen. Das Eis zwischen den beiden früheren Eheleuten scheint gebrochen, und es entwickelt sich ein lockeres und heiteres Gespräch, so wie es war, als sie noch verheiratet waren.
Annette lacht viel, während sie miteinander reden. Rutger schenkt Wein nach.
Diesmal ist es Bas, der die beiden unterbricht. Er kommt die steile Treppe heruntergepoltert.
»Hat dieser Zombie, dieser van Gulden noch was gesagt? Ich meine, über meinen toten Doppelgänger?«
Rutger kann nicht mehr lachen.
»Das geht dir jetzt wohl nicht mehr aus dem Kopf, was? Das kommt nur von deinen blöden Videos. Bei mir gibt's so was nicht.«
Das kann Annette natürlich nicht auf sich sitzenlassen.
»Die leiht er sich doch heimlich aus. Da wärst du auch machtlos. Du und Erziehung! Nach seinem letzten Aufenthalt bei dir lehnte er warmes Essen ab und aß nur noch Sandwiches!«
Bas ahnt Schlimmes. Doch Rutger nimmt die Spitze gleich wieder weg.
»Möchtest du indonesisch essen gehen? Eine Reistafel... sehr scharf, sehr heiß und beruhigend.«
Damit gehen die drei aus der Küche.
Zur gleichen Zeit fährt eine schwere Limousine die Keizersgracht entlang und hält vor der Galerie. Die Kotflügel ziert eine Art Wappen, das

einen chinesischen Drachen zeigt. Im Fond sitzt van Ling, der zwielichtige alte Chinese, der in Amsterdamer Unterweltkreisen einen gefürchteten Ruf genießt. Neben ihm Leo van Gulden und Kitty. Der Chinese betätigt den elektrischen Fensterheber und schaut in die Galerie. Durch die großen Fenster sieht er Bas telefonieren. Schmunzelnd wendet er sich wieder an Leo.
»Das viele Geld Ihres ehrenwerten Herrn Vaters hat ihm auch viele Feinde gemacht. Ich habe einen gefunden. Der haßt ihn auf den Tod. Obwohl er noch sehr jung ist.«
Leo ist erstaunt, muß dem Chinesen aber Respekt zollen. Er blickt wieder in Richtung Galerie.
Dort ist Annette an den Schreibtisch getreten. Rutger sieht amüsiert zu, wie sie wieder einmal neugierig herumkramt. Sie nimmt den Motorradkatalog in die Hand und blättert wahllos darin. Fast unbemerkt fällt ein Foto heraus. Es zeigt Vincent, den verstorbenen Enkel des alten Herrn. Verblüfft hebt sie das Bild auf und betrachtet es ungläubig. Rutger kommt ein paar Schritte näher. Annette reicht ihm das Foto und will wissen, wer der abgebildete Junge sei.
»Erkennst du deinen Sohn nicht mehr, Annette? Das ist Bas, als er acht Jahre alt war.« Rutger lächelt entwaffnend und fügt hinzu: »Den Katalog hat Leo van Gulden hier liegenlassen. Komisch, wieso steckt das Foto darin? Daß der ein Motorradfreak ist, hätte ich nie gedacht.«
Annette ist skeptisch. Sie hält die Fotografie ans Licht der Schreibtischlampe. Sie ist leicht verunsichert.
»Das ist niemals Bas. Der hatte nie so einen Anorak.«
Bas hat inzwischen das Telefonat beendet und wirft einen flüchtigen Blick auf das Bild.
»Natürlich bin ich das. Das sieht doch jeder. Weiß der Geier, was ich damals für Jacken hatte. Außerdem habe ich Hunger. Können wir jetzt endlich gehen?«
Bas holt die Mäntel. Während die Bodes die Treppe hinuntergehen und die Straße überqueren, um zum geparkten Auto zu gelangen, bemerken sie die schwarze Limousine nicht. Van Ling hat zudem die Scheibe

wieder hochfahren lassen, und durch die dunklen Fenster kann man nicht erkennen, wer im Innern sitzt.

Nirgendwo auf der Welt kann man so gut indonesisch essen wie in Amsterdam. Ausgenommen in Indonesien selbst natürlich. Wie viele andere europäische Länder hatte auch Holland früher Kolonien. Dazu zählte auch die Inselgruppe zwischen Indischem und Pazifischem Ozean. Die Indonesier brachten ihre Sitten und Bräuche und ihre exzellente Küche mit in die Niederlande. Die berühmte Reistafel ist allerdings nicht deren Erfindung, sondern den Kolonialherren zu verdanken. Die Holländer waren so begeistert von dieser fremdländischen Küche, daß sie sich nie entscheiden konnten, was sie essen wollten. Das Problem wurde auf ganz einfache Weise gelöst. Man aß eben von allem etwas, nur in kleinen Portionen. Und schon gab es die indonesische Reistafel, an der sich jetzt auch die Bodes erfreuen.

Auf dem Tisch vor ihnen stehen etwa zwanzig Schalen mit verschiedenen Fleisch- und Fischgerichten, die Beilagen nicht mitgezählt. Bas japst soeben verzweifelt nach Luft.

»Jetzt habe ich zuviel von diesem roten Zeug genommen. Immer nehm ich zuviel!«

Rutger muß darüber lachen. Fast hätte er sich verschluckt.

»Sambal, mein Sohn. Reine Gewohnheitssache.«

Er spielt den Weltgewandten. Und er klatscht einen großen Löffel Sambal auf ein Stück Kropok, das ist ein Krabbenbrot, und schiebt sich diese knallharte Mischung in den Mund.

Währenddessen schüttet Bas alle verbliebenen Reste von Mineralwasser in sich hinein. Natürlich weiß er, daß Trinken die Sache nicht besser macht, eher schlechter. Aber es kühlt so schön, wenigstens für den Augenblick. Er kommt ein wenig zu Atem.

»Mami, Schweinefleisch süß-sauer mußt du unbedingt probieren. Einfach toll.«

Doch Annette macht nur eine Handbewegung, die wohl bedeuten soll: Ich platze gleich.

In diesem Augenblick tritt eine junge Fotografin an den Tisch, die mit

einer Sofortbildkamera Erinnerungsfotos knipst. Mit einem fröhlichen Lächeln macht sie auf sich aufmerksam. Rutger blickt Annette fragend an. Die sagt entschieden: »Ja, ein Foto von uns dreien wäre schön.«
Die blondgelockte Fotografin hebt ihre Kamera und stellt die Schärfe ein, doch sie nimmt nur Bas ins Visier. Dann drückt sie auf den Auslöser, verzieht aber bedauernd das Gesicht.
»Oh, verzeihen Sie, jetzt hab ich einen Fehler gemacht. Falsch eingestellt.«
Den Abzug, der aus dem Apparat surrt, steckt sie schnell in eine Umhängetasche.
Bas und Rutger drücken sich erneut dicht an Annette. Alle drei strahlen. Das Blitzlicht blendet sie für einen Moment. Die Fotografin lächelt entwaffnend freundlich, während sie den Abzug herüberreicht. Bas ist etwas ungeduldig.
»Darf ich schon gehen? Ich habe mich mit den anderen um 9 Uhr verabredet. Und ich möchte wirklich gerne in die Disco.«
Ohne die Antwort seiner Eltern abzuwarten, steht er auf und verläßt das Restaurant.

Noch während die Bodes über ihrer Reistafel sitzen, sind der Chinese und Leo van Gulden aus der Limousine gestiegen und gehen über eine Grachtbrücke.
Leo beteuert, daß er seine Spielschulden zurückzahlen werde. Schließlich sei sein Vater ja ein steinreicher Mann, und auch wenn er keine sonderlich gute Beziehung zu ihm habe – irgendwie wolle er seinen Vater überzeugen, ihm zu helfen. Van Ling weiß nur zu genau, daß Leo vom alten van Gulden nichts zu erwarten hat. Schon gar nicht finanzielle Hilfe. Aber er weiß auch von Vincent und dem tragischen Unfall am Meer. Und er weiß, wie sehr der alte van Gulden seinen Enkel geliebt hat und daß er für ihn alles täte, wenn er noch leben würde.
Mitten auf der Brücke ist der Chinese stehengeblieben. Er faßt Leo an der Schulter.
»Wissen Sie, mein junger Freund, ich kann Ihnen helfen. Ich muß

nicht, aber ich habe mich überzeugen lassen . . . Dieser Junge, Sie wissen, wen ich meine, spielt Eishockey?«
Van Ling lächelt, geht zum Auto und läßt den jungen van Gulden einfach stehen. Nachdenklich starrt Leo ins Wasser.

In der Diskothek am Leidseplein geht es heiß her. Fast alle »Eisbären« sind gekommen. Auch Soukje und Kees sind mit von der Partie. Snoopy hockt an der Theke und nuckelt verbissen an seiner Doppelcola. Er ist sauer, weil Soukje nicht mit ihm, sondern mit Bas tanzt. Auch die anderen vergnügen sich auf der Tanzfläche. Da erscheint Leo van Gulden. Er stellt sich in die Nähe der Jugendlichen – und geht ihnen sofort auf den Wecker. Was so ein komischer Typ wohl in der Disco sucht? Die »Eisbären« setzen gelangweilte Blicke auf.
Bas erkennt ihn sofort, unterbricht sein Gehopse und deutet auf Leo.
»Du, Soukje, das ist der Zombie, der mich heute für seinen toten Sohn gehalten hat.«
Leo geht zur Theke und bedeutet dem Kellner, der Truppe um Bas eine Runde auszugeben. Bas beugt sich dicht zu Soukje und flüstert ihr dämonisch übertreibend ins Ohr:
»Ich soll angeblich ganz genauso aussehen wie sein Sohn, und der ist tot.«
Soukje mag solche Witze nicht. Sie gibt Bas zu verstehen, mit dem Blödsinn aufzuhören. Doch der läßt sich nicht beirren.
»Und sein Sohn heißt Vincent. Das war früher mein Spitzname. Vincent der Unbesiegbare.«
Der letzte Satz hat Soukje den Rest gegeben. Sie blickt ihn lange zweifelnd an. Und genauso zweifelnd schaut sie auf Leo, dann wieder zurück zu Bas.
»Jetzt hast du mir den Abend verdorben, Bas! Mit deinem dummen Gerede. Ich glaube nämlich an solche Sachen.«
Sie läuft zur Tanzfläche, packt Lutz am Arm, und beide gehen zu einer besonders heißen Scheibe tanzen. Bas könnte sich für sein dämliches Verhalten selbst ohrfeigen. Mit einem gut hörbaren holländischen Fluch macht er seinem Ärger Luft.

»Respekt, du sprichst ja sogar holländisch.«
Bas schreckt zusammen. Hinter ihm steht Leo van Gulden.

Gut 200 Meter Luftlinie von der Disco entfernt packt Annette ihre Koffer aus. Autolärm und Lachen von Discobesuchern dringen durch das Fenster. Während des Auspackens fällt ihr Blick auf einen kleinen Plastikrahmen, der auf der Kommode steht. Versonnen betrachtet sie das Foto aus dem indonesischen Restaurant, das sie zwischen Bas und Rutger zeigt. Ein wenig traurig stellt sie es zurück. Da klingelt das Telefon. Verwundert nimmt sie den Hörer ab. Es ist Bas, der aus einer Telefonzelle anruft. Er hat das dringende Bedürfnis, unbedingt mit jemandem zu reden. Jedenfalls kommt es Annette so vor.

»Mami, die Disco war blöd. Schade. Der Zombie war auch in dem Schuppen, dieser van Gulden.« Bas zögert, ehe er fortfährt. »Mami, kann es einen Menschen zweimal geben?«

Annette spürt die Unruhe in Bas' Stimme. Sie versucht ihren Sohn zu beruhigen und bietet ihm an, zu ihr zu kommen. Aber das lehnt Bas energisch ab. Schließlich ist er kein kleiner Junge mehr, und von dem doofen van Gulden läßt er sich noch längst nicht verrückt machen.

»Mach dir keine Sorgen, Mami. Der wollte nur rauskriegen, ob ich auch holländisch kann. Armen Irren muß man auch mal einen Gefallen tun. Schlaf gut, Mami. Wir sehen uns morgen zum Training.«

Annette legt den Hörer auf. Trotzdem ist sie ein wenig beunruhigt. In dieser Nacht kreisen ihre Gedanken noch lange um Bas und die Frage, welche Rolle dieser Leo wohl spielt.

2. Der Doppelgänger

Am nächsten Morgen erscheint Annette mit unübersehbaren Augenrändern in der Eissporthalle. In voller Montur, aber ohne Helm und Gesichtsmaske stehen die »Eisbären« vor und hinter der Bande. Auf der Eisfläche trainiert das holländische Team von Kees. Die Spielabläufe sind präzise, zur Zeit wird gerade schnelles Rückwärtsfahren trainiert. Die deutschen Jungen sind beeindruckt. Dick eingemummt in einen gefütterten Mantel steht Annette neben dem Trainer hinter der Bande und nickt fachkundig und anerkennend mit dem Kopf.
Bas, der vor der Bande auf dem Eis steht, kurvt zu seinem Freund Lutz rüber. Die beiden schauen sich ratlos an. Die Holländer üben jetzt schnelles Abgabespiel. Dabei fegt ein Sturm über das Eis, und es werden exakte Durchgaben vorgeführt. So was schindet ganz schön Eindruck bei den »Eisbären«. Der dicke Snoopy betrachtet die Sache äußerst kritisch, gleitet dann zu Lutz und Bas. Die drei stecken die Köpfe zusammen und diskutieren heftig. Bas macht einen Vorschlag.
»Ich fahr mal rüber zu Kees und laß einen netten Satz fallen. So was lockert die Atmosphäre auf.«
Er gleitet auf das Spielfeld und fährt zur Bank der gegnerischen Mannschaft, auf der die Austauschspieler sitzen. Beim Überqueren des Eises rasen zwei holländische Stürmer mit hoher Geschwindigkeit auf ihn zu. Sie fahren dicht nebeneinander, und fast scheint es so, als wollten sie ihn über den Haufen fahren. Aber kurz vorher rauschen sie links und rechts an ihm vorbei.
Bas lacht, die beiden holländischen Spieler lachen ebenfalls laut. Bas landet auf der Spielbank neben Kees.
»Ihr spielt wirklich nicht schlecht, Kees.«
Kees macht eine abwägende Geste.
»Dafür tanzt du besser.«
Bas winkt ab, und dann sieht er plötzlich auf der Tribüne die junge Fotografin aus dem indonesischen Restaurant vom Vorabend. Zuerst ist es bei Bas nur der flüchtige Eindruck, sie schon mal irgendwo gese-

hen zu haben, doch dann erinnert er sich deutlich. Er schaut zu ihr hoch, hebt die behandschuhte Hand und will ihr zuwinken. Doch die Fotografin tut so, als erkenne sie ihn nicht wieder. Achselzuckend wendet sich Bas ab.
Die »Eisbären« beginnen mit dem Aufwärmtraining. Leo van Gulden erscheint auf der Tribüne und tritt neben die Fotografin. Bas flucht. »Der schon wieder! Geht mir ganz schön auf den Wecker.«

Rutger hat Bas und Annette im Eisstadion abgesetzt und sich dann auf den Weg zu Mijnheer van Gulden gemacht. Nun fährt sein Wagen vor der düsteren Villa vor. Rutger steigt aus, geht zur Haustür und betätigt die Glocke. Nach einer Weile wird die Tür von einer sehr altmodisch gekleideten, spindeldürren, aber erstaunlich großen Frau geöffnet. Die Haushälterin hat die irritierende Angewohnheit, ihre Mitmenschen mit nahezu ausdruckslosem Gesicht und ohne jeglichen Lidschlag anzustarren.
»Mijnheer van Gulden hat Sie vor siebzehn Minuten erwartet.«
Rutger bemüht sich, trotz dieses sehr kühlen Empfangs charmant zu sein. Doch Hendrikje zeigt sich dafür wenig empfänglich. Sie läßt den Besucher eintreten und führt ihn in die Wohnhalle, wo sie ihn einfach in der Mitte des großen Raumes stehenläßt. Sie bedeutet Rutger, hier zu warten. Dann schreitet sie kerzengerade die mächtige Treppe hinauf. Rutger blickt sich im Raum um, und sein Blick fällt auf die Gemälde, die hier überall an den Wänden hängen. Auf einem Tisch ist Tee für zwei serviert. Da erscheint der alte van Gulden auf der Treppe. Rutger geht ihm einige Schritte entgegen.
»Verzeihen Sie meine Verspätung, Mijnheer van Gulden. Aber der Verkehr . . . Die Tunnel waren nur einspurig zu befahren und . . .«
Kühl winkt van Gulden ab und bittet ihn zum Teetisch hinüber, an den er sich schon gesetzt hat. Mit einer barschen Handbewegung weist er Rutger einen Stuhl zu. Auf einem kleinen Beistelltisch steht das Foto seines Enkels Vincent. Rutger betrachtet es intensiv, wendet dann seinen Kopf dem alten Herrn zu.
Das Gespräch zwischen den beiden entwickelt sich nur zögernd.

Schließlich kommt Rutger auf das eigentliche Thema seines Besuches, den Verkauf des van Gogh-Gemäldes nach Amerika, zu sprechen. Doch darauf reagiert van Gulden ungehalten, da er es als Einmischung in seine persönlichen Entscheidungen empfindet. Heftiger, als man es von ihm erwartet hätte, gibt er Rutger zu verstehen:
»Ich will das Bild nicht mehr sehen, Herr Bode. Es verbinden sich zu viele Erinnerungen damit. Alle Bilder will ich nicht mehr sehen.«
Um seine Erregung zu überspielen, schenkt der alte Herr Tee ein, nimmt dann die Zuckerdose und schaufelt sechs Löffel in die Tasse. Rutger unterdrückt sein Erstaunen. Gesüßter Tee ist für ihn ein Graus. Und dann gleich sechs Löffel. Aber bitte, jeder nach seinem Geschmack! denkt er.
Rutger schaut erneut auf die silbergerahmte Fotografie, steht auf und nimmt sie in die Hand, ohne van Gulden zu fragen, woher er die Fotografie habe. Mit erstaunlicher Behendigkeit springt der alte Mann auf, reißt Rutger das Foto aus der Hand und giftet ihn an:
»Das geht Sie nichts an! Verlassen Sie sofort mein Haus, Herr Bode!«
Fassungslos steht Rutger einen Augenblick da. Dann hat er sich wieder gefangen. Um die aufgekommene Spannung zu entkrampfen, deutet er auf die Gemälde in der Halle, Bilder von Cézanne, Manet, Degas, Picasso. Er bemüht sich, seiner Stimme einen verbindlichen Klang zu geben:
»Und Sie sind fest entschlossen, Ihre Sammlung nach und nach zu verkaufen?«
Van Gulden hat sich wieder in seinen Sessel gesetzt und erwidert nicht ohne einen gewissen Trotz:
»Niemand wird mich daran hindern können. Auch mein Sohn nicht. Und außerdem geht Sie das nichts an.« Und nach einer kurzen Pause: »Warum haben Sie auf das Foto meines Enkels so erstaunt reagiert, Herr Bode?«
Doch nun ist es an Rutger, den Überlegenen zu spielen.
Lächelnd erwidert er:
»Das wiederum, Mijnheer van Gulden, geht Sie nichts an.«
Van Gulden starrt ihn einen Moment konsterniert an. Für den alten Mann ist damit die Unterhaltung beendet. Lediglich die Fotografie, die

mit der Bildseite nach unten auf dem Tisch liegt, stellt er wieder an ihren ursprünglichen Platz. Ohne seinen Gast eines letzten Blickes zu würdigen, schreitet er die Treppe hinauf. Nachdenklich verläßt Rutger das Schloß.

Die Stammkneipe von Bas' Vater ist ein typisches Amsterdamer Café. Urgemütlich ist sie mit ihren alten Holztäfelungen, und obendrein waltet dort ein gutmütiger Wirt. Außerdem hat sie den großen Vorteil, daß sie nicht zu weit weg von der Galerie liegt. Und so findet man Rutger hier an so manchen Abenden über einem guten Glas Wein. Und das meistens allein.

Die Uhr im Lokal schlägt elf. Annette und Bas sind heute abend mitgekommen. Die Bodes sitzen um einen kleinen Tisch am Fenster, Rutgers Lieblingsplatz. Die Eltern trinken Wein, Bas nuckelt an einer Limonade. Außerdem angelt er sich von den drei verschiedenen Tellern auf dem Tisch die restlichen Pommes frites. Annette gibt ihrem Sohn zu verstehen, daß es Zeit für die »Falle« sei. Bas versucht erst gar nicht zu protestieren. Er lächelt seinen Eltern zu.

»Also, dann bis später. Ihr wollt doch sicherlich noch ein bißchen hierbleiben, oder?«

Und damit hat er gar nicht so unrecht. Hinter dem Rücken von Rutger deutet er mit einem frechen Grinsen auf seinen Vater und macht dann einen Kußmund. Danach verläßt er eilends die Kneipe. Rutger schaut seinem Sohn nach, bis er durch die Tür verschwunden ist. Dann wendet er sich an seine Ex-Frau:

»Ich muß dir was sagen!«

Annettes Blick läßt ahnen, daß sie etwas Schlimmes vermutet, doch Rutger schüttelt nur beschwichtigend den Kopf und blickt sie lange an. Aus seiner Jackentasche zieht er das Foto, das aus dem Motorradkatalog gefallen ist. Er stellt es gegen ein Weinglas, damit Annette es besser betrachten kann. Diese macht eine Handbewegung, die Ratlosigkeit ausdrückt. Sie hat noch immer keine Ahnung, worauf Rutger hinaus will. Seine Stimme klingt ernst. »Annette, wir haben doch alle gedacht, daß der Junge auf dem Bild Bas sei. Er könnte es auch durchaus sein,

ich meine, damals, vor acht Jahren. Er ist es aber nicht. Der Junge auf dem Bild ist seit acht Jahren tot.«
Beim letzten Satz von Rutger ist Bas' Mutter plötzlich sehr blaß geworden. Sie stottert:
»Unglaublich! Du meinst, es ist der Sohn dieses Leo?«
Rutger faßt die zitternde Hand seiner ehemaligen Frau und überlegt, wie er ihr beibringen soll, was er herausgefunden hat. Schließlich sagt er: »Ja. Ich war heute bei Mijnheer van Gulden draußen. In seinem Haus habe ich ein Bild von Leos Sohn Vincent gesehen. Es ist identisch mit diesem hier.« Dabei deutet er auf das Foto vor dem Weinglas. »Vincent ist ertrunken, vor acht Jahren. Und bitte, Annette, erschrick jetzt nicht. Kurz nach dem Unfall waren Bas und ich genau an diesem Ort.«
Annettes Fingernägel krallen sich tief in Rutgers Hand. Wie erstarrt blickt sie ihn an, unfähig, ein Wort herauszubringen.

Bas hat es nicht weit nach Hause. Übermütig kommt er um eine Hausecke auf die Straße gerannt, in der sich die Wohngalerie seines Vaters befindet. Noch im Laufen zieht er den Haustürschlüssel aus der Tasche. Als er aufblickt, steht oben am Treppenabsatz vor der Eingangstür eine Gestalt, die sich am Schloß zu schaffen macht. Bas stutzt, bleibt stehen, geht langsam auf die Treppe zu und ruft laut.
»Heh, was machst du da?«
Offenbar erschreckt, wendet die Gestalt ihm das Gesicht zu.
Bas wird schwindelig. Er traut seinen Augen nicht. Es ist, als schaue er in einen Spiegel. Der Junge oben auf dem Treppenabsatz ist Bas selbst. So was kann es doch nicht geben! Träumt er, oder ist das alles nur ein Trugbild? Bas reibt sich die Augen, kneift sich in den Arm, doch auch das ändert nichts. Sein Ebenbild steht ihm noch genau wie vorher gegenüber. Das muß einer erst mal kapieren. Bas will etwas sagen, doch die Worte bleiben ihm im Halse stecken. Seine Kehle scheint wie zugeschnürt. Er streckt seine Hand aus, will seinen Doppelgänger berühren, doch der weicht auf dem Treppenabsatz zurück. Er ist klatschnaß. Ähnlich wie auf dem van Gogh-Gemälde trägt er schwarze Segelkleidung. Er sieht aus, als hätte ihn das Meer soeben freigegeben. Einfach

furchterregend. Bas ringt immer noch nach Fassung und starrt ihn wie versteinert an.

Unerwartet plötzlich springt da sein zweites Ich über das Geländer, läuft in die Dunkelheit und verschwindet.

Bas kann das alles immer noch nicht begreifen. Ängstlich blickt er sich um, rennt die Treppe runter und läuft zur Straßenecke in Richtung Café. Er rennt, was seine Beine hergeben.

Bas stürzt ins Lokal auf seine Eltern zu. Einige Gäste werden aufmerksam. Er will etwas sagen, aber vor lauter Aufregung und Angst kann er nur stottern. Rutger ist aufgesprungen, schüttelt seinen Sohn an der Schulter. »Bas, Junge, was ist denn?«

Auch Annette hat es nicht auf dem Stuhl gehalten. Sie wirft ihrem ehemaligen Mann einen verzweifelten, trotzigen Blick zu, der wohl bedeuten soll: »Siehst du, ich hab's doch geahnt, daß was passiert.« Dabei hält sie Bas fest in den Armen. Sie spürt, daß er am ganzen Leib zittert. Endlich hat er sich soweit beruhigt, daß er die ersten Worte hervorbringen kann.

»Ich ging bei uns die Treppe rauf, und – da oben stand ich schon. Ich meine – ich war schon da oben – obwohl ich doch noch gar nicht oben war.«

Die Eltern schauen sich an. Da werde einer schlau aus dem Jungen! Aus dem wirren Zeug, das er hervorsprudelt, können sie sich keinen Reim machen. Erst mal nach Hause mit ihm, denken beide gleichzeitig. Sie ziehen ihn aus dem Café und gehen schnell die Straße hinunter. Sie haben den Jungen zwischen sich genommen, als wollten sie ihn beschützen, und hasten in die Galerie.

Nach einer halben Stunde hat Bas sich wieder soweit gefangen, daß er seinen Eltern sein Erlebnis schildern kann. Eingemummt in eine dicke Wolldecke sitzt er in einem großen Sessel und berichtet. »Es ist wie mit den beiden Fotos«, Bas deutet auf den Schreibtisch mit den Fotos, die ihn als Achtjährigen zeigen, »die sind auch völlig gleich. Bis auf die Jacke. Und trotzdem sind es zwei verschiedene Jungen. So war das auch mit dem Doppelgänger. Und dann hat er mich noch so angegrinst, ich meine, ich mich. Also, ihr wißt schon.«

Rutger und Annette schauen ihn besorgt an. Aber je mehr Bas erzählt, um so mehr können sie sich Bas' Erlebnis vergegenwärtigen. Doch andererseits, was gibt das Ganze für einen Sinn? Als fürsorgliche Mutter hat Annette ihrem Sohn eine heiße Milch mit Honig gemacht. Auch wenn das nicht jedermanns Sache ist, einen Vorteil hat dieses Gesöff dennoch. Es wärmt von innen und ist als Schlaf- und Beruhigungsmittel besonders geeignet. Dabei hätte Frau Bode selber ein Glas vertragen können. Die ganze Zeit läuft sie nervös auf und ab, nicht ohne ab und zu ein herzzerreißendes »O Gott, o Gott« von sich zu geben. Schließlich will sie Bas noch für das morgendliche Training als krank melden, was ihr aber Vater und Sohn schnell wieder ausreden können.

Bas ist mittlerweile sehr müde geworden. Er geht die Treppe zu seinem Zimmer hinauf. Aber auf halbem Wege bleibt er stehen. Ihm ist plötzlich etwas eingefallen.

»Du, Papi, vor ein paar Jahren, als ich noch ein kleiner Junge war, da gab's doch mal so einen Segelunfall am Strand.«

Rutger tut so, als erinnere er sich nur schwer. Doch Bas läßt sich nicht beirren.

»Wer ist damals eigentlich verunglückt? War das etwa der Sohn von diesem Leo van Gulden?«

Rutger macht eine ausweichende Handbewegung und versucht, die Sache herunterzuspielen. Bas durchschaut ihn aber sofort.

»Lügen kannst du nicht, Papi, ehrlich nicht.«

Und dann geht er endgültig die Treppe hoch.

Leise, aber aufgeregt klingende Gesprächsfetzen dringen noch lange in Bas' Zimmer. Er liegt wach im Bett, trotz der heißen Milch mit Honig. Seine Augen wandern umher. In einer Ecke stapeln sich seine Hockeyschuhe, Schläger und Montur. Auf dem Regal steht ein Bild, daß ihn mit acht Jahren zusammen mit seiner Mutter zeigt. Und vor dem Fenster auf dem Boden entdeckt er eine Wasserlache. Dabei hat es heute gar nicht geregnet. Bas schreckt auf. Auf dem Fensterbrett liegt ein Tennisball, der scheinbar wie von selbst auf den Boden fällt.

Komisch, dabei besitzt er gar keine Tennisbälle. Er springt aus dem Bett. Berührt mit den Fingern die Wasserlache und hebt den Ball auf. Er will zur Tür laufen, überlegt einen Moment und geht dann zum Fenster, wo er feststellt, daß es nicht verriegelt ist. Er schaut hinaus. Auf der Straße ist nichts Verdächtiges zu erkennen. Als er Schritte auf der Treppe hört, springt er rasch ins Bett und tut so, als schlafe er. Es ist Annette, die nach ihrem Sohn schaut. Sie deckt Bas sorgfältig zu. Bevor sie aus dem Zimmer geht, schließt sie das Fenster. Bas öffnet die Augen. Unter der Bettdecke holt er den Tennisball hervor und betrachtet ihn nachdenklich.

Unten in der Wohnhalle klingelt das Telefon. Rutger wundert sich, wer da wohl zu so später Stunde noch anruft. Beunruhigt lauscht er in den Telefonhörer. Es ist Leo van Gulden, der aus einer Telefonzelle spricht. Er drängt Rutger zu einem Treffen:
»Sie waren bei meinem Vater. Er darf auf keinen Fall das Gemälde verkaufen. Weder an die Amerikaner noch an sonst jemanden. Es muß dort bleiben, wo es ist.«
Die beiden verabreden sich für den morgigen Nachmittag.

Leo legt den Hörer auf. Vor der Telefonzelle erwartet ihn Hendrikje, die Haushälterin seines Vaters. Sie beschwört ihn, Rutger nicht zu viel zu erzählen. Leo macht eine beschwichtigende Handbewegung. Dann reicht er ihr das Polaroidfoto aus dem indonesischen Restaurant. Sie hält es in das Licht der Straßenlaterne. Obwohl Hendrikjes Gesicht normalerweise nie irgendwelche Regungen zeigt, kann sie jetzt kaum ihr Erstaunen verbergen. Leo lächelt und erklärt, nicht ohne einen zynischen Ton in seiner Stimme:
»Ich habe den Jungen durch einen Zufall gefunden und – ich habe gute Freunde.«

Am folgenden Tag müssen die »Eisbären« ihre erste große Bewährungsprobe bestehen. Der Gegner beim Turnierspiel ist ausgerechnet Kees' starke Truppe. Das Eisstadion ist gut besucht. Auf der Berliner

Bank sitzt der erste Sturm mit Bas, Lutz und Theo. Und Snoopy, der sich noch schnell einen Schokoriegel in den Mund schiebt.
Bas ist verärgert. Schon in der vierten Minute haben die »Eisbären« ein Tor kassiert. Kein Wunder, so wie sie heute spielen. Außerdem hatte Rutger versprochen, sich das Spiel anzuschauen, aber irgend so ein blöder Termin ist ihm wohl wichtiger.
Der erste Sturm der Berliner geht im Austausch gegen den zweiten aufs Eis. Sofort wird Bas heftig von der Nummer 9 der Holländer attakkiert. Es ist Kees, der Kapitän, der so stark aufspielt. Bei Bas will heute gar nichts klappen. Zwei-, dreimal hintereinander verliert er die Zweikämpfe und geht zu Boden. Auf der Auswechselbank ist die Stimmung gedrückt. Annette schüttelt resigniert den Kopf, und auch die übrigen »Eisbären« sind ziemlich »down«. Selbst Jürgen, der Trainer, sonst eher eine Frohnatur, ist entmutigt. Doch jetzt gelingt es Bas, Kees auszutricksen und mit einem langen Paß Lutz zu bedienen. Der muß nicht lang überlegen. Er donnert den Puck ins Tor zum 1:1. Riesenjubel bei den Berlinern. Bas' Freude wird jäh unterbrochen, als Kees ihm von hinten in die Kniekehlen fährt. Mutter Bode ist außer sich:
»Das sind aber Rowdies! Du meine Güte!«
Sie faucht ihre Mannschaft an:
»Ihr müßt zur Sache kommen, voll rein, klar? Keine Angst in den Knochen! O nein, diese Discotypen. Raus!«
Und Annette hebt ihre Verbandtasche. Der erste Sturm kommt erschöpft vom Eis, der dritte Sturm klappt die Plastikvisiere herunter und stürmt auf die Spielfläche. Bas läßt sich neben seine Mutter fallen. Außer Atem reißt er sich den Helm vom Kopf:
»Die sind echt stark. Aber geschafft haben die uns noch nicht, Mami. Dieser Kees ist heiß, knalltrocken. Aber so schnell sind wir nicht unterzukriegen.«
Das hätte Bas wohl nicht so voreilig sagen sollen. Die »Eisbären« kassieren ein weiteres Tor. Jetzt steht es 2:1 gegen sie. Zornig wirft Bas einen Handschuh auf den Boden, aber der Trainer gibt ihm das Zeichen, sofort wieder auf die Eisfläche zurückzugehen. Entschlossen zieht er den Handschuh wieder an, setzt den Helm auf und führt einen

entschlossenen Sturm auf das Eis. Kees führt den Puck auf das Berliner Tor zu. Bas schwingt in einer Diagonalen heran, fährt Kees in die Beine, so daß er zu Boden geht und den Puck verliert. Aber da hat Bas nicht mit seinem Gegenspieler gerechnet. Der läßt sich das nicht bieten. Und so entwickelt sich eine kleine, aber heftige Prügelei. Das Spiel wird unterbrochen, und Bode junior wird als Übeltäter für zwei Minuten auf die Strafbank geschickt. Und da sitzt er nun. Das Visier hochgeklappt, schaut er seine Mutter an, die alles andere als begeistert ist. Sie zeigt ihm einen Vogel und schüttelt den Kopf. »Was soll das, Bas. So könnt ihr nicht gewinnen. Sei froh, daß dein Vater nicht kommen konnte.«

Der steht inzwischen am Strand und friert. Er hat zu dünne Schuhe an, es ist ihm kalt, und er stellt sich abwechselnd erst auf den rechten, dann den linken Fuß. Der winterliche holländische Himmel ist bleifarben grau und düster. Mit einem Wort, einfach ungemütlich. Endlich taucht Leo van Gulden auf. Er ist dick angezogen und nickt kurz zur Begrüßung. Rutger will wissen, warum er gerade den unerfreulichen Strand als Treffpunkt gewählt hat. Leo blickt ihn starr an, dann deutet er auf das Meer.
»Mein Sohn ist hier vor acht Jahren ertrunken, um diese Jahreszeit. Es war Leichtsinn. Obwohl Vincent ein guter Segler war.«
Rutger macht eine bedauernde Geste. Doch Leo läßt sich nicht beirren: »Mein Sohn lebte nur kurze Zeit hier bei meinem Vater, drüben im Schloß. Vorher haben wir in Sydney gelebt. Meine Frau und ich, Sie verstehen! Sie ist nach dem Unfall . . .«
Hier zögert Leo weiterzusprechen, und Rutger ergreift die Gelegenheit, das Thema zu wechseln.

Währenddessen tobt das Spiel Holland – Deutschland weiter. Inzwischen steht es 3:1 für Kees' Truppe.
Bas stürmt. Er treibt den Puck mit einem gewaltigen Schlag nach vorne. Kees kommt auf ihn zugerast, und diesmal ist es Bas, dem die Beine weggesäbelt werden. Doch das ist auch den Augen des Schiedsrichters

nicht entgangen. Jetzt muß Kees auf die Strafbank. Die erste Sturmreihe fährt bei den Berlinern vom Eis, schwer atmend setzt sich Bas neben seine Mutter und ächzt:
»Ich bin schon überall blau und grün.« Lutz nickt bestätigend. »Mami, heute gibt es noch viel zu tun für dich.«
Der Trainer schaut auf die Stadionuhr, die exakt die verbleibende Spielzeit anzeigt. Er gibt zu verstehen, daß noch nichts verloren sei. Dann ertönt die Sirene zur Pause. Die Spieler erheben sich und gehen in die Kabine. Beim Hinausgehen winken sich die Kapitäne der beiden Teams, Kees und Bas, zu. Spiel ist eben Spiel, und Schnaps ist Schnaps, sozusagen!
Jürgen, der Trainer, betritt als letzter die Mannschaftskabine und schließt die Tür hinter sich. Auf dem Gang geht Kees mit der Nummer 9 ebenfalls als letzter in die Kabine. Er bemerkt nicht, daß sich hinter ihm eine Tür öffnet und eine Gestalt in einem dicken Winteranorak herausstürzt. Kees hört das Geräusch; irgendwie spürt er, daß etwas nicht geheuer ist, und will sich umdrehen. Doch da ist es schon zu spät. Der Unbekannte legt den Arm wie einen Schraubstock um den Hals von Nummer 9 und zerrt ihn rückwärts in den Geräteraum.
Der Gang ist wieder menschenleer, nur aus den Kabinen hallen Rufe, Geschrei und Gestöhne. Jürgen gibt seinen Spielern Anweisungen für das nächste Drittel. Die Jungen sind total erschöpft. Kein Wunder bei dem Spieltempo und obendrein diesem Gegner. Es ist wirklich kein Honiglecken. Sie haben die Helme abgesetzt und lümmeln sich herum. Und weil man sich im Sitzen nicht so gut entspannen kann und die Pause nur so kurz ist, liegen sie auf dem Boden, wobei die Füße auf der Bank ruhen. Das ist gut für die Durchblutung, sagt Annette immer. Und da liegen sie nun, trinken Mineralwasser, spülen sich den Mund und den Zahnschutz aus. Nebenbei hören sie mit einem Ohr hin, was der Trainer zu sagen hat. Der dicke Snoopy erhebt sich zu voller Höhe und Breite. Ihm ist wieder mal schlecht. Jetzt kommt Annette zum Einsatz:
»Also, wer ist noch gehauen, gestochen, gebissen und gekratzt wor-

den? Kann ich im Moment was für euch tun, oder hat's bis zum Spielende Zeit? Es lohnt sich ja ohnehin noch nicht so richtig.«
Lutz hebt klagend seinen Daumen hoch.
»Ich hab mir den Daumen verstaucht.«
Annette will ihm eine Bandage machen, doch Lutz lehnt dankend ab und fügt so nebenbei hinzu:
»Ich hab ja noch einen zweiten Daumen.«
Snoopy stakst auf seinen Schlittschuhen in Richtung Toilette:
»Ich geh mal kotzen. Wieso eigentlich immer ich?«
Und dann verschwindet er ganz schnell. Der Trainer schaut ihm kopfschüttelnd, aber grinsend nach. Da ertönt die Sirene, sie signalisiert das Ende der Drittelpause.
Widerwillig erheben sich die »Eisbären«, auch Snoopy kommt wieder aus dem Klo gewankt. Die Jungen setzen ihre Helme auf und verlassen die Kabine. Im Gehen gibt Bas seinem Torwart noch einen heißen Tip:
»Snoopy, leg dich doch mal quer ins Tor, das würde uns allen sehr helfen.«
Doch das findet Snoopy gar nicht witzig.

Auch für Rutger Bode war die Unterredung mit Leo alles andere als lustig. Nachdenklich geht Rutger jetzt zu seinem Wagen zurück, den er in der Nähe des Schlosses abgestellt hat. Bevor er einsteigt, wendet er sich noch einmal um und sieht, wie Leo ihm ebenfalls nachschaut, ehe er in entgegengesetzter Richtung fortgeht. Und er sieht noch etwas. In einiger Entfernung wird Leo von Hendrikje erwartet. Rutger steigt in seinen Wagen und fährt los, auf das düstere Haus zu.
Irgend etwas scheint dort nicht geheuer zu sein. Er bremst, springt aus dem Auto und läuft zum Eingang. Dann klingelt er an der Haustür, aber niemand öffnet. Erst jetzt stellt er fest, daß die Haustür nur angelehnt ist. Er geht ins Haus. In der großen Wohnhalle tritt er an den Schreibtisch. Wieder steht er vor dem Foto des achtjährigen Enkels des alten van Gulden. Dann blickt er lange auf das van Gogh-Gemälde, das den Fischerjungen im schwarzen Ölzeug zeigt. Nur die Signallichter der Alarmanlage leuchten im halbdunklen Raum. Rutger nimmt die

Fotografie im Silberrahmen in die Hand, betrachtet sie nachdenklich. Er bemerkt nicht, daß die Haushälterin leise hinter ihn getreten ist.
»Herr Bode, seine Leiche wurde nie gefunden.«
Erschrocken wendet Rutger sich um und blickt in das versteinerte Gesicht Hendrikjes. Sie nimmt ihm das Foto aus der Hand und stellt es sorgfältig auf den Schreibtisch zurück.
»*Ihr* Sohn lebt, Herr Bode.«
Verwirrt über diese Worte verläßt Rutger das Haus. Wie ein böser, langer Schatten steht die Haushälterin in der hell erleuchteten Eingangstür. Rutger steigt in seinen Wagen und fährt zurück nach Amsterdam.

Mittlerweile hat das letzte Drittel des Eishockeyspiels begonnen. Der Schiedsrichter gibt dem holländischen Kapitän auf der Strafbank ein Zeichen. Kees kehrt aufs Eis zurück. Sofort springt die erste Berliner Sturmreihe von der Spielbank auf. Und im schnellen Austausch sausen sie auf das Eis. Unmittelbar darauf gleitet Bas in die Nähe von Kees, der gerade ausgespielt wird. Vorsichtig will er sich an Bas vorbeimogeln. Doch schon durch einen leichten Bodycheck von Bas verliert der das Gleichgewicht und geht zu Boden. Bas ist äußerst verwundert. Von Kees ist er eigentlich mehr Gegenwehr gewohnt. Egal, jetzt ist er im Besitz des Pucks. Er spielt einen gekonnten Doppelpaß mit Theo und knallt den Puck knapp am holländischen Goal vorbei. Der hätte drin sein müssen. Immer noch verwundert blickt er sich zu Kees um. Der liegt nach wie vor auf dem Eis und hat tatsächlich Schwierigkeiten, wieder auf die Schlittschuhe zu kommen. Ganz und gar untypisch für ihn. Bas blickt verdutzt zur Trainingsbank. Annette und Jürgen schauen ihn ratlos an und zucken mit den Schultern.
Der holländische Sturm wird ausgewechselt, mit ihm auch die Mannschaftsführer. Also verschwinden auch die Berliner vom Eis. Bas beugt sich weit vor, um die gegnerische Spielerbank zu beobachten. Kees sitzt dort ganz ruhig. Die Plexiglasmaske hat er immer noch vor sein Gesicht geklappt. Das macht er doch sonst nie! Die anderen holländischen Spieler betrachten ihn zweifelnd. Auch der Coach beugt sich vor. Kees macht eine beschwichtigende Handbewegung. Hingegen hat

Bas, wie immer nach jedem Spieleraustausch, seine Maske hochgeklappt. Er beugt sich zu seiner Mutter hinüber. Auch sie hat gesehen, daß Kees wie auf Eiern fährt.
»Mami, mit dem ist was. Der ist wie verwandelt.«
»Ja, komisch. Sein Team guckt auch schon ganz entgeistert. Vielleicht hat er sich verletzt.«
Erneuter Sturmtausch. Sofort sucht Bas wieder den direkten Kontakt zu Kees. Und erneut geht sein Gegenspieler bei dem ersten leichten Bodycheck zu Boden. Bas ist ratlos. Er reicht dem Holländer die Hand. Aber bevor dieser die Hand ergreift, klappt er das Visier hoch. Das ist doch nicht möglich! durchfährt es Bas. Das ist ja gar nicht Kees! Wie auf der Treppe vor der Galerie blickt Bas – in sein eigenes Gesicht! Es ist klatschnaß.
Bas ist wie gelähmt. Erschrocken und völlig überrascht steht er da. So eine Gemeinheit! Und das während des Spiels! Sein zweites Ich erhebt sich vom Eis. Es blickt ihn unverwandt an, während es auf die gegnerische Spielbank zugleitet. Bas schaut seinem Doppelgänger noch lange nach. Das Spiel hat er vollkommen vergessen. Völlig verwirrt landet er auf der Bank neben Annette. Er nimmt seinen Helm ab und schaut sie völlig entgeistert an. Er deutet auf die gegnerische Bande.
»Er war wieder da. Wie gestern. Mit meinem Gesicht.«
Bas nimmt den Zahnschutz aus dem Mund und kann nun freier sprechen:
»Mami, mein Doppelgänger!«
Annette erhebt sich entschlossen:
»So, jetzt schau ich mir den jungen Mann aber mal an!«
Sie geht die Bande entlang zum gegnerischen Team. Doch bevor sie es erreichen kann, muß sie sehen, wie die Nummer 9 sich bereits in Richtung Kabinen verdrückt und um die Ecke verschwindet. Der holländische Coach schimpft hinter ihm her. Annette nimmt die Verfolgung auf. So schnell läßt sie sich nicht abschütteln. Sie läuft den Gang entlang. Er ist völlig leer. Keine Spur von Nummer 9. Annette rüttelt an einigen Türen. Alle sind verschlossen. In der Gerätekammer hört sie Gepolter und lautes Schimpfen. Von innen wirft sich jemand gegen die eiserne Tür. Von außen ist sie nur durch einen Riegel gesichert. Annet-

te zieht den Riegel zurück, und zu ihrer Überraschung plumpst Kees heraus. Es ist wirklich Kees, die Nummer 9 der Holländer. Annette schaut ihn ungläubig an. Doch er legt gleich los:
»Das ist ein ganz gemeiner Trick, ganz mies. Mich hier einzusperren, damit ihr das Spiel gewinnt.«
So viel kriegt Frau Bode noch mit. Der Rest ist ein unverständliches Durcheinander aus deutschen und holländischen Flüchen. Sichtlich erregt und mit hochrotem Kopf prescht Kees aus dem Raum auf das Eis. Dort ist gerade der Ausgleich zum 3:3 gelungen. Und nun stürmt wie ein wütender junger Stier Kees wieder auf die Spielfläche. Bas merkt sofort, daß es sich bei ihm nur um den wirklichen Kapitän der Holländer handeln kann.
Der Schiedsrichter läßt den Puck fallen. Kees erwischt ihn. Jetzt läßt er seine ganze angestaute Wut heraus. Er trampelt Bas exakt und keineswegs regelwidrig über den Haufen. Dann fegt er im Alleingang mit dem Puck über das ganze Spielfeld in Richtung Berliner Tor. An den völlig verdutzten und überraschten »Eisbären« vorbei erzielt er den Führungstreffer. Grenzenloser Jubel auf der holländischen Bank. Ratlos starrt Bas seinen Gegenspieler an und fährt dann mit dem Sturm vom Eis.
Annette hat soeben wieder Platz genommen. Sie ist total durcheinander. Atemlos setzt sich Bas neben sie:
»Das ist ein Hammer, Mami. Das ist wieder Kees. Langsam krieg ich das Flattern.«
Frau Bode rückt etwas näher zu ihrem Sohn und legt ihren Arm um seine Schulter.
»Ich hab's schon, seit eben. Frag mich nicht, was das alles bedeutet. Ich weiß es selbst nicht.«
In diesem Moment ertönt die Schlußsirene. Die Anzeigetafel zeigt das Endergebnis, 4:3. Die Holländer jubeln. Die »Eisbären« gratulieren. Dann verschwinden beide Mannschaften in den Kabinen. Die Stimmung der »Eisbären« ist gedrückt. Wer freut sich schon über eine Niederlage?

Auch Leo van Gulden ärgert sich über eine Niederlage, wenn auch aus ganz anderen Gründen. Eben hat er in der Spielhölle des chinesischen Gangsterbosses van Ling einen ganz schönen Batzen Geld verloren. Und wer freut sich schon über so was? Van Ling, klar. Der sitzt an einem seiner Spieltische und trinkt grünen Tee. Ron, sein muskelbepackter Leibwächter, hat ihn serviert.
Bodyguards nennt man solche Gestalten. Die sind entweder Muskelpakete oder Revolverhelden. Manchmal beides. Ron ist nicht nur ein ganz hinterhältig aussehender Typ, der ständig eine Knarre bei sich hat, Ron ist auch sehr geschickt im Umgang mit Messern.
Van Ling hat aber noch ein Muskelpaket. Ralf heißt das, und es besteht, weiß Gott, nur aus Kraft. Da Ralf nie zum Denken gezwungen wird, überläßt er das einfach den anderen. Er hat ja seine Muskeln. Nicht gerade wie Mister Universum, aber viel fehlt da nicht.
Natürlich darf bei einem so üblen Gauner, wie van Ling es ist, auch eine Frau nicht fehlen. Die ist meistens dabei und dann immer an seiner Seite. Er verwöhnt sie mit teuren Kleidern und Schmuck, vom Feinsten, versteht sich.
Fotografieren kann Kitty, unter anderem, auch.
Eine Eigenschaft hat der Chinese noch, die erwähnenswert ist. Er versteht sich auf kernige Zitate. Chinesische Weisheiten aus dem soundsovielten Jahrhundert. Die hat er drauf wie kein Zweiter. Genial getarnt und eingerichtet ist auch der Raum, in dem er seine betrügerischen Geschäfte betreibt. Eine Spielhölle im wahrsten Sinne des Wortes. Der Besucher tritt ein durch ein Gewirr aus Stühlen, alten Regalen und viel Schmutz. Eine alte Fabrik oder ein Lagerraum muß das einmal gewesen sein. Und dann, nach ein paar Metern, öffnet sich die Welt des van Ling.
Giftgrün wie die Farbe seines Tees sind die Lampen, die ihr gedämpftes Licht auf die Spieltische werfen. Die Fenster sind mit einer häßlichen blauen Farbe zugepinselt. Kein Mensch käme draußen im Vorbeigehen darauf, was hier gespielt wird.
An den Tischen werden Roulette, Baccara, Würfel- und Kartenspiele veranstaltet. Alles verboten, aber hier ist sowieso alles illegal. An-

sonsten aber vornehm. Nicht nur die teuren Teppiche in diesem Raum zeigen das, auch die Garderobe der Besucher. Der männliche Teil trägt fast ausschließlich Smoking. Wenn nur das häßliche grüne Licht nicht wäre, aber das stört hier anscheinend niemanden. Denn wer hierher kommt, denkt nur ans Glück und ans Geld. Alles andere ist den Leuten egal.
Van Ling wacht über allem. Ob legal oder illegal, hier herrschen seine Gesetze. Ling hat sie selbst gemacht. Gäbe es so was wie die zehn Gebote seiner Hölle, so würden sie mit dem Wichtigsten beginnen: Du sollst begehren deines Nächsten Hab und Gut . . .
Leo van Gulden steht am Roulettekessel des Spieltisches und wirft spielerisch die Kugel. Van Ling steckt eine Zigarre auf seine goldene Spitze. Sofort reicht ihm der Leibwächter Feuer.
»Mein lieber Freund Leo, Seelenwanderung hat für uns Chinesen nichts Furchtbares. Längst verstorbene Ahnen, tote Brüder und Schwestern nehmen Gestalt an und treten immer wieder in unser Leben.«
Leo wirft erneut die Elfenbeinkugel.
»Ja, natürlich. Wetten, daß die Fünfzehn kommt?«
Der Chinese hebt kaum merklich die Hand.
»Ein Toter kann weiterleben. Ihr in Europa fürchtet euch davor, wie dieser Junge. Dem machen wir jetzt gehörig Angst. Übrigens, mein Freund, es kommt die Dreiundzwanzig.«
Und tatsächlich rollt die Kugel auf die Nummer Dreiundzwanzig. Da ist Leo natürlich mehr als überrascht. Nur gut, denkt er, daß van Ling nicht auf sein Wettangebot eingegangen ist! Sonst wären zu seinen sowieso schon hohen Schulden noch einige hinzugekommen.
»Kompliment, van Ling.«
Der lächelt vielsagend und deutet dann auf seinen Leibwächter Ron. Dieser betätigt diskret und für andere fast unsichtbar einen kleinen Hebel, der im Fußboden eingelassen ist. Der junge van Gulden kapiert sofort und ist sichtlich aufgebracht.
»Dann haben Sie mich in all den Jahren immer wieder betrogen!«
Er kann sich kaum beruhigen. Klar, wer würde sich nicht aufregen,

wenn er plötzlich spitz bekommt, daß man ihn jahrelang ausgenommen hat wie eine Weihnachtsgans.
Der Chinese hat sich erhoben und ist zum Kessel herübergekommen. Er bläst Leo seinen Rauch ins Gesicht.
»Selbstverständlich, Mijnheer van Gulden! Sie und viele andere liebe Gäste. Aber jetzt sind wir Partner, ehrliche Freunde. Glauben Sie, daß unser Bas die Wiedergeburt Ihres Sohnes ist?«
Leo schüttelt heftig den Kopf.
»Es ist nicht wichtig, was ich glaube, Ling. Das einzige, was zählt, ist, daß mein Vater daran glaubt. Und dafür werde ich schon sorgen.«

Für den nächsten Nachmittag sind die Eisbären zu einem gemeinsamen deutsch-holländischen Bowling eingeladen. Viele werden sagen, nach einem gewonnenen Spiel kann man leicht den Verlierer zum Bowling einladen. Aber das wäre nicht gerecht. Das war zum besseren Kennenlernen der beiden Teams gedacht, und die Einladung war lange vor dem gestrigen Spiel ausgesprochen worden.
Rutger kann nicht mitkommen. Schon wieder ist ihm so ein blöder Termin dazwischengekommen. Aber er will Bas und Annette wenigstens zur Bowlingbahn fahren. Und so sitzen die drei Bodes im Auto und fahren durch Amsterdam. An den Grachten entlang, über Brücken, vorbei an alten Häusern, Palästen und Kirchen. Als sie an einem Matjesstand vorbeikommen, ruft Annette laut: »Halt!« Sie hat nämlich eine Schwäche für Matjes. Sie kann einfach an keinem Heringsstand vorbeigehen, ohne nicht einen dieser delikaten Fische zu probieren. Andere Frauen kaufen jedesmal Parfüm, wenn sie eine Parfümerie sehen. Wieder andere werden bei Boutiquen schwach. Und einige sollen sogar einen unwiderstehlichen Drang nach Scheuerlappen verspüren, wenn ihnen ein solcher zu Gesicht kommt ... Annettes Tick sind eben Heringsstände. Und die gibt es reichlich in Amsterdam. So stehen Bas, Annette und Rutger schon bald mit einem Hering in der Hand vor dem Stand. Annette ißt den Fisch mit großem Genuß. Bas' unüberhörbares Schmatzen zeigt, daß es auch ihm schmeckt. Nur Rutger ist nicht ganz bei der Sache. Nachdenklich kaut er an seinem Hering.

»Was ich euch noch erzählen wollte, Leo will mit allen Mitteln verhindern, daß sein Vater den van Gogh verkauft. Er besteht darauf, daß das Bild an seinem alten Platz hängen bleibt.«
Bas steckt sich das letzte Stück Hering in den Mund.
»Vielleicht hat dieser Zombie sogar im Laufe der letzten Jahre die Bilder gegen Fälschungen ausgetauscht. Dann müßte er tatsächlich befürchten, daß die Sache ans Licht kommt, wenn sich ein Käufer die Bilder einmal genauer ansieht. Gar nicht so dumm, dieser Typ.«
Rutger schüttelt den Kopf und klopft seinem Sohn auf die Schulter.
»So einfach geht das nicht, Bas. Selbst wenn Leo es wollte, zu Geld machen könnte er die Bilder nie. Jedenfalls nicht, solange sein Vater lebt. Sie sind zu bekannt. In der Kunstszene weiß jeder, wem sie gehören.«
Annette hat ihren zweiten Hering verdrückt und ist sichtlich zufrieden. Familie Bode steigt wieder ein, und weiter geht's.
In der Bowlingbahn werden Bas und seine Mutter mit großem Hallo begrüßt. Auf den Tischen stehen Berge von Frikadellen und Kroketten, dazu viele alkoholfreie Getränke. Die Stimmung ist sehr locker und laut. Snoopy räumt soeben beim Bowlen sämtliche Figuren ab und freut sich wie ein Schneekönig. Danach wirft Bas die Kugel. Er trifft nicht so gut. Ein paar Kegel bleiben stehen. Trotzdem erntet er allgemeinen Applaus und entsprechendes Gejohle. Bas grinst. Er sieht, wie die geworfene Kugel die Schienen zurückrollt.
Und dann sieht er noch etwas. Zwischen den zurücklaufenden Hartgummikugeln rollt auch ein kleiner Tennisball zurück. Snoopy sieht ihn ebenfalls, nimmt ihn und wirft ihn Bas zu. Schlagartig fällt Bas wieder der Tennisball in seinem Zimmer ein. Seine gute Stimmung ist mit einemmal dahin.
Annette hat die plötzliche Veränderung bei Ihrem Sohn bemerkt. Sie will zu ihm hinübergehen, aber da wird sie von Lutz aufgehalten.
»Frau Bode, können Sie mir heute abend noch einen Preßverband machen, bevor ich schlafen gehe? Linker Knöchel. Tut furchtbar weh!«
Doch Frau Bode reagiert gereizt.
»Das hätten wir doch schon heute morgen machen können.«
»Da tat es aber noch nicht so weh, wirklich, Frau Bode.«

Als Annette sich von Lutz abwendet, ist Bas verschwunden. Er spürt inzwischen dem mysteriösen Tennisball nach. Von den anderen unbemerkt, hat er sich nach hinten verdrückt und sich in den Maschinenraum der Bowlingbahn geschlichen. Das ist sozusagen das technische Herz der Kegelbahn. Kompliziert aussehende Vorrichtungen stellen die Figuren auf, und ein kleines Förderband läßt die Kugeln wieder zurück zu den Spielern rollen. Bas betrachtet aufmerksam das Gestänge. Ohrenbetäubender Lärm verschluckt jedes andere Geräusch. Es ist ziemlich düster. Nur die Funktionslämpchen der Automaten werfen ein schummriges Licht in den Raum.

Als sich seine Augen an die Dunkelheit gewöhnt haben, erkennt Bas in einer dunklen Ecke eine Gestalt, die ungefähr seine Größe hat. Ehe er noch etwas tun kann, verschwindet diese aber in Blitzesschnelle und klettert durch das Gestänge davon. Bas nimmt sofort die Verfolgung auf. Doch das ist gar nicht so einfach. Der Typ scheint sich hier gut auszukennen. Geschickt hüpft er zwischen den Hebebühnen und Förderbandern hin und her. Bas sieht ein, daß er ihn so niemals einholen kann. Da wendet sich der andere Junge um. Lichtreflexe, die durch das Auf und Ab der Hebebühnen entstehen, spiegeln sich in seinem Gesicht. Es ist – Bas' Gesicht.

Wieder starrt Bas in des anderen – oder sein eigenes? – Gesicht, das plötzlich zu sprechen beginnt.

»He, Bas, hast du Angst vor mir? Warum? Ich bin doch du!«

Da hält Bas nichts mehr. Mit einem gewaltigen Satz jagt er hinter seinem Doppelgänger her. Doch dem gelingt es in letzter Sekunde, durch einen Notausgang zu entweichen.

Gerade in diesem Augenblick stürmt Annette in den Maschinenraum. Als Bas so plötzlich verschwunden war, hatte sie sich sofort auf die Suche nach ihm gemacht. Nun drückt sie ihn fest an sich.

»Mami, er war wieder hier! Ich hab Angst. Ich kann das nicht mehr so einfach wegstecken.«

Aber wer kann das schon, wenn er erfahren muß, daß es ihn auf einmal zweimal gibt. Und wenn obendrein so viele mysteriöse Dinge passieren. Da muß man ja verrückt werden.

Und dann soll man auch noch Eishockey spielen, möglichst gut und voll bei der Sache sein.
Das schafft selbst ein Junge wie Bas-Boris nicht.

Beim nächsten Eishockeytraining ist das Stadion fast völlig leer. Nicht einmal Neugierige sitzen auf den Rängen. Klar, daß nach einer Niederlage, wie sie die »Eisbären« hinnehmen mußten, die Fangemeinde ganz schön schrumpft. Das ist beim Eishockey nicht anders als beim Fußball oder anderen Sportarten.
Vor der Spielerbank haben sich einige »Eisbären« um den Trainer versammelt. Es werden Anweisungen erteilt. Neben diesem Pulk steht unbeteiligt Annette und schaut besorgt aufs Eis. Da dreht Bas in voller Montur, aber ohne Helm alleine einige Runden. Erst übersetzt er vorwärts, dann fährt er rückwärts. Sein Gesicht ist maskenhaft erstarrt. Er ist mit seinen Gedanken ganz woanders.
Aus dem Schatten eines Tribünenaufganges tritt van Ling. Wie immer trägt er einen tadellosen englischen Maßanzug und weiße Handschuhe. Er wird von Ron geführt. Dem alten Chinesen ist es sonst zutiefst zuwider, sich in der Öffentlichkeit zu zeigen. Aber heute hat er einen Grund. Auch Leo van Gulden befindet sich bei ihm. Er weist auf Bas unten auf der Eisfläche. Ling schüttelt sanft den Kopf.
»Bas scheint es nicht sonderlich gut zu gehen. Wie bedauerlich!«
Leo erwidert gedehnt:
»Am Ende des Turniers wird er ein anderer Junge sein.«
»Mein lieber Leo, am Ende des Turniers beläuft sich Ihre Schuld, einschließlich Zinsen, auf 310.000 Gulden!«
Van Ling bemerkt das in einem sehr höflichen Ton. Er verbeugt sich und verschwindet im Tribünenaufgang, gefolgt von seinem Leibwächter.

In der Villa des alten van Gulden herrscht derweil ein ungewohntes Treiben. Das van Gogh-Gemälde wurde inzwischen abgenommen. Die Drähte der Alarmanlage baumeln verloren an der Wand. Zwei Experten untersuchen das Bild mit allerlei technischem Gerät. Das ist

nichts Ungewöhnliches. Wenn jemand zwei Millionen für einen van Gogh ausgibt, will er natürlich wissen, ob ihm da nicht eine Fälschung angedreht wird. Da kann er schon verlangen, daß es von Fachleuten auf seine Echtheit geprüft wird. Und so prüfen denn die beiden Gutachter. Einer von ihnen, es ist der Direktor des Rijksmuseums, beugt sich mit einer Infrarot-Lupe über das Bild. Er betrachtet hingebungsvoll ein Segment des Ölgemäldes. Völlig gelassen beobachtet van Gulden von seinem Sessel aus die Prozedur. Er schenkt sich Tee ein, stark gesüßt natürlich.
Rutger Bode ist sichtlich auf das Ergebnis gespannt. Der zweite Gutachter hat ein winziges Partikelchen der alten Ölfarbe in einem Reagenzglas mit Flüssigkeit aufgelöst. Er gibt einen Tropfen dieses Gemischs auf einen Objektträger und legt diesen unter ein Mikroskop. Der Direktor hat inzwischen seine Lupenarbeit beendet.
»Ich halte das Bild für echt.«
Der zweite Gutachter blickt vom Mikroskop auf, nickt zustimmend.
»Meistens sind wir uns nicht so einig, Mijnheer van Gulden. Aber auch ich schließe mich dem Urteil meines Kollegen an. Die chemische Analyse ergibt eindeutig, daß das Bild echt ist!«
Van Gulden hat das Gutachten sitzend entgegengenommen. Jetzt springt er abrupt auf. Die Herren verstehen und verabschieden sich. Der alte van Gulden begleitet Rutger zum Ausgang. Er ist in einen dicken, altmodischen Mantel gehüllt. Ihn fröstelt an diesem kalten, diesigen Tag.
»Hören Sie, Herr Bode, ich werde nicht eher ruhen, bis dieses Bild Holland verlassen hat. Sollte das nicht möglich sein, werde ich es zerstören. Ich will es einfach nicht mehr sehen.«
Beide gehen in den Park. Rutger haben die letzten Worte verständlicherweise nicht sonderlich gefallen.
»Herr van Gulden, wenn dieses Bild irgendwelche Erinnerungen in Ihnen weckt, ist das sehr bedauerlich. Aber sie dürfen das Kunstwerk deswegen nicht hassen.«
Der alte Mann ist stehengeblieben. Sein Blick schweift gedankenverloren durch den Park hinüber zu den Dünen.

»Ich hasse niemanden und nichts, nur mich. Ich habe zu wenig von meinem Enkel gehabt. Verstehen Sie? Seit vielen Jahren sterbe ich jeden Tag ein bißchen mehr. Und bald bin ich vollkommen am Ende, Herr Bode.«
Der nestelt aus seiner Jacke eine Brieftasche. Er tut so, als ob er irgend etwas suche. Dabei stellt er sich äußerst ungeschickt an, was sonst nicht seine Art ist. Unwillig bleibt van Gulden ebenfalls stehen. Papiere fliegen zu Boden. Auch ein Foto, das den sechzehnjährigen Bas zeigt. Rutger bückt sich und sammelt die Papiere wieder ein. Das Foto seines Sohnes läßt er aber absichtlich auf dem Boden liegen.
Van Gulden macht ihn auf das Foto aufmerksam.
»Sie haben etwas vergessen, Herr Bode.«
Rutger tut so, als würde er nicht verstehen. Er läßt sich absichtlich Zeit mit dem Bücken.
Schließlich hebt van Gulden das Foto selber auf. Er wirft einen flüchtigen Blick darauf. Rutger beobachtet ihn dabei scharf, um die Reaktion des alten Mannes zu sehen. Doch der verzieht keine Miene und reicht ihm das Bild zurück. Dabei bemerkt er sehr wohl, daß Rutger ihn aufmerksam beobachtet. Jetzt blickt er Rutger fest ins Gesicht. Rutger ist zunehmend verunsichert. Schließlich hat er von dem alten Herrn eine ganz andere Reaktion erwartet. Doch was macht der stattdessen? Er läßt Rutger seinerseits nicht mehr aus den Augen. Mit einem vielsagenden Ton in der Stimme fügte er hinzu:
»Sie haben die Fotografie absichtlich fallen lassen, Herr Bode. Hat mein Sohn Sie geschickt?«
Rutger weicht seinem stechenden Blick aus. Er reicht ihm das Bild erneut. Van Gulden betrachtet es, lächelt kühl und gibt es ihm ohne Kommentar zurück.

Als Annette in eines der Rundfahrtboote einsteigen will, rutscht sie auf der glitschigen Planke aus und stürzt beinahe in die eiskalte Gracht. Geistesgegenwärtig kann Rutger sie im letzten Moment auffangen. Wenn sie in das eiskalte Wasser gefallen wäre, hätte sie sich womöglich noch eine Lungenentzündung geholt!

Stadtrundfahrten werden in Amsterdam fast nur mit Booten gemacht. Das liegt daran, daß die Gassen für Aussichtsbusse viel zu schmal sind. Selbst der erfahrenste Fahrer würde hier nicht rangieren können. Also spielen sich die Touristen-Rundfahrten auf dem Wasser ab. Da ist wenigsten Platz, und man hat garantiert eine gute Aussicht auf die Sehenswürdigkeiten.

Bas, Rutger und Annette, der der Schrecken noch in den Knochen steckt, haben sich auf die letzte Bank des Schiffes gesetzt. Eher desinteressiert nehmen die Bodes die immer wieder neuen Durchblicke auf einmündende Grachten, Brücken und Lagerhäuser wahr. Die drei sind mit ihren Gedanken ganz woanders.

Das Boot schiebt sich im braunen Wasser weiter vorwärts. Einige Bootslängen voraus, in der Nähe des ehemaligen Amsterdamer Krankenhauses, zweigt eine Gracht im rechten Winkel ab. Die Kapitäne der Rundfahrtboote müssen hier höllisch aufpassen, um nicht an die Kaimauern zu donnern. Aber manchmal passiert es doch. Davon zeugen die vielen Spuren an den Mauern.

Plötzlich beugt Rutger sich vor, so daß er besser und leiser mit Annette und Bas sprechen kann:

»Hört mal zu. Ich war noch einmal bei dem alten van Gulden. Dort waren gerade ein paar Experten bei der Arbeit. Der van Gogh ist echt, ohne Frage. Wir haben Leo van Gulden zu Unrecht verdächtigt. Er hat das Bild nicht gegen eine Fälschung eingetauscht.«

In diesem Moment beginnt das komplizierte Fahrmanöver am ehemaligen Hospital. Das interessiert Bas nun doch. Er blickt aufmerksam auf das Geschehen und auf die lädierte Grachtenmauer, hinter der ein altes Gebäude aufragt.

Plötzlich wird etwas aus dem Haus geschleudert. Ein Tennisball! Mit einem lauten Knall prallt er gegen die Panoramascheiben des Bootes. Dann fällt er ins Wasser. Bas wendet hastig seinen Kopf nach oben. Was er da sieht, verschlägt ihm die Sprache. Ganz deutlich erkennt er eine Gestalt an einem der Fenster. Es ist sein Doppelgänger! Jemand, der vermeidet, selbst gesehen zu werden, drückt ihn an das halb geöffnete Fenster.

Aufgeregt fuchtelt Bas mit den Armen und deutet auf das Fenster, und jetzt bemerken auch seine Eltern seinen Doppelgänger. Dort oben, das sehen sie nun, wenn auch nur für einen Moment, spielt sich ein Kampf ab.

Bei dem komplizierten Wendemanöver ist das Boot so nahe an die Kaimauer herangefahren, daß Bas und sein Vater nun direkt von Bord an Land springen können. Beide stürmen in das Haus, die Treppen hinauf und einen endlosen Flur entlang. Sie geraten dabei ganz schön außer Atem. Schließlich stehen sie am Ende des Ganges vor dem Fenster zur Grachtenkurve. Doch vom Doppelgänger keine Spur! Bas ist aufgeregt und enttäuscht zugleich.

»Papi, du hast ihn doch auch gesehen!«

Rutger nickt zustimmend. Plötzlich entdeckt Bas an einem Fenstergriff, unter einer nicht fest angezogenen Schraube, ein kleines Büschel Haare. Es ist seine Haarfarbe. Beim genaueren Hinschauen entdeckt er auch noch andere Spuren, die eindeutig auf einen Kampf hinweisen, der hier vor wenigen Minuten erst stattgefunden haben muß.

Da taucht am Ende des Ganges Ron, der Leibwächter van Lings, auf und fährt die beiden an:

»Was suchen Sie denn hier? Machen Sie, daß Sie wegkommen!«

Daß es sich bei Ron mit Sicherheit nicht um einen harmlosen Hausmeister handelt, sieht Rutger auf den ersten Blick. Er nimmt seinen Sohn am Arm und raunt ihm zu:

»Komm, Bas, laß uns besser von hier verschwinden. Wir können jetzt sowieso nichts erreichen.«

Der muskelbepackte Leibwächter kommt einen Schritt auf sie zu und schwingt drohend die Faust. Das ist das überzeugendste Argument. Bas und sein Vater verlassen das Gebäude.

In der Galerie wartet bereits Annette auf sie. Sie ist in heller Aufregung. Sofort redet sie auf die beiden ein, spricht von Polizei, die man einschalten müsse. Aber was soll man der erzählen? Die unglaubliche Geschichte von Bas' Doppelgänger? Niemand würde die ernst nehmen. Für weitere Überlegungen bleibt keine Zeit. Für vier Uhr ist das nächste Turnierspiel der »Eisbären« angesetzt.

Schon beim Einlaufen spürt Bas, daß er heute nicht in Form ist. Die ganze Geschichte hat ihn wohl doch mehr mitgenommen, als er gedacht hat. Er ist fertig mit den Nerven. Und da soll man auch noch Eishockey spielen, als ob nichts geschehen wäre. Und das natürlich gut... Das Spiel ist bald in vollem Gange. Bas steht allein vor dem Tor. Der Goalie ist längst ausgespielt und rutscht hilflos übers Eis. Trotzdem schafft es Bas nicht, den Puck ins leere Tor zu knallen. Der Trainer schüttelt den Kopf und schaut wütend zu Annette. So eine Gelegenheit kann man doch nicht vergeben! Die »Eisbären« fassen sich an den Kopf. Klar, daß Bas vom Eis gewiesen wird. Er humpelt von der Spielfläche. Ist sein Humpeln echt oder nur ein Vorwand für sein mieses Spiel? Niedergeschlagen setzt er sich auf die Bank und wirft zornig seinen Helm auf den Boden. Besorgt betrachtet Annette ihren Sohn. Als der erste Sturm der Berliner wieder aufs Eis geht, hält der Coach Bas zurück. Er schüttelt den Kopf und gibt ihm zu verstehen:
»Ab in die Kabine. Bei dem Spiel nutzt du uns unter der Dusche mehr.«
Bas lächelt verbittert, aber auch entschuldigend. Dann befestigt er die Kufenschoner an seinen Schlittschuhen und stakst humpelnd in Richtung Kabinengänge davon. Bevor er im Türeingang verschwindet, wendet er sich nochmals um. In diesem Augenblick fällt das Siegestor für seine Mannschaft. Die »Eisbären« reißen jubelnd die Arme hoch und freuen sich lautstark. Bas' Freude über den Sieg fällt begreiflicherweise etwas gedämpfter aus. Er zieht den rechten schweren Handschuh aus, hält Mittel- und Zeigefinger zum Victory-Zeichen hoch und geht niedergeschlagen in die Kabine.
Jetzt erst mal unter die heiße Dusche. Die bringt ihn hoffentlich auf andere Gedanken. Das Wasser auf seiner Haut tut so richtig gut. Er steht ganz allein in dem großen Duschraum. Das Wasser prasselt ihm ins Gesicht. Bas schließt kurz die Augen, dann öffnet er sie wieder und blickt voll in die zahlreichen Wasserstrahlen.
Da tritt eine Gestalt in den Türrahmen. Sie steht regungslos, fast starr da. Das unbewegte Gesicht des alten van Gulden blickt gebannt auf Bas unter der Dusche. Aus einer Manteltasche zieht er das silbergerahmte

Foto seines Enkels Vincent. Er vergleicht das Bild mit Bas. Der hat seinen Beobachter nicht bemerkt. Soeben hat er sich die Haare mit reichlich Shampoo eingeschäumt. Dabei hat er natürlich die Augen geschlossen. Nachdem er sich den Schaum vom Kopf gespült hat, stellt er die Dusche ab und greift nach einem Handtuch. Gerade noch rechtzeitig kann van Gulden verschwinden, ohne von Bas entdeckt zu werden. So eine heiße Dusche kann schon Wunder wirken! Jedenfalls humpelt Bas nun nicht mehr . . .
Das Handtuch um die Taille geschlungen betritt Bas die Mannschaftskabinen. Aus dem ganzen Durcheinander sucht er sein Zeug zusammen, setzt sich auf die Bank und zieht sich an. Total verschwitzt und in voller Montur stürzen die »Eisbären«, dann Annette und Jürgen in die Umkleidekabine. Die Spieler ziehen sich aus, während Bas sich anzieht. Snoopy rollt herüber.
»Na, alter Junge, 4:1 gewonnen! Obwohl du im ersten und zweiten Drittel nur Mist gebaut hast. Hast du dich verletzt?«
Ohne die Antwort abzuwarten, haut er seinem Kumpel freudig auf die Schulter. Bas lächelt verlegen.
»Umgeknickt. Heut' war bei mir nichts zu holen. Tut mir leid.«
Der Rest der Antwort geht im allgemeinen Geschrei und Durcheinander unter. Schließlich gibt es ja auch einen Grund zum Jubeln.
Annette betrachtet die Finger von Lutz, der schmerzvoll sein Gesicht verzieht.
»Ich hab den Puck voll draufgekriegt, Frau Bode. Bestimmt gebrochen!«
Fachmännisch tastet Annette die einzelnen Finger ab. Sie kann Lutz beruhigen.
»Nichts gebrochen. Nur Prellungen. Tut verdammt weh. Für übermorgen muß ich dir die Finger bandagieren, sonst kannst du den Schläger nicht mehr halten.«
»Das konnte Bas-Boris schon heute nicht«, kontert Lutz.
»Klappe!« Ein bißchen ungehalten schiebt Annette Lutz an der Schulter von sich fort. Dann geht sie zu Bas hinüber. Sie gibt ihm einen aufmunternden Klaps auf den nassen Hinterkopf.

»Bas, ich muß mich jetzt ein paar Stunden um die Jungen kümmern. Wir wollen alle zusammen ins Rijksmuseum, einverstanden?«
Doch Bas zeigt wenig Begeisterung. Er will lieber durch die Stadt gehen. Außerdem war er schon zigmal mit Rutger im Rijksmuseum. Der ist öfters dort, und er kennt ja auch den Direktor Hank Lockmann sehr gut.

Genau auf den wartet Herr Bode in diesem Augenblick. Nervös geht er in der nahezu menschenleeren Empfangshalle des Museums auf und ab. Endlich öffnet sich eine schmale Tür, auf der »Zutritt verboten« steht. Hank Lockmann geht sofort quer durch den großen Raum auf Rutger zu, der ihm mit mühsam unterdrückter Erregung einige Schritte entgegengeht.
»Hank, ich habe alles versucht! Van Gulden wird verkaufen!«
Der Direktor macht eine bedauernde Geste.
»Tut mir leid, Rutger. Es gibt bei uns keine gesetzlichen Möglichkeiten, den Verkauf des Bildes zu verhindern. Aber wem sage ich das.«
Rutger kann seine Verärgerung kaum verbergen.
»So ein Mist! Du, mir liegt wirklich sehr daran. Aber ich kann es auch nicht ändern!«
Hank Lockmann fährt ihm pfiffig dazwischen:
»Doch!« Und gemütlich und breit grinsend fügt er hinzu: »Klau die Bilder doch einfach vorher.«
Der Direktor lacht dröhnend. Er glaubt, einen guten Witz gemacht zu haben. Rutger lacht mit süß-saurer Miene mit. Er findet das gar nicht so komisch. Dann schüttelt ihm Hank heftig und kameradschaftlich die Hand, bevor er wieder in der schmalen Tür verschwindet.

Inzwischen hat die Dämmerung eingesetzt. Die Straßenbeleuchtung brennt schon. In den zahlreichen kleinen Geschäften sind die Schaufenster bereits beleuchtet. Bas fröstelt. Er zieht sich die dicke Strickmütze tief ins Gesicht, bis über beide Ohren. Es ist ja auch wirklich bitterkalt. Unschlüssig und in Gedanken verloren wandert er durch die

Gassen und entlang der Grachten. Er geht dicht am Rand des Wasser entlang, bleibt stehen, wendet sich um, so als glaube er sich verfolgt. Dann schlendert er weiter.
Eine große, schwarze Limousine rollt die Straße entlang. Deutlich erkennt man die feuerroten Drachen an den Kotflügeln. Es ist van Lings Auto. Mit der freien Hand führt der alte Chinese eine Zigarre an den Mund, die erkaltet ist. Sofort reicht ihm sein Begleiter Feuer. Es ist Leo van Gulden.
Derweilen bewegt sich Bas gefährlich dicht am Rand der Gracht weiter. Wie immer sind hier die meisten Parkplätze besetzt. Doch einen freien Platz gibt es noch. Bas hüpft in die Lücke und balanciert auf dem kleinen Geländer, das Wasser und Parkplatz trennt. Mit einem gewaltigen Satz prescht da van Lings Limousine in eben diese Lücke. Bas springt vor Schreck nach hinten, verliert das Gleichgewicht und fällt prompt ins Wasser. Das ist nicht nur schmutzig, sondern obendrein noch eiskalt. Laut um Hilfe schreiend paddelt Bas in der trüben Brühe.
Er spürt, wie seine Kräfte schnell nachlassen. Die Wassertemperatur läßt ihn fast augenblicklich erstarren. Er versucht sich an den glatten, glitschigen Wänden der Grachtenmauer festzuhalten. Doch das erweist sich als unmöglich. Immer wieder rutscht er ab und plumpst ins eisige Wasser zurück.
Gott sei Dank ist der Unfall nicht unbemerkt geblieben. Aus einem kleinen Geschäft kommen ein älterer Mann und eine junge Frau mit einem Seil herbeigeeilt. Bas kann das heruntergeworfene Tau fassen. Seine Finger sind schon ganz klamm, und er hat kaum noch Gefühl in ihnen. Dann gelingt es ihm aber doch, sich an das Seil zu klammern. Er stützt sich mit den Füßen gegen die Kaimauer und läßt sich von seinen Helfern hochziehen.
Van Ling hat vom Auto aus den Vorfall äußerst beunruhigt beobachtet. Nun wartet er gespannt auf das Gelingen der Rettungsaktion. Ron, der die Limousine gelenkt hat, springt aus dem Wagen. Er mischt sich unter die neugierig gaffende Menge, die sich inzwischen angesammelt hat. Die junge Frau zieht immer noch schwer am Strick. Immerhin ist

Bas für sein Alter kein Leichtgewicht, und die nassen Klamotten tun ihr übriges. Schließlich kommt auch noch ein Junge herbeigerannt. Er hilft der Frau, die Last hinaufzuwuchten.

Ron hat den Jungen schon von weitem erkannt. Es ist Bas' Doppelgänger. Er hat Mitleid mit Bas. Und fällt erstmals aus der ihm zugedachten Rolle. Ron ist unschlüssig, ob er diese Hilfestellung zulassen soll, und wendet sich ab.

Endlich taucht Bas' Kopf am Rand der Mauer auf. Klatschnaß, bis auf die Knochen durchgefroren und nach Luft japsend, erblickt er plötzlich seinen Doppelgänger, der am Seil zieht. Damit hat er nicht gerechnet! Vor Schreck fällt er fast wieder ins trübe Wasser zurück. Außer Atem klettert Bas dann aber doch aufs Trockene. Als er seinen Doppelgänger ansprechen will, hat der bereits das Weite gesucht. Im Davonlaufen winkt er ihm noch zu und macht Bas ein Zeichen, ihm zu folgen. Aber so einfach geht das nicht. Alle, die um ihn herumstehen, wollen ihm jetzt helfen. Eine Frau zieht ihm den nassen Anorak aus. Eine andere reibt ihn mit einem Schal tüchtig ab. Ein Autofahrer hat eine Wolldecke geholt und wirft sie Bas über. Und alle reden sie auf ihn ein. Auch Ron tut so, als ob ihm der ganze Vorfall sehr, sehr leid täte. Und das stimmt ja auch, denn er und van Ling haben das Ganze ja nicht gewollt!

Bas' Zähne klappern so laut wie eine Heckenschere. Er sieht noch, wie sein Doppelgänger durch eine enge Gasse davonläuft. Er tut das aber nicht sehr schnell. Das aufgeregte Gerede der Leute um ihn herum geht Bas, trotz aller Fürsorge, die man ihm angedeihen läßt, allmählich auf die Nerven. Und so reißt er sich denn los, läßt die Wolldecke Wolldecke sein und rennt an der Limousine vorbei quer durch die gaffende Menge in die enge Gasse.

Van Ling wirft wütend seine Zigarre aus dem Fenster, genau vor Rons Füße, der sie gehorsam zertritt. Er gibt ihm und seinem Helfer Ralf ein Zeichen, und die beiden Leibwächter nehmen sofort die Verfolgung auf.

Obwohl seine Kleider immer noch klatschnaß sind, läuft Bas hinter seinem Doppelgänger her. Der stürmt ein paar Stufen hoch in ein Lagerhaus, dicht gefolgt von Bas. Dieser stolpert in der Aufregung über irgend etwas und verliert dabei einen Schuh. Egal! Die Verfolger sind ihnen viel zu dicht auf den Fersen, als daß Bas sich um den blöden Schuh kümmern könnte.

Drinnen ist es dunkel, bis auf die Notbeleuchtung. Viele Säcke sind hier gespeichert. So viele, daß Bas gleich über einen fällt. Er hat keine Ahnung, wo der andere geblieben sein könnte. Deshalb ruft er jetzt: »Ich weiß, daß du hier bist. Komm raus!«

Statt einer Antwort fällt ihm von oben ein Dufflecoat vor die Füße. Es ist die Jacke, die sein Doppelgänger vorhin getragen hat. Bas blickt nach oben.

Und da, im Balkenwerk, steht er!

Beim Anblick seines Doppelgängers läuft es Bas kalt über den Rücken. Nur das Notlicht beleuchtet des anderen Gesicht, welches für Bas dadurch noch unheimlicher erscheint.

»Zieh die Jacke an!« tönt es von oben.

Bas friert noch immer fürchterlich. Kein Wunder, denn er hat seine nassen Klamotten noch immer an! Er zieht seinen nassen Pullover, das T-Shirt, die Jeans, die Strümpfe und den verbliebenen Schuh aus und schlüpft dankbar in den Dufflecoat. Während er die Jacke zuknöpft, klettert der andere herunter. Er hebt einen leeren Sack auf und wirft ihn Bas zu, der mit nackten Beinen vor ihm steht.

»Trockne dich damit ab.«

Bas tut, wie ihm befohlen wird. Dieser Typ scheint sich tatsächlich Sorgen um ihn zu machen! Komisch. Das soll nun einer verstehen. Bas reibt sich die blaugefrorenen Beine und Füße ab.

Dann aber legt er los:

»Du spielst Eishockey unter jeder Kritik.«

Der andere Junge bleibt in angemessener Entfernung von ihm stehen. Er nickt nur, und Bas fährt fort:

»Wer hat sich die Geschichte eigentlich ausgedacht? Eine von den anderen Mannschaften?«

Keine Antwort.

»Nun red schon, du Idiot. Wieso warst du da, als ich ins Wasser fiel?«

Endlich macht sein Gegenüber den Mund auf.

»Ich bin schon seit heute morgen hinter dir her. Ich war immer in deiner Nähe.«

»Ach ja, warum denn bloß?«

»Weil ich du bin und du ich«, grinst sein Doppelgänger.

»Red nur keinen Quatsch«, faucht Bas, »ich bin doch nicht weich in der Birne.«

Sein Doppelgänger macht einen Schritt auf ihn zu und setzt dabei eine Verschwörermiene auf.

»Sie wollen uns beide fertigmachen. Erst dich und dann mich. Zuerst hab ich mitgespielt, aber bei der Geschichte am Fenster hab ich dann gekniffen und bin weggelaufen.« Und leise fügt er hinzu: »Sie werden gleich hier sein. Los, wir müssen weg!«

Bas versteht nur Bahnhof. Aber da knarrt tatsächlich das schwere Haupttor zum Lagerschuppen. Wie der Blitz springt der Doppelgänger vor und zieht Bas hinter einen Stoffballen. Für einen Moment gegen das helle Licht draußen wie Schattenrisse in der Türöffnung sichtbar, betreten zwei Männer das Lagerhaus.

»Da sind sie«, raunt der andere Bas zu.

Es sind die beiden Leibwächter des alten Chinesen, Ron und Ralf. Ron geht zum Hauptschaltkasten. Ein Griff, und im Lagerhaus erlischt auch die schwache Notbeleuchtung. Augenblicklich ist es stockdunkel. So dunkel, daß man wortwörtlich die Hand nicht vor Augen sehen kann. Dann wandern zwei Lichtkegel von besonders starken Taschenlampen durch das Lager.

»Mist, jetzt können die sehen, wir aber nicht«, flucht Bas' Doppelgänger.

Ein Lichtkegel erfaßt die nasse Kleidung von Bas, die immer noch in der Mitte des Raumes liegt. Der zweite Leibwächter, Ralf, schiebt sie mit den Füßen zur Seite. Ron kommt nun ebenfalls heran, und die Lichtkegel wandern über Säcke, Stückgut und Stoffballen. Schließlich streift er auch über den Ballen, hinter dem sich die beiden Jungen versteckt halten. Für einen winzigen Augenblick ist der Doppelgänger unaufmerksam. Ein Lichtstrahl trifft ihn voll ins Gesicht. Noch bevor er sich abducken kann, springt Ralf mit einem gewaltigen Hechtsprung

auf ihn zu. Krachend landet er auf dem Stoffballen. Der Leibwächter erwischt den Doppelgänger gerade noch an den Haaren. Doch dem gelingt es, im letzten Moment wegzutauchen. Er zieht Bas mit sich. Der verdutzte Angreifer hält nur noch eine Perücke in der Hand, die er Bas' Doppelgänger vom Kopf gerissen hat.
Dieser hat in Wirklichkeit eine ganz andere Haarfarbe. Sie ist rot! Bas starrt ihn mit offenem Mund an. Aber viel Zeit zum Wundern bleibt ihm nicht. Schon wieder blitzen die Taschenlampen auf. Zwei-, dreimal werden die Jungen vom Lichtkegel erfaßt. Im letzten Moment können sie sich immer wieder ducken, wenn einer der beiden Leibwächter heranstürmt.
Dann aber gehen die Angreifer zu einer neuen Taktik über. Sie schalten die Taschenlampen aus. Nun ist der Lagerschuppen vollkommen dunkel. Da finden sich auch die Jungen nicht mehr zurecht. Vorsichtig tasten sie sich an der Wand entlang. Bis Bas' Doppelgänger hinter einer Tür etwas entdeckt.
»Du, ich stehe direkt an einer Treppe. Komm, Bas, wir müssen versuchen, leise runterzugehen«, flüstert er.
Er packt Bas am Arm. Sehen können sie immer noch nichts. Nur die knarrenden Holzdielen verraten ihnen, daß die Verfolger sich heranschleichen.
Plötzlich ist alles in gleißendes Licht getaucht. Im ersten Moment sieht Bas überhaupt nichts. Das Licht blendet ihn so sehr, daß er erst mal die Augen zukneifen muß. Jemand hat die gesamte Beleuchtung des Lagerhauses eingeschaltet. Als er sich endlich an die Helligkeit gewöhnt hat, sieht er die Leibwächter direkt vor sich. Sie versperren ihnen den Weg. Ihre düsteren Mienen verheißen nichts Gutes. In ihrer Angst wenden die Jungen sich um und wollen zur anderen Tür rennen. Doch da steht plötzlich auch jemand. Es ist van Ling. Er ist nicht so groß wie seine Leibwächter, auch hat er nicht deren breite Schultern. Aber die kleine verchromte Pistole in seiner Hand macht den Jungen mächtig Eindruck.
»Jetzt sitzen wir in der Falle«, flucht Bas. »Da die beiden Wachhunde, und hier das Herrchen.«
Van Ling überhört den letzten Satz großmütig. Er lächelt herüber.

»Es ist mir eine große Ehre, die beiden jungen Herren gemeinsam anzutreffen. Da der junge Herr Jaap meinen Anweisungen nicht folgte, hat er seinen neuen Freund Bas in große Gefahr gebracht. Ich muß beide jungen Herren bitten, mir zu folgen.«
Die beiden kräftigen Burschen kommen auf sie zu. Schulter an Schulter. Da gibt es kein Entkommen. Bas zischt:
»Jaap heißt du also. So heißt doch höchstens ein Hundefutter... oh, du meine Güte, was machen wir jetzt?«
Jaap läßt resigniert den Kopf hängen. Die Leibwächter kommen immer näher. Es bleibt ihnen nichts anderes übrig, als auf van Ling zuzugehen. Aber der sieht auch nicht sehr einladend aus.
Doch da ist noch die Außenluke zur Straße, an der sie vorbei müssen. Ein Lastwagen parkt davor, vollbeladen mit Stoffballen. Schön weich sind die. Und so tief ist es ja auch nicht. Die Jungen verstehen sich auch ohne Worte. Sie nicken sich kurz zu. Dann laufen sie los. Mit einem gewaltigen Satz landen sie auf der Ladefläche des LKW. Ein wenig verblüfft sind sie schon, daß alles geklappt hat. Aber jetzt nichts wie weg, ist ihr nächster Gedanke. Sie springen von den Stoffballen hinunter und laufen los. Oben an der Ladeluke steht zeternd der Chinese und beschimpft seine Leibwächter.
Jaap rennt wie ein Wiesel durch die verwinkelten Gassen, und Bas jagt hinterher, nur mit dem Dufflecoat bekleidet. Da sehen sie auch schon Lings Gorillas um eine Ecke biegen.
An einer Häuserecke befindet sich ein altes Café mit großen Fenstern. Es ist gut besucht. Schon will Bas daran vorbeilaufen. Jaap hält ihn am Ärmel zurück.
»Bas, komm mit rein!«
Doch der schaut ihn entgeistert an.
»Ins Café? Bist du verrückt?«
»Im Gegenteil. Das ist unsere Rettung. Da gibt es zu viele Zeugen...!«
Jetzt versteht auch Bas und folgt Jaap ins Café. Natürlich erregt er mächtig Aufsehen in seinem Aufzug. Ein Junge mit nackten Beinen, nur bekleidet mit einem Dufflecoat, und das mitten im Winter!
Bas bemüht sich, eine selbstbewußte Miene aufzusetzen, und geht zur

Theke. Jaap folgt ihm und tut so, als sei das alles das Normalste auf der Welt.
In diesem Moment geht die Tür auch schon auf. Ron und sein Gehilfe stürzen ins Café. Doch die vielen Gäste irritieren sie. Sie merken sofort, daß sie hier nichts ausrichten können. Der Wirt betrachtet Bas von oben bis unten. Er grinst gemütlich und kommt auf die Jungen zu, wobei er auf die Verfolger deutet:
»Diese finsteren Burschen da hinten an der Tür, warten die etwa auf euch? Wie Polizisten sehen die aber nicht aus!«
Jaap schüttelt den Kopf. Der Wirt nickt vielsagend. Dann geht er hinüber zur Theke, an deren Ende ein paar gemütliche, aber stämmige Amsterdamer Biertrinker stehen. Er beugt sich zu den Zechkumpanen vor und flüstert mit ihnen. Schon bald kommt er mit zwei kräftigen Kerlen zurück.
»Wer wohnt wo?« fragt er die Jungen.
»Mein Vater hat in der Keizersgracht eine Galerie . . .«
Hastig wirft Jaap ein:
»Da wohne ich auch!« Dabei schaut er Bas bittend an.
»Um so besser«, strahlt der Wirt. »Meine beiden Freunde werden euch begleiten, damit nichts passiert.« Dabei präsentiert er stolz die Zechkumpane. »Und damit der junge Herr nicht so frieren muß, nimm das hier. Aber wiederbringen!«
Er greift unter seine Theke und holt tatsächlich ein Paar Klompen hervor. Das sind aus einem Stück gearbeitete Holzschuhe, die jeder richtige Holländer irgendwo zu Hause stehen hat. Er drückt sie Bas in die Hand. Der steigt hinein. Gar nicht so übel, jedenfalls besser als gar keine Schuhe, denkt Bas.
Die gemütlichen, aber stämmigen Amsterdamer gehen zum Eingang. Dort warten noch immer Ron und sein Gehilfe Ralf auf die Jungen. Bas und Jaap folgen ihren neuen Freunden in einigem Abstand. Einer öffnet die Tür und bittet die Jungen hinaus. Die lassen sich das nicht zweimal sagen. Nur weg von den beiden Gorillas! Ralf kann seine Wut kaum unterdrücken. Rons Augen funkeln böse. Blitzschnell will er eine Pistole ziehen. Aber er hat nicht mit der Wachsamkeit

der beiden Amsterdamer gerechnet. Gerade als er die Hand am Griff des Revolvers hat, haut der größere von ihnen blitzschnell zu. Peng! Ohne noch einen Laut von sich zu geben, sackt Ron zu Boden. Sicherheitshalber bekommt auch der zweite Gauner einen auf die Glocke, und auch er sinkt ins Reich der Träume. »So, das wäre erledigt.« Die beiden Beschützer schauen sich zufrieden um. Dann folgen sie den Jungen durch die Caféhaustür.

Rutger Bode hat es keine Ruhe gelassen. Er hat noch einmal Mijnheer van Gulden besucht. Weit ist es ja nicht von Amsterdam zur Nordsee. In der Wohnhalle hängt der van Gogh wieder an seinem alten Platz. Die Alarmanlage ist eingeschaltet. Das lassen die rot leuchtenden Signallämpchen am Kontrollgerät erkennen.
Van Gulden sitzt in seinem alten Mantel hinter seinem Schreibtisch. Vor ihm hat Rutger Platz genommen. Er hält ihm das Foto vom sechzehnjährigen Bas vors Gesicht. Aber wieder verzieht der alte van Gulden keine Miene. Rutger schaut ihn unsicher an.
»Mijnheer van Gulden, dieses Foto interessiert Sie wirklich nicht? Genau darüber habe ich den ganzen Tag nachgedacht.«
Rutger rückt auch das Foto des achtjährigen Vincent ins Licht der Lampe, so daß van Gulden hinschauen muß.
»Genauso würde Ihr Enkel jetzt aussehen, wenn... Und Sie bemerken das nicht? Oder wollen Sie es mir nicht sagen?«
Nachdrücklich schiebt der alte Mann die Fotografien zur Seite. Er scheint entrückt, und seine Stimme klingt ganz seltsam. »Ich habe meinen Enkel gesehen. In der Dusche des Eisstadions... Er lebt.«

Ja, er lebt. Er verabschiedet sich vor der Galerie gerade artig von seinen Beschützern. Bas bewundert noch das schwarze, schwere Motorrad, das auf der Straße steht, dann springt er schnell die paar Stufen zur Eingangstür hinauf.
»Verdammt, mein Vater ist nicht da! Der ist bestimmt bei van Gulden.« Bei diesem Namen schrickt Jaap sichtlich auf. Doch Bas bemerkt es nicht. Er schimpft weiter.

»So ein Mist! Der Schlüssel ist auch weg. Ist in meiner Hose im Lagerschuppen geblieben.«
Er rüttelt ärgerlich an der alten, schweren Tür. Er ist ziemlich verblüfft, als die seinem Druck sofort nachgibt. Aber das ist ihm im Moment egal. Hauptsache, sie ist offen.
Drinnen brennen nur wenige Lampen.
Jaap schaut sich neugierig um. Bas hat plötzlich ein komisches Gefühl. Irgend etwas stimmt hier nicht. Aber er weiß nicht, was. Am Ende der schmalen Treppe erkennt er ein Licht.
»Papi? Ich bin's, bist du noch wach?«
Bas schaut in Richtung Treppe und wartet auf eine Antwort. Aber die kommt nicht. Stattdessen kommt aus der Dunkelheit des Raumes ein Tennisball geflogen. Bas fängt ihn reflexartig auf und schrickt zusammen. Auch Jaap schlottern die Knie. Denn langsam tritt aus dem Dunkel ein Motorradfahrer, ganz in Leder und ganz in Schwarz! Auf dem Kopf trägt er einen Integralhelm mit verspiegeltem Visier, so daß man sein Gesicht nicht erkennen kann.
Wie in Zeitlupe kommt er auf die wie versteinert dastehenden Jungen zu. Die weichen einen Schritt zurück, und Bas schreit in höchster Angst in Richtung Treppe um Hilfe.
»Papi, bist du da, Papi?«
Doch oben rührt sich nichts. Der Motorradfahrer bleibt jetzt stehen. Das Visier wendet sich seltsam ruckhaft erst zu Jaap, dann zu Bas. Die Jungen weichen weiter zurück. Der unheimliche Ledermann geht immer noch auf sie zu. In einem Anflug von Verzweiflung und Mut prustet Jaap hervor.
»Sie sind Leo van Gulden, stimmt's? Ich hab Sie erkannt.«
Langsam hebt der Motorradfahrer jetzt den Arm und deutet mit dem Handschuh auf Jaap. Das schwarze Ungeheuer ist am Schreibtisch angekommen. Dort wirft eine Tischlampe einen scharfen Kegel auf die Arbeitsplatte, das Telefon und den Anrufbeantworter. Die auf Jaap gerichtete Hand deutet ein Ausknipsen an, als wolle der unheimliche Schwarze sagen, daß auch Jaaps Lebenslicht nicht mehr lange brennen werde. Um das noch zu unterstreichen, schaltet er mit der anderen

Hand die Schreibtischlampe aus. Wie erstarrt blicken die Jungen ihn an, und Jaap landet fast in einer zierlichen Zimmerpflanze. Mit ruhigen Schritten geht der Schwarze zur Eingangstür und verläßt die Galerie, steigt die Treppe hinunter und geht hinüber zum Motorrad. Ohne sich noch einmal umzuwenden, fährt er schnell davon.
Bas blickt Jaap an. Er zittert. Nicht nur wegen der Kälte, sondern auch vor Angst. Ganz grün ist er im Gesicht geworden.
»Mir ist schlecht... Ich glaub, ich muß...«
Er stürmt die Treppe hinauf ins Badezimmer. Man kann deutlich hören, daß ihm der Schreck nicht nur in die Glieder gefahren, sondern auch auf den Magen geschlagen ist.
Jaap hat unterdessen die offenstehende Tür zugedrückt. Damit sie nicht wieder aufgeht, schiebt er eine schwere Kommode unter die Klinke. Still setzt er sich auf einen Stuhl und verbirgt sein Gesicht in seinen Händen. Dann heult er los. Alles, was sich in ihm in den letzten Tagen angestaut hat, bricht sich jetzt Bahn.
Da erscheint Bas wieder auf der Treppe. Nicht mehr ganz so grün im Gesicht, aber noch reichlich blaß. Das nasse Zeug hat er ausgezogen, er trägt jetzt einen Bademantel. Er sieht Jaap wie ein Häufchen Elend auf dem Stuhl kauern. Bas schaltet das Licht an. Sofort richtet Jaap sich auf und wischt sich schnell die Tränen ab. Bas lächelt ihm aufmunternd zu.
»Macht doch nichts. Ich mußte kotzen und du eben heulen. Der Typ war ja wohl das Letzte. Mann o Mann!« Dann setzt Bas sich neben seinen neuen Freund und sagt beschwichtigend:
»Glaubst du wirklich, daß das Leo war? Sonst wirfst *du* doch mit Tennisbällen um dich!«
Jaap nickt zustimmend. Dann erzählt er:
»Dieser Leo hat bei einem Gangsterboß Spielschulden. Und ausgerechnet dem Kerl bin ich auf den Leim gegangen... Dem alten Chinesen. Er heißt van Ling.«
Um ihn zu beruhigen, erwidert Bas:
»Der schwarze Motorradfreak war keiner von den Leuten aus dem Lagerhaus. Er hat uns nichts tun wollen.«
Doch Jaap ist da ganz anderer Meinung. Leise und nachdenklich sagt er:

»Er hat mir meinen Tod angekündigt . . . Er hat so komisch das Licht ausgeknipst . . .«
Bas unterbricht ihn. Er will ihn besänftigen, obwohl er ihm insgeheim recht gibt:
»Ach was, Jaap. Das bildest du dir nur ein.«
Doch der läßt sich nicht so leicht von seiner Meinung abbringen.
»Doch . . . Sie brauchen mich nicht mehr. Besonders jetzt, wo ich nicht mehr als dein zweites Ich rumspuken will.«
Da muß auch Bas zustimmen. Ratlos und mit einem verzweifelten Blick sagt er:
»Wenn doch nur mein Vater hier wäre. Der ist sicher wieder bei dem blöden van Gulden . . . Wenn's um Kunst geht, dreht Vater durch.«
Jaap wird zunehmend nervöser. Er hält es nicht mehr aus. Plötzlich springt er auf. »Ich hau ab.«
Bas ist ebenfalls aufgesprungen. Er hält ihn am Arm zurück.
»Jaap, bist du verrückt? Das wollen die doch nur! Irgendwo draußen wartet jemand auf dich.« Und er beschwört ihn: »Laß den Quatsch! Hier bist du sicher.«
Dann zerrt er Jaap vom Fenster weg. Er geht mit ihm zur Wendeltreppe und läßt ihn in sein Zimmer vorgehen. Bas überlegt einen Moment, ob er das Licht löschen soll, unterläßt es dann aber.
Die Tür ihres Zimmers wird natürlich verriegelt. Außerdem sichern sie die Klinke mit einem Eishockeyschläger, den sie von unten dagegenstellen.
Sichtlich erschöpft lassen sie sich auf das Bett fallen. Doch da hält es Bas nicht lange aus. Nervös geht er im Zimmer auf und ab und spielt mit dem Tennisball. Jaap sitzt nachdenklich auf der vordersten Kante des Bettes und erzählt.
». . . Mein Vater hatte von van Gulden drei Kohleschuten gemietet. Früher wurden Kohlen damit transportiert, heute Touristen. Deswegen habe ich Deutsch und Englisch gelernt und noch ein bißchen Französisch dazu.« Jaaps Kopf wendet sich dabei abwechselnd in die Richtung des rastlos auf- und abgehenden Bas und zur verrammelten Tür. Er fährt fort:

»Die Pacht war in Ordnung. Vor zwei Jahren hat dann der alte Geizhals meinem Vater den Vertrag gekündigt. Plötzlich wollte er fünfzig Prozent von allen Einnahmen. Nicht vom Gewinn, von den Einnahmen! Das muß sich einer mal vorstellen. Das war das Ende.«
Bas ist neugierig geworden.
»Und du wolltest dich an van Gulden rächen?«
Jaap nickt zustimmend, doch seine Stimme klingt traurig.
»Ja, nachdem unser Geschäft kaputt war, arbeitete mein Vater als Schlepperkapitän. In Zeeland an dem großen Schleusenprojekt. Solange, bis eine dreißig Tonnen schwere Stahlbetonverstrebung auf sein Vorschiff knallte. Mein Vater war sofort tot. Und die Versicherung bewies uns auch noch, daß es seine Schuld gewesen sei.«
Seine Traurigkeit hat sich schlagartig in Wut verwandelt. Er springt auf und starrt Bas in die Augen.
»So, und nun frag mich, wem die meisten Aktien dieser sogenannten Versicherung gehören!«
Noch bevor Bas den Mund aufmachen kann, gibt Jaap selbst die Antwort:
»Mijnheer van Gulden! – Ich hab dann gejobbt. Alles mögliche habe ich gemacht. Zeitungen, Milch austragen. Meistens im Bahnhofsviertel. Irgendwann habe ich dann für van Lings Organisation kleine Päckchen ausgetragen. Brachte viel Geld.«
Bas kommt aus dem Staunen nicht heraus.
»Was für Päckchen denn?« sprudelt er hervor.
Jaap macht ein zerknirschtes Gesicht, so als fiele ihm die Antwort schwer. Schließlich sagt er mit leiser Stimme:
»Shit, Haschisch, Dope . . . All dieses Drogenzeug. Van Ling hätte sonst dafür gesorgt, daß ich in ein Heim gekommen wäre. Du mußt nämlich wissen, daß meine Mutter auch tot ist.«
Der arme Jaap! Und was für eine Geschichte! Das gäbe Stoff für einen ganzen Krimi. Und nun hängt er, Bas, auch noch mittendrin. Das hätte er sich nie träumen lassen. Sein Herz pocht wie wild.

Annette hämmert gegen die Tür. Sie hat im Hotel einen Zettel gefun-

den, der sie sehr beunruhigt hat. Deshalb ist sie sofort zur Galerie gefahren. Dort versucht sie sich durch lautes Klopfen bemerkbar zu machen. Aber niemand öffnet. Da steht sie nun und ballert gegen die Tür. Doch in Bas' Zimmer dringt nur ein dumpfes Pochen, das kaum zu hören ist. Die Jungen sind in ihr Gespräch vertieft. Jaap erklärt die Hintergründe und wie geschickt dieses teufliche Spiel eingefädelt worden ist.
»Leo entdeckte hier in der Galerie ein altes Foto von dir. Du könntest wirklich sein Sohn sein . . . Hundert Prozent. Sie wollten dich kleinkriegen. Ich mußte dein zweites Ich spielen. So wie in der Weichspüler-Reklame die Frau mit dem schlechten Gewissen. Du hast ja auch daran geglaubt, oder?«
»Das tu ich vielleicht immer noch . . .«
Da fährt Jaap dazwischen. Verständnislos schüttelt er den Kopf.
»Red keinen Mist, Bas. Ich sehe doch ohne Perücke nun wirklich anders aus.«
»Na ja, ein bißchen schon«, beschwichtigt ihn Bas, »aber wieso seh ich genauso aus wie ein Kind, das vor acht Jahren bei einem Segelunfall ums Leben kam? Kannst du mir das erklären?«
Das weiß Jaap auch nicht. Die Jungen blicken sich schweigend an. Nur leise ist von unten das Hämmern gegen die Haustür zu hören. Aber die beiden bemerken es immer noch nicht.
Bas bricht das Schweigen als erster:
»Ich gleiche also einem Toten. Mein Vater hat nur seine Bilder im Kopf. Für was anderes ist da kein Platz. Er ist total verrückt in seiner Birne, und das alles wegen einem van Gogh. Und dann haben wir auch noch die Unterwelt auf dem Hals. Bißchen viel auf einmal.«
Jaap nickt teilnahmsvoll. Er legt seine Hand auf Bas' Schulter.
»Hinter *mir* sind die Gangster her. Dich brauchen sie noch. Wenn sich der alte van Gulden einbildet, du seist sein toter Enkel Vincent, dann kann Leo ihn für geisteskrank erklären lassen. Und so kommt er an das Vermögen. Ein einfacher, aber genialer Plan. Alles ist Betrug. Hör mal, Bas, da ist doch jemand!«
Bas hört es jetzt auch, das Klopfen an der Eingangstür. Die Jungen ent-

riegeln die Tür ihres Zimmers und stürmen die Treppe hinunter. Durch die Schaufenster der Galerie erkennt Bas seine Mutter. Die fuchtelt wild mit den Händen und macht irgendwelche unverständliche Gesten. Als endlich die Barrikade weggeräumt ist, fällt Annette ihrem Sohn in die Arme und drückt ihn fest an sich. Es sprudelt nur so aus ihr heraus: »Gott sei Dank, ich sterbe vor Angst. Wenn du jetzt nicht runtergekommen wärst, hätte ich die Scheibe eingeschlagen.« Energisch deutet sie einen Schlag mit dem Ellenbogen an. Und dann blickt sie Jaap an.
»Ich weiß, wer du bist. Du heißt Jaap, stimmt's? Ich weiß auch, was du getan hast.«
Jaap schaut verlegen zu Boden. Er fühlt sich schuldig. Annette reicht Bas den Zettel, den sie im Hotel gefunden hat. Bas liest das Gekritzel und blickt seine Mutter ratlos und fragend an. Annette, die durch die »Eisbären« einiges gewöhnt ist und weiß, wie man mit Jugendlichen umgeht, geht auf Jaap zu, legt ihm die Hand auf die Schulter und spricht ihn entschlossen, aber freundlich an:
»Jaap, es interessiert mich im Moment nicht, was du getan hast und warum du es getan hast. Aber ein gewisser van Ling, den ich nicht kenne, hat nichts Gutes mit dir im Sinn. Wir sollen dich nicht verstecken und auf keinen Fall zur Polizei gehen. Das steht hier auf dem Zettel.« Annette gerät zusehends in Rage. »Hast du eine Ahnung, wie schnell ich bei der Polizei bin. Aber vorher bringe ich noch deinen Doppelgänger in Sicherheit, Bas.«
Plötzlich ertönt eine Stimme aus der Dunkelheit:
»Die Polizei stellt für gewöhnlich viele Fragen.«
Erschrocken wenden sich alle drei um. Dort steht Rutger, lässig gegen den Türrahmen gelehnt. Er entschuldigt sich für den Schrecken, den er ihnen eingejagt hat. Dabei lächelt er so entwaffnend, daß auch Annette ihm nicht böse sein kann. Dann nimmt er die Hand seiner ehemaligen Frau und schaut sie ernst an.
»Annette, bist du nicht auch mit mir der Meinung, daß diese jungen Herren uns alles erzählen sollten, was sich bis jetzt ereignet hat? Ich glaube, da gibt es so einiges zu berichten!«

Rutger hat richtig vermutet. Es wird wirklich ein langer Abend. Bas und Jaap erzählen alles, was sie wissen. Annette und Rutger hören sich die abenteuerliche Geschichte an und bekommen vor Staunen den Mund nicht mehr zu.

Am nächsten Morgen kommt Bas nur schwer aus dem Bett. Er ist nämlich, das muß man wissen, ein Morgenmuffel. Gähnend und mit zerknittertem Gesicht kommt er die Treppe herunter. Annette folgt ihm. Auch sie sieht sehr verschlafen aus. Rutger steht am Fenster und beobachtet, was draußen vorgeht. Er ist schon früher aufgestanden und hat bereits Kaffee gekocht.
Annette und Bas schlurfen zum Schreibtisch, wo große Tassen mit Milchkaffee stehen. Auf einer Besuchercouch in der Galerie räkelt sich Jaap unter einer leichten Steppdecke. Er wird ebenfalls wach. Bas tritt mit seiner Tasse neben seinen Vater.
»Irgendwas Verdächtiges, Papi?« fragt er.
Rutger weist auf einen Lieferwagen.
»Nichts, alles wie gehabt.«
In diesem Augenblick kommen zwei Männer, öffnen die Ladetür des LKWs, und jeder hebt zwei Totenkränze aus dem Wagen, die sie quer über die Straße in ein Nachbarhaus tragen.
»Komisch«, stutzt Rutger. »Von einem Todesfall in der Umgebung habe ich nichts gehört.«
Im Hintergrund bringt Annette Jaap eine große Tasse Kaffee an das provisorische Bett. Sie redet auf ihn ein. Jaap nickt, mal schuldbewußt, mal eifrig, schließlich traurig. Dann reicht er Annette die Hand, so als würde er ihr etwas versprechen. Rutger und Bas haben alles vom Fenster aus beobachtet.
Bas wendet sich wieder an seinen Vater.
»Wir gehen zur Polizei, Papi!«
Der nickt und ergänzt:
»Aber alles zu seiner Zeit«, und schaut seinen Sohn schweigend an.
Da trompetet Annette quer durch die Galerie: »Ich habe die restliche Nacht zwar schlecht geschlafen, aber auch eine geniale Idee gehabt.«

Annette macht eine Pause, um die Spannung zu steigern. »Ich kenne ein ideales Versteck für Jaap . . . Wenn die ›Eisbären‹ mitmachen. Davon müssen wir sie nur noch überzeugen.«
Manchmal hat Annette tatsächlich gewisse Geistesblitze. Die hören sich zwar im ersten Moment total hirnrissig an, aber beim genaueren Überlegen stellt man dann fest: einfach genial. Und so einen lichten Moment hatte Annette diesmal mitten in der Nacht. Fraglich ist nur noch eines: ob die Jungen der Mannschaft da mitspielen.
Doch die machen keine Probleme. Und Jaap ist plötzlich ein »Eisbär«. Im Trikot von Bas, mit Helm und Schutzmaske trainiert er mit den anderen. Gerade wird er von Snoopy und Lutz in die Zange genommen und landet natürlich prompt auf dem Eis.
An der Bande stehen Trainer Jürgen und Annette nebeneinander. Annette beugt sich hinüber.
»Jürgen, bitte frage mich nicht nach den Gründen für das Theater hier. Ich erkläre dir später alles, das verspreche ich dir. Aber jetzt braucht Jaap dringend unsere Hilfe. Und unter so vielen Jungen fällt er überhaupt nicht auf.«
»Und wir werden nie wieder zu einem Städteturnier eingeladen«, kontert der Trainer. »Aber setz du nur deinen Willen durch.«
Dann gleitet er aufs Eis und stößt zornig in seine Trillerpfeife.

3. Der Diebstahl

Die grelle Neonbeleuchtung zeigt die schmuddelige, abgegriffene Einrichtung von van Lings Spielhölle in ihrer ganzen Häßlichkeit. Leo van Gulden sitzt auf einem der geschmacklosen, wackeligen Goldstühlchen, die um die Spieltische herum plaziert sind. Hinter ihm steht Ron in seiner vollen Größe.
Der alte Chinese steht am Roulettekessel und wirft die kleine Elfenbeinkugel. Dabei zischt er zwischen den Zähnen hervor:
»Siebzehn, mein Freund! 300.000 Gulden sind für uns viel Geld, Mijnheer van Gulden. Deswegen haben wir sehr viel Mühe und Aufwand investiert, um Ihnen bei Ihren Problemen zu helfen. Ich muß befürchten, daß mein junger Freund Jaap jeden Augenblick zur Polizei geht.«
Die Kugel rollt auf die Siebzehn. Kein Wunder, Ralf hat wieder den geheimen Fußhebel betätigt.
Leo ist nicht gerade erfreut über van Lings Worte. Er ist sichtlich erregt, und seine Stimme klingt gereizt:
»Die Polizei wird diesem Jungen die Geschichte nie glauben.«
Der alte Chinese hat immer eine Weisheit aus seiner Heimat parat. So auch jetzt:
»Kann sein, kann nicht sein. Doch die Zunge ist oft eine Peitsche, die den Redner trifft. Wir müssen seinen Mund auf immer verschließen. Bringen Sie uns unser Geld oder öffnen Sie uns den Weg zum Herzen Ihres Vaters. Der hat sein ganzes, langes Leben damit verbracht, die ungeheuerlichsten Kunstschätze anzuhäufen.«
Leo merkt, worauf van Ling hinauswill, und begehrt auf:
»Ich habe Schulden bei Ihnen, zugegeben. Aber die Sammlung gehört mir.«
Lings Augen funkeln böse. Er drückt seine Zigarette aus, und fast triumphierend wendet er sich an Leo:
»Wenn Ihr Vater stirbt, erben Sie nichts. Beten Sie um sein Leben. Jaap werden wir finden, da bin ich sicher. Und dieser Bas wird den Weg zu

Ihrem Vater finden. Auch da bin ich sicher. Es ist immer der Zweifel, der die Neugier weckt.«

Und Bas ist wirklich neugierig. Wie es der anscheinend allwissende Chinese vorausgesagt hat, ist er mit Rutger an die Nordsee gefahren und betrachtet nun beeindruckt das Schloß der van Guldens. Düster hebt es sich von der Dünenlandschaft ab. Der Himmel ist bleigrau. Man hört die tosende Brandung der Nordsee. Bas ist fasziniert von den zahlreichen kleinen Treppen, verschiedenen Ebenen, Rundläufen, Türmen und überall angefügten Balkonen und Terrassen. Es ist ein richtiges Märchenschloß.

Rutger steht neben ihm. Er forscht prüfend in seinem Gesicht und achtet auf jede Regung. Tief versteckt Bas seine Hände in der Jackentasche. Dann zuckt er die Schultern.

»Es hört sich blöd an, Papi, aber kennst du so was? Ich weiß ganz genau, daß ich noch nie hier war. Trotzdem habe ich das Gefühl, ich kenne mich hier aus.«

Rutger macht eine wegwerfende Handbewegung.

»Das bildest du dir jetzt nur ein. Komm, Bas, fahren wir zurück. Das Team ist bestimmt sauer auf dich. Laß dich wenigstens dort mal blicken.«

Doch Bas schüttelt den Kopf und sagt:

»Hinter dem Haus geht der Weg zum Strand runter.«

Und er geht los in Richtung Meer. Rutger bleibt unschlüssig stehen und ruft seinem Sohn nach:

»Wo soll denn der Weg sonst runtergehen?«

In einem Busch hat sich ein Zettel verfangen. Bas bückt sich, um das Stück Papier aufzuheben. Es ist überhaupt nicht schmutzig oder zerrissen. Er schaut genauer hin und erschrickt. Ängstlich starrt er seinen Vater an, der ihm nachgelaufen ist. Bas reicht ihm den Papierfetzen, und Rutger liest laut: »Such weiter, Bas, du wirst dich finden!«

Rutger ist genauso entsetzt wie sein Sohn. Er begreift, was gemeint ist, packt Bas heftig an den Schultern und redet eindringlich auf ihn ein:

»Bas, wir laufen an einer langen Leine. Irgend jemand weiß ganz genau, was wir tun. Und er will, daß wir es tun.«
Rutger steckt den Zettel ein und zieht seinen Sohn schnell zum Strand hinunter. Schweigend laufen sie am Meer entlang. Plötzlich verdüstert sich Bas' Miene, und er sagt: »Papi, ich glaube eigentlich nicht, daß der Motorradfahrer Leo war. Der hätte uns doch nicht gewarnt. Leo, diese Flasche, kann doch nicht Motorrad fahren. Vielleicht war es wirklich ein Zombie! Ich meine, ein echter. Und wer bin eigentlich ich?«
Bas lacht bei diesen Worten laut auf. Eine Spur zu schrill, wie sein Vater findet. So kennt er seinen Sohn eigentlich gar nicht.
Als Rutger gerade den Autoschlüssel in das Türschloß steckt, erscheint plötzlich und ganz unerwartet Mijnheer van Gulden auf einer der Treppen. Er tut, als sei der Besuch für ihn keine Überraschung. Er geht einige Schritte auf Bas zu.
»Ich habe schon lange auf dich gewartet, mein Junge.«
Bas erschrickt ein wenig. Dann hat er sich wieder in der Gewalt. Er schaut van Gulden prüfend an. Der kann dem Blick standhalten und bricht endlich das Schweigen:
»Sie wollten doch zu mir, oder?«
Verlegen ringt Rutger um eine Antwort. Bas ergreift mit fester Stimme das Wort:
»Ich möchte Sie kennenlernen, Mijnheer van Gulden.«
Der alte Mann ist sichtlich erfreut und macht eine einladende Geste. Bas blickt seinen Vater fragend an. Rutger nickt unmerklich. Dann steigt Bas als erster die Treppe hinauf. Er muß an van Gulden vorbei. Der hält ihn zurück.
»Warte. Ich gehe voraus. Oder kennst du den Weg?«
Einen winzigen Moment zögert Bas. Von der Terrasse führen zwei Türen in das Innere der Villa. Scharf beobachtet der Alte Bas, der nach einigem Zögern auf eine Tür zugeht und sie öffnet. Frans van Gulden lächelt fein, läßt Rutger den Vortritt und verschließt dann die Tür sorgfältig hinter sich.
In der großen Wohnhalle ist der Teetisch gedeckt. Die Haushälterin bringt schweigend einen Teller mit Kuchen herein. Sie tut so, als wäre

es das Normalste auf der Welt. So, als hätte sie den ganzen Tag nur auf die Bodes gewartet. Sie weist auf den mit wertvollem Porzellan gedeckten Tisch. Mit einer knappen Verbeugung verschwindet sie dann lautlos in ihrer steifen Art aus der Wohnhalle. Van Gulden deutet auf den Kuchen.
»Es ist Rosinenkuchen, frisch aus dem Ofen. Magst du ihn?«
Bas hat kaum hingehört. Er nickt höflich, aber sein Blick gilt etwas ganz anderem. Das van Gogh-Gemälde hat seine Aufmerksamkeit auf sich gezogen. Er schaut verwundert auf den dargestellten Fischerjungen. Der sieht aus wie sein Doppelgänger. Wie Jaap auf der Treppe zur Galerie. Also im Grunde wie er selbst. Nur in Ölkleidung. Da legt van Gulden sanft die Hand auf seine Schulter.
»Hast du dieses Bild schon mal gesehen, mein Junge?«
Bas betrachtet es konzentriert und antwortet schließlich:
»Wenn ich ja sage, stimmt's nicht, und wenn ich nein sage, stimmt's genauso wenig.«
»Sag einfach ja, Bas«, fährt Rutger scharf dazwischen. »Du hast eine Reproduktion davon in deinem Zimmer aufgehängt.«
Merklich kühler wendet er sich an Frans van Gulden:
»Mijnheer, wir haben nicht viel Zeit. Mein Sohn muß noch zu seinen Sportkameraden.« Dabei liegt die Betonung überdeutlich auf »Mein Sohn«.
Der alte Mann versteht die Andeutung. Trotzdem verzieht er keine Miene. Er nickt nur höflich und weist stumm auf die Plätze an der gedeckten Tafel. Er legt Bas ein Stück Kuchen vor und blickt ihn unverwandt an. Für Rutger interessiert er sich anscheinend überhaupt nicht. Den Mund voller Rosinenkuchen, plappert Bas munter drauflos:
»Mein Vater findet es ziemlich schlimm, wenn Sie ihre Bilder nach Amerika verkaufen.«
Doch was ein Mann von Welt ist, und das ist Frans van Gulden in der Tat, der hat auf alles eine Antwort.
»Ich habe ja noch nicht verkauft, mein Junge.«
Dabei lächelt er Bas zu und gießt ihm aus einer silbernen Kanne Tee ein. Bas lächelt artig zurück. Völlig überrascht ist er aber, als van Gul-

den sechs Löffel Zucker in seinen Tee schaufelt. Jedem das Seine, sein Fall ist das jedenfalls nicht! denkt er. Er blickt über die Schultern seines Vaters hinweg auf eine Anrichte an der Wand. Neben allerlei Nippes liegt ein Jo-Jo, rot-gelb gestreift. Irgendwie kommt ihm das bekannt vor.
»So ein Jo-Jo hatte ich doch auch mal, früher, als ich noch ein kleiner Junge war«, denkt er. Ohne zu fragen erhebt er sich plötzlich, geht zur Anrichte hinüber und nimmt es in die Hand. Nachdenklich schaut er es an. Rutger scheint zu ahnen, was sein Sohn denkt.
»Bas, davon gibt es Tausende.«
»Eben, und deswegen habe ich auch mal drei Kerben reingeschnitten«, entgegnet Bas. Er kommt mit dem Jo-Jo an den Teetisch zurück, deutet auf die Einschnitte am Rand.
»Kein Zweifel, das ist meins.«
Van Gulden hat den Disput zwischen Vater und Sohn gespannt verfolgt. Jetzt mischt er sich ein:
»Natürlich ist es dein Spielzeug, mein Junge. Möchtest du jetzt dein Zimmer sehen?«
Aus seiner Westentasche holt er einen Schlüssel hervor. Selbstverständlich möchte Bas. Auch der heftige Einspruch Rutgers kann da nichts ändern. Das Kinderzimmer hat seit acht Jahren niemand mehr betreten. Und jetzt geht Bas, den Schlüssel in der ausgestreckten Hand, auf die Tür zu. Rutger und der alte van Gulden bleiben nach einigen Schritten stehen und beobachten, wie Bas den Schlüssel ins Schloß steckt. Mit einem lauten Knarren springt die Tür auf. Der Raum dahinter ist dunkel. Bas tastet nach dem Lichtschalter und schaltet die Deckenlampe ein. Das Zimmer ist groß, aber spartanisch und zweckmäßig eingerichtet. Man sieht dem Raum an, daß er acht Jahre verschlossen war. Überall hängen Spinnweben, liegt dicker Staub. Muffige Luft schlägt ihm entgegen. An den Fenstern hängen schwere Vorhänge. Beklommen schaut sich Bas um:
»Ich laß erst mal frische Luft rein, was?«
Er zieht die Vorhänge zur Seite und öffnet die Fensterflügel. Von außen weht ein frischer Wind und bläht die Vorhänge. Dann sagt Bas:

»In diesem Zimmer war ich noch nie, noch nie in meinem Leben«, und mit gesenkter Stimme fügt er hinzu: »Ich erinnere mich auch nicht an Sie, Mijnheer van Gulden. Ich möchte Ihnen nicht weh tun, aber das ist die Wahrheit.«
Der alte van Gulden wendet sich traurig ab und geht gebeugt den Gang zurück. Bas blickt seinen Vater an und zuckt mit den Achseln. Er verschließt das Fenster wieder und zieht auch die Vorhänge zu. Als er sich umwendet, wartet Rutger immer noch im Türrahmen. Bas macht ein schuldbewußtes Gesicht. Er blickt sich noch einmal in Vincents Zimmer um. In dem verstaubten Regal findet er zwischen Spielzeug ein Paar Schlittschuhe. Er nimmt sie in die Hand – und erkennt sie wieder.
»Solche hast du mir auch mal geschenkt. Meine ersten Schlittschuhe sahen genauso aus, stimmt's?«
»Nenne mir einen Jungen in Holland, der nicht irgendwann in seinem Leben Schlittschuhe bekommen hat«, gibt Rutger trocken zu bedenken.
»Aber das sind meine Schlittschuhe«, wehrt Bas ab. »Unten die linke Kufe ist beschädigt. An dem Tag habe ich mir auch den Arm gebrochen.«
Bas zeigt ihm den linken Schlittschuh, an dem tatsächlich ein Stück der hinteren Kufe abgebrochen ist. Und Bas' gebrochenen Arm hat Rutger nur zu gut in Erinnerung. Er runzelt die Stirn. »Hmh! Langsam gehen mir die Argumente aus. Ich habe nur noch meine Überzeugung.«
In der Halle erwartet sie schon Mijnheer van Gulden. Er hat sich seinen Mantel übergezogen und bittet sie, ihn auf seinem Spaziergang durch den Park zu begleiten.
Der Park ist toll, findet Bas. Weitläufige Grünflächen, eingerahmt von hohen Kiefern, kunstvoll angelegte Teiche und Springbrunnen, all das gefällt ihm sehr. Doch trotz aller Pracht liegt ein Hauch von Zerfall über dem Ganzen. Ein eisiger Wind pfeift, so daß sich der alte Mann den Schal mehrmals um den Hals wickeln muß. Er ist näher an Rutger herangetreten und tut nun sehr vertraulich:
»Verzeihen Sie, Herr Bode, aber ich bin sehr verwirrt. Und die Ähnlichkeit mit meinem Enkel ist . . . beängstigend.«

»Ich hingegen mache mir Sorgen um meinen Sohn«, gibt Rutger klipp und klar zu verstehen. »Die Ereignisse der letzten Tage . . . Verstehen Sie, Mijnheer van Gulden, das war nicht alles Zufall. Bas ist sich nicht mehr sicher, wer er eigentlich ist.«
Van Gulden ist es sich bei Bas übrigens auch nicht, aber das sagt er selbstverständlich nicht. Außerdem kommt Bas jetzt herbeigerannt. Er macht ein verlegenes Gesicht, als er fragt:
»Ich möchte Sie um einen Gefallen bitten, Herr van Gulden. Dürfen mein Vater und ich eine Nacht hier bei Ihnen bleiben? Ich möchte in dem Zimmer Ihres Enkels schlafen. Erlaubst du, Papi? Nur für eine Nacht. Bis zum nächsten Spiel. Bitte!«
Rutger, dem absolut nicht wohl ist in seiner Haut, scheint von dem Vorschlag gar nicht begeistert. Aber dann tröstet er sich mit dem Gedanken: Man weiß ja nie, wofür es gut ist.

Wofür ihre Pirouetten gut sind, weiß Soukje allemal. Anmutig schwebt sie über das Eis und probt Teile ihrer Kür. Das ist schon etwas anderes, als wenn die »Eisbären« über das Eis fegen. Die stehen an der Bande um Jaap herum. In seiner Eishockeykluft, mit dem Helm und dem Gesichtsschutz, kann man ihn nicht von den anderen unterscheiden. Snoopy hat sich drohend vor ihm aufgebaut:
»Wer ist hinter dir her und warum? Für Bas und Annette tun wir alles . . . Aber wir möchten wissen, wofür. Mach mal klar Schiff, verstanden!«
Jaap stottert verlegen:
»Ich . . . ich meine, ich hab in so 'ner ziemlich dummen Sache gegen Bas mitgemacht . . . Aber regt euch nicht auf«, versucht er die auf ihn zukommenden »Eisbären« zu beschwichtigen. »Bas ist mein Freund. Aber es gibt da so einen alten Chinesen in Amsterdam, der will mich . . . Aber ich bin stattdessen zu Bas . . .«
Das laute Trillern der Pfeife rettet Jaap vor weiteren Erklärungen. Zögernd begeben sich die Spieler aufs Eis. Energisch tönt Jürgens Stimme:
»Mal ein bißchen Dampf, wenn ich bitten darf.«
Der Trainer gleitet zu seinen Jungen auf die Spielfläche. Die blicken mit

Krokodilsaugen auf die hübsche Soukje. Doch Jürgen schreckt sie aus ihren Träumen auf:
»Hallo, hier bin ich. Wir werden uns jetzt ein wenig auf das morgige Spiel vorbereiten. Und nach diesem Training, das verspreche ich euch, wird keiner von euch, ich sage, keiner, mehr in die Disco gehen können. Allenfalls kriechen. Also, auf geht's!«

»Bist du soweit, Bas?«
Rutger steht ungeduldig im Türrahmen des Kinderzimmers. In der Zwischenzeit wurde hier sorgfältig aufgeräumt und entstaubt. Bas hat sich geradezu albern korrekt die Haare gekämmt und macht auch sonst einen peinlich sauberen Eindruck. Auf das frisch gemachte Bett hat er die Schlittschuhe und das Jo-Jo gelegt und dazu noch ein holländisches Kinderbuch. Er nimmt es in die Hand und zeigt es seinem Vater.
»Erinnerst du dich, Papi? Das hab ich im Bücherschrank gefunden. Du hast es mir mal geschenkt, damit ich auch holländisch lesen und schreiben lerne.«
»Ja, Bas«, seufzt Rutger und schlägt sich die Hand vor die Stirn. »Das war ein sehr erfolgreiches Buch. Mit einer Riesenauflage. Oder fehlt da auch wieder eine Seite, an die du dich ganz genau erinnerst, nach acht Jahren?«
Rutger hat die Arme vor dem Bauch verschränkt und zeigt demonstrativ, daß ihn das Thema langweilt. Bas blättert langsam das Buch durch und will seinen Vater davon überzeugen, daß es tatsächlich sein Buch ist. Er schaut ihn eindringlich an und sagt mit fester Stimme:
»Ist das meine Handschrift, Papi?«
Rutger zögert einen Moment. Dann zuckt er mit den Schultern.
»Siehst du, Papi. Sicher bist du dir auch nicht, oder?«
Jetzt wird es Rutger doch zu bunt. Er wendet sich noch einmal um, bevor er das Zimmer verläßt.
»Ich bin mir sehr sicher, mein Junge, daß du bei einem der letzten Spiele einen Schläger über den Kopf bekommen hast. Komm jetzt.«
Rutgers beschleunigte Gangart deutet seine Verärgerung an. Sein Sohn folgt ihm mit einigem Abstand. Doch bevor sie die breite Treppe zur

Wohnhalle hinuntergehen, bleiben sie abrupt stehen. Unten in der Halle ist der Tisch festlich gedeckt. Die Haushälterin rückt gerade den Blumenschmuck zurecht und zündet die Kerzen an.
Mijnheer van Gulden ist festlich gekleidet und blickt erwartungsvoll, aber auch ungeduldig die Holztreppe hinauf. Oben raunt Rutger seinem Sohn zu: »Bitte, Bas, erwecke bei dem alten Mann keine falschen Hoffnungen. Sei nett bei Tisch, freundlich und zuvorkommend. Aber vergiß nie, daß du mein Sohn bist und nie hier gelebt hast.«
Solche Ermahnungen läßt sich Bas nicht ohne Widerspruch gefallen. Ebenso leise kontert er:
»Vergiß du mal ein paar Stunden die wertvollen Gemälde und vor allem den van Gogh! Du bist doch nur wegen der Bilder mit mir hierhergefahren«, und etwas versöhnlicher fügt er hinzu: »Wieviel Zucker der immer in seinen Tee schaufelt, so was Verrücktes!«
Dann gehen sie die Treppe hinunter. Mit einer einladenden Geste empfängt sie van Gulden und weist ihnen die Plätze an. Im gleichen Moment kommt die Haushälterin mit einer dampfenden Schüssel herein.

Während Bas es sich richtig gutgehen läßt, liegen die »Eisbären« total erschöpft und am Ende ihrer Kräfte auf den Bänken der Mannschaftskabine. Unter ihnen auch Jaap. Der schnauft am meisten von allen. Wie hart so ein Eishockeytraining sein kann, hätte er sich nicht träumen lassen. Er liegt am Boden, die Füße auf die Bank gelegt, unfähig, ein Wort herauszubringen. Annette kühlt mit einer Kompresse die leicht lädierte Wange von Lutz.
»Frau Bode, der spinnt doch wohl heute. Vier Stunden Training. Und Snoopy, der Affe, haut mir noch seinen Ellenbogen ins Gesicht.«
Doch Annette ist da ganz unnachsichtig und zeigt keinerlei Mitleid.
»Ihr sollt ja auch beim Training Masken tragen. Eigene Schuld. Tut's weh?«
Der dicke Snoopy schleppt sich von seiner Bank hinüber zur Massagebank. Er haut Lutz tüchtig mit der Hand auf die Schulter. »Tut mir leid, Lutz«, grinst er unverschämt. »Warum guckst du auch immer zu Soukje. Guck mich an, dann kriegst du auch keine gescheuert, klaro?«

Mit schallendem Lachen zieht sich der Torwart in seine Ecke zurück. Lutz findet das gar nicht so komisch. Er wendet sich wieder Annette zu: »Jaap hat so einige Andeutungen wegen Bas gemacht. Können Sie uns nicht mehr erzählen? Wir sind schließlich seine Freunde, Frau Bode.« Die könnte das schon. Sie möchte aber nicht. Daher erwidert sie: »Wenn's soweit ist, sag ich's euch, einverstanden? Ich weiß nur, daß Jaap einiges wieder gutmachen will.«
Dabei läßt sie es bewenden.

Auch Mijnheer van Gulden will einige Fehler seines Lebens wieder gutmachen. Auch an Jaap. Jedenfalls, soweit man so etwas überhaupt wieder gutmachen kann. Er gibt Bas sein Ehrenwort, sein Möglichstes zu tun.

Hendrikje hat die Halle mit einem großen Tablett betreten; sie serviert den nächsten Gang. Sie stellt Bas einen neuen Teller hin, und ohne eine Miene zu verziehen wünscht sie ihm: »Guten Appetit, Vincent.« Wobei die Betonung auf Vincent liegt. Bas ist perplex, und Rutger geht hoch wie eine Rakete.

»Nun hören Sie mal, Bas ist nicht Vincent. Er ist mein Sohn, und damit basta!«

Rutger ist erregt aufgesprungen. Bas versucht ihn zu beschwichtigen, doch sein Vater läßt sich nur schwer beruhigen und schon gar nicht bei seinem Redeschwall aufhalten.

»Ich bin es jetzt leid. Mijnheer van Gulden jagt einem Phantom nach. Er glaubt, du seist sein Enkel. Und sein feiner Sohn hat das auch noch ausgenutzt ... Und du glaubst auch an all die Tricks, ach, was sage ich Tricks: Ganovereien.« Dabei schaut er seinen Sohn durchdringend an und fährt mit aufgebrachter Stimme fort: »Ganovereien! Leo hat, als er dein Foto auf meinem Schreibtisch in der Galerie sah, diesen teuflischen Plan gefaßt.« Van Gulden, der sich vornehm zurückgehalten hat, mischt sich nun ein:

»Was für einen Plan, Herr Bode?«

Bas' Vater setzt sich wieder an die Tafel. Nicht mehr ganz so wütend beugt er sich zu dem alten Mann hinüber.

»Ihr Sohn will Sie glauben machen, daß Bas Ihr Enkel sei! Dabei arbeitet er mit dem übelsten Gauner in Amsterdam zusammen.«
Van Gulden senkt beschämt seinen Kopf. Und nach einem Augenblick des Schweigens versucht er die Unterhaltung auf ein anderes Thema zu lenken.
»Bas, ich möchte gerne deine Mutter kennenlernen.«
Die läuft inzwischen aufgeregt im Hotelzimmer auf und ab. Dann geht sie zum Telefon und wählt Rutgers Nummer. Aber in der Galerie hebt niemand ab. Nur der Anrufbeantworter wird nicht müde, immer denselben, monotonen Satz von sich zu geben. Frau Bode knallt den Hörer auf die Gabel, wendet sich um und blickt auf Soukjes Vater, den Kriminalinspektor Maazel, der im Stuhl vor ihr sitzt.
»Leo van Gulden ist uns bekannt, Frau Bode. Aber die Geschichte, die sie uns da erzählen, ist . . .«
»Ich weiß, daß sie verrückt ist«, wirft Annette ein. »Verrückt und gleichzeitig auch sehr einfach. Leo van Gulden nutzt die Ähnlichkeit meines Sohnes mit seinem verstorbenen Sohn aus, um an das Geld seines Vaters zu gelangen. Er wollte meinen Bas, na ja, eben verrückt machen, verstehen Sie das? Und dazu hat er Jaap benutzt, als Doppelgänger. Hinter Jaap sind nun die Gangster her. – Einfach, nicht wahr, Herr Maazel?«
Der Inspektor macht ein ungläubiges, etwas mitleidiges Gesicht.
»Frau Bode, wir reden hier ganz privat miteinander. Wenn ich das, was Sie mir da erzählen, offiziell in einem Protokoll zur Kenntnis nähme, würden mich meine Vorgesetzten wegen offensichtlichen Schwachsinns pensionieren.«
Inspektor Maazel erhebt sich und macht einige Schritte auf die nervöse Annette zu.
»Frau Bode, ich werde ihnen helfen, rein privat. Weil Sie mir sympathisch sind. Und weil es um ein Kind geht. In solchen Fällen werde ich zum reißenden Wolf.«
Dabei fletscht er seine Zähne und nimmt eine bedrohliche Haltung ein, wobei er versucht, einen entsprechenden Wolf zu imitieren. Annette

muß lachen. Der Inspektor hat ihr wieder Mut gemacht. Sie ist dankbar für die angebotene Hilfe, gleichzeitig aber noch immer besorgt und aufgewühlt. Sie tritt an das offene Fenster zum Leidseplein. Unten herrscht wie immer ein buntes Treiben. Eine unbeschreibliche Geräuschkulisse, zusammengesetzt aus Drehorgelmusik, vielfältigem Stimmengewirr, dem Marktgeschrei eines Heringsverkäufers und Sirenengeheul von Einsatzwagen der Polizei schlägt ihr entgegen. Grelle Neonreklamen flackern vor ihren Augen. Doch für all diese optischen und akustischen Reize ist Annette heute nicht empfänglich. Sie macht sich Sorgen um ihre beiden »Männer«.

»Wenigstens anrufen könnte Bas mich, oder Rutger«, sagt sie vorwurfsvoll. »Das können die doch nicht mit mir machen!«

Und als hätte sie es beschworen, klingelt tatsächlich das Telefon. Annette stürzt zum Apparat, wobei sie fast den Inspektor umrennt. Blitzschnell nimmt sie den Hörer ab und lauscht erwartungsvoll.

Es ist tatsächlich Rutger. Doch Frau Bode scheint gar nicht erfreut: »Wie bitte, Rutger? Ihr seid bei van Gulden? . . . Und das läßt du zu? . . . Was, über Nacht? . . . Ihr spinnt wohl! . . . Paß mir auf den Jungen auf, hörst du?«

Langsam legt Annette den Hörer auf die Gabel. Dabei schaut sie wie ein hypnotisiertes Kaninchen drein. Amüsiert hat Inspektor Maazel ihr beim Telefonieren zugesehen. Er macht eine Geste, als wolle er sagen, na, hab ich's Ihnen nicht gleich gesagt, es ist alles okay. Annette ist die Sache selber etwas peinlich, und sie sagt entschuldigend:

»Ach, wissen Sie, ich versteh überhaupt nichts mehr.«

Da geht der Inspektor auf Annette zu, nimmt beide Hände tröstend in die seinen und versichert ihr:

»Meine Leute beobachten van Gulden. Aber unauffällig, verstehen Sie, Frau Bode, ohne großes Aufsehen. Außer, daß zwei Jungen in einem Lagerhaus erschreckt wurden, können wir van Ling nichts vorwerfen. Allerdings, van Ling nehme ich sehr ernst. Seit zwanzig Jahren.«

Maazel verabschiedet sich, nicht ohne ihr ein »Schlafen sie gut, Frau Bode« zu wünschen.

Bas kann nicht einschlafen. Unruhig wälzt er sich im Bett herum. Sanft dringt das Wellenrauschen vom nahen Meer ins Zimmer. Von ferne nähert sich das Geknatter eines Motorrades. Bas erschrickt, richtet sich mit dem Oberkörper auf und schaltet die Nachttischlampe an. Plötzlich bemerkt er die Haushälterin neben seinem Bett. Bas stutzt einen Moment.
»Hast du noch einen Wunsch, Bas?« tönt sie in ihrer monotonen Sprechweise.
Eigentlich hat er keine Wünsche. Schon gar nicht nachts um drei. Doch er schaut sie herausfordernd an:
»Durst habe ich.«
Die Haushälterin lächelt teuflisch:
»Siehst du, Vincent hatte um diese Zeit manchmal Durst.«
Dann stellt sie ein Tablett mit einem Glas Wasser auf dem Nachttisch ab. Noch während Hendrikje sich über den Tisch beugt, ergreift Bas das Glas und trinkt es mit großen Zügen aus. Mit einem lauten Rülpser knallt er das Glas auf das Tablett zurück. Doch die Haushälterin scheint das nicht zu stören. Im Gegenteil, zufrieden betrachtet sie jetzt den Jungen. Der wird auf einmal von einer plötzlichen Müdigkeit übermannt. Er sinkt benommen auf das Kopfkissen zurück. Hendrikjes Augen funkeln triumphierend. Sie entfernt sich aus dem Kinderzimmer. An der Türe wendet sie sich noch einmal um. Bas kann gegen den Schlaf nicht mehr ankämpfen. Seine Lider scheinen plötzlich tonnenschwer. Ihm fallen die Augen zu. Das letzte, was er hört, bevor er in tiefen Schlaf fällt, ist das Geräusch eines Motorrades. Ganz in der Nähe.

Durch das spärliche Licht der Laterne vor dem Haus, das in das Kinderzimmer fällt, huscht ein Schatten, eine schwarze Gestalt. Der geheimnisvolle Motorradfahrer schleicht auf das Haus zu. Vorsichtig steigt er die verwinkelten Treppen des Hinterhauses hinauf. Nur eine im nächtlichen Sturm hin- und herschwingende, schwache Lampe beleuchtet ihn für Augenblicke. Durch eine nicht verschlossene Seitentür betritt er das Haus.
So als kenne er sich hier aus, schleicht er durch die große Halle. Ledig-

lich die Signallampen der Alarmanlage beleuchten matt die Gemälde. Zielsicher steuert der Schwarze den Schreibtisch des alten van Gulden an. Mit einem Dietrich öffnet er die Schublade, in der sich der Schaltkasten für die Alarmanlage befindet. Ohne die Handschuhe auszuziehen, setzt er die Sicherung außer Betrieb. Die roten Signallämpchen an den Bildern verlöschen, und der Raum versinkt im Dunkeln. Dann holt der Motorradfahrer eine starke Taschenlampe hervor. Ein scharfer Lichtkegel wandert über die Wände, über Skulpturen und Gemälde. Schließlich verharrt das Licht auf dem van Gogh.
Von alledem hat Bas keinen blassen Schimmer. Er liegt selig in seinem Bett. Seine ungewöhnliche Schnarcherei zeugt von einem beneidenswerten Tiefschlaf. Nicht einmal das laute Aufheulen des Motorrades, das durch den Park hallt, kann ihn stören. Kein Wunder bei der reichlichen Dosis Schlafmittel, die Hendrikje ihm ins Glas getan hat . . .
Der Motorradfahrer jagt über die Strandpromenade. Das Licht seines Scheinwerfers leuchtet über die Dünenlandschaft, wird kleiner und verschwindet schließlich im aufsteigenden Nebel. Nur das monotone Rauschen des nahen Meeres ist jetzt noch zu hören. Ansonsten ist alles still und friedlich. Bis zum Morgengrauen.

Das fahle Licht des trüben Wintermorgens flutet in die Wohnhalle. Hendrikje hat die schweren Samtvorhänge vor den Fenstern aufgezogen. Doch was ist das? Nur langsam begreift die Haushälterin. Fassungslos wandert ihr Blick über die kahlen Wände. Sämtliche Gemälde wurden sorgfältig aus ihrem Rahmen getrennt! Verloren baumeln die Drähte der Alarmanlage an der Wand.
Aufgeschreckt durch Hendrijkes entsetzten Schrei, erscheint Mijnheer van Gulden oben auf dem Treppenabsatz. Er bindet sich den Gürtel seines Morgenmantels zu. Sprachlos weist die Haushälterin auf die leeren Bilderrahmen, besonders auf den großen goldenen, in dem sich van Gogh's Fischerjunge befunden hat. Von einer Sekunde zur anderen wird der alte Herr leichenblaß. Mit der einen Hand stützt er sich am Treppengeländer. Mit der anderen greift er sich in die Herzgegend. Blankes Entsetzen spiegelt sich in seinem Gesicht.

»Rufen Sie die Polizei. Worauf warten Sie!« herrscht er seine Haushälterin an.

Durch den Lärm geweckt, taucht nun Rutger oben an der Treppe auf. Er ist nur halb angezogen, hat das Hemd nur übergeworfen. Sofort begreift er die Situation. Er stürmt in das Zimmer seines Sohnes. Bas liegt noch im schönsten Tiefschlaf. Sein Vater reißt die Vorhänge auf. Doch selbst vom Tageslicht wird Bas nicht wach. Rutger schüttelt seinen Sohn: »Steh auf, Bas! Sie sind gestohlen worden! Alle Bilder!« Er reißt die Bettdecke weg und zerrt ihn aus dem Bett. Bas ist noch total benommen und steht schwankend auf seinen Beinen. Er kapiert überhaupt nichts. Da hilft nur eine Radikalkur! Rutger bugsiert seinen Sohn ins Badezimmer, unter die kalte Dusche. Da endlich wird Bas wach. Pitschnaß, frierend, aber mit offenen Augen tappt er ins Kinderzimmer zurück. Das Wasser trieft von seinem Pyjama und hinterläßt eine große Pfütze auf dem Boden.

Mitten auf der Spielfläche haben sich auch die »Eisbären« um eine unschöne Wasserlache versammelt. Kein Grund zur Aufregung, könnte man meinen. Schließlich ist Wasser und Eis im Grunde dasselbe. Aber ein Eishockeyspieler im Wasser, der geht höchstens baden. Denn Schlittschuhlaufen kann er darauf nicht. Snoopy's Wut ist begreiflich. »Sabotage!« schimpft er mit hochrotem Kopf. »Die haben das Eis abgetaut, damit wir nicht trainieren können.«
Bei soviel Ärger schiebt er sich gleich noch einen Schokoriegel nach. Der Trainer schüttelt den Kopf.
»Quatsch mit Soße. Vielleicht ist eine Sicherung im Kühlaggregat durchgebrannt«, beruhigt er seine Spieler. »Tut ihr mal nicht so, als wolltet ihr dringend trainieren. Wer hat Annette übrigens heute schon gesehen?« Keine einzige Hand geht hoch, denn Annette hat verschlafen.

Mit einem noch ganz und gar verquollenen Gesicht springt sie aus dem Aufzug. Direkt in die Arme Inspektor Maazels. Der fängt die verdutzte Annette auf.
»Frau Bode, fahren Sie bitte mit mir. Ich erklär Ihnen alles unterwegs.«

Er zieht sie am Arm aus der Halle. Die Arme weiß gar nicht, wie ihr geschieht. Instinktiv fragt sie:
»Ist was mit Bas oder mit meinem Mann?«
Maazel schlägt die Beifahrertür seines Dienstwagens hinter ihr zu, steigt ein und rast los.

Mit Bas ist nichts geschehen. Aber mit Leo van Gulden. Der steht in einer Ecke von van Lings Spielhölle und ist ziemlich ramponiert. Sein Hemd ist zerrissen. Blut rinnt ihm aus der Nase. Überhaupt ähnelt sein Gesicht eher dem eines Schwergewichtsboxers nach der 15. Runde als dem eines normalen Bürgers. Langsam und bedrohlich geht Ron auf ihn zu. Seine geballten Fäuste versprechen nichts Gutes. Leo weicht zurück, bis ihn die Wand aufhält. Van Ling sitzt auf einem der goldenen Spielstühle. Bedächtig dreht er seine Zigarettenspitze, und wie gewöhnlich ist er sehr beherrscht. Wieder einmal präsentiert er genüßlich eine chinesische Weisheit:
»Ein Vater, selbst wenn er seinen Sohn verstoßen hat, wird ihm seine Liebe wiedergeben, wenn das Kind ein Gebrechen plagt.«
Ron hat Leo an die Wand gedrückt. Den rechten Unterarm preßt er gegen die Kehle seines Opfers. Mit der anderen Hand läßt er ein Springmesser aufblitzen. Der alte Chinese tut ganz unbeteiligt. Dann verzieht er sein Gesicht zu einem diabolischen Lächeln.
»Solange wir diesen Bas nicht haben und Jaap nicht finden, sind Sie unser Pfand, mein Freund Leo.«
Dabei gibt er Ron ein Zeichen. Der läßt sein Messer vorschnellen, und die scharfe Klinge bohrt sich tief in die Finger von Leo. Die Fingerkuppen klaffen häßlich auf. Blut tropft heraus und fällt klatschend auf den Boden. Dort bildet sich eine dunkelrote Pfütze. Leo sinkt schreiend, von Schmerzen gepeinigt, an der Wand hinunter und landet zuckend in der Blutlache.

Mit kreischenden Bremsen hält der dunkle Dienstwagen des Inspektors vor dem Hauptportal des Schlosses. Vor dem Eingang sind zwei uniformierte Polizisten postiert, die den ins Haus stürmenden Inspek-

tor kurz grüßen. In der Halle herrscht geschäftiges Treiben. Beamte der Spurensicherung untersuchen die leeren Bilderrahmen nach Fingerabdrücken. Mit einem feinen Dachshaarpinsel, Spezialpuder und Lupe wird Zentimeter um Zentimeter der alte Holzrahmen bearbeitet. Neugierig beobachtet Bas die Prozedur.
Fragend blickt Maazel zu dem Kollegen von der Spurensicherung hinüber. Der schüttelt verneinend den Kopf.
»Hat jemand diese Nacht irgend etwas Verdächtiges bemerkt?« beginnt er seine routinemäßigen Fragen.
Van Gulden läßt sich schwer atmend auf seinen Schreibtischstuhl nieder. Rutger macht eine verneinende Geste. Bas blickt den Inspektor mit großen Augen an, sagt aber nichts.
»Sie, Herr Bode, und Ihr Sohn haben die Nacht hier verbracht? Richtig?«
»Richtig«, pflichtet Rutger bei. Aber auf die Frage nach dem Grund schweigt er.
»Also gut«, wendet sich Maazel jetzt an Bas. »Wie hast du geschlafen, mein Junge? Was hast du gehört?«
Bas bringt kaum ein Wort heraus. Er ist zu aufgeregt. Schließlich ist er noch nie von einem Inspektor verhört worden. Und dann gleich in so einer spektakulären Sache. Dem größten Kunstraub in der Geschichte der Niederlande! Und er, Bas, mittendrin. Da kann es einem schon mal die Sprache verschlagen. Schließlich fängt er sich doch.
»Ich konnte schlecht einschlafen, Herr Inspektor. Außer den Wellen habe ich nichts gehört. Ich meine, eigentlich hab ich doch noch was gehört. Ein Motorrad.«
Der Inspektor schaut kurz gequält auf.
»Danke, Bas, das hilft uns auch nicht weiter«, sagt er und winkt ab.
»Frage Numero zwei: Wer kennt sich im Haus so gut aus und weiß, wo sich die Alarmanlage befindet, daß er den Diebstahl unbemerkt ausführen konnte? Und schließlich Numero drei: Wer ist in der Lage, die Bilder so sorgfältig aus dem Rahmen zu entfernen, daß sie nicht beschädigt werden? Doch nur ein Fachmann. Würden Sie das nicht auch sagen, Herr Bode?«
Rutger hat die Spitze wohl verstanden, läßt sich aber nichts anmerken.

»Davon gibt es so einige. Und außerdem, jeder kunstinteressierte Holländer würde diese Sammlung für Holland retten, wenn er die Möglichkeit dazu hätte.«
Mijnheer van Gulden hat sich von seinem Schreibtisch erhoben und macht einige Schritte auf den Inspektor zu. Er fuchtelt wild mit seinem Gehstock.
»Es war mein Sohn, hören Sie! Es war Leo!« keift der alte Mann und deutet vorwurfsvoll auf die leeren Rahmen.
Maazel macht ein unwirsches Gesicht, so als wolle er auf diese Anschuldigung nicht eingehen. Er tut es dann aber doch.
»Sicher, Mijnheer van Gulden, Ihr Sohn könnte ein Interesse daran haben. Wir suchen ihn ohnehin. Er ist aber nicht der einzige Verdächtige.« Dabei wirft er Bas' Vater einen bedeutungsvollen Blick zu. Der gibt sich jedoch gänzlich unbeteiligt. Der Inspektor fährt mit seinen Ausführungen fort:
»Ihre Sammlung ist unverkäuflich, Mijnheer. Es gibt niemanden auf der Welt, der auch nur ein einziges Bild Ihrer Sammlung heimlich kaufen würde. Es sei denn ein Verrückter, der sich so was in den Keller hängt.« Maazel ist bei diesen Worten ganz nah an den alten Herrn herangetreten.
»Eine letzte Frage, Mijnheer van Gulden, erinnern Sie sich an mich?« Der schüttelt verständnislos, aber energisch den Kopf.
»Vor acht Jahren, als Ihr Enkel verunglückte, war ich hier«, erklärt Maazel. »Damals arbeitete ich noch nicht in Amsterdam und war noch kein Inspektor, nur Anwärter.«
Doch der alte Mann besteht hartnäckig darauf, ihn noch nie zuvor gesehen zu haben. Vielleicht will er sich auch nicht erinnern. Aber das ist in diesem Augenblick nicht mehr so wichtig, denn etwas anderes nimmt jetzt die Aufmerksamkeit aller voll in Anspruch. Es ist – Leo, der sich durch das Portal in die Halle schleppt. Er sieht abgerissen, verdreckt und abgehetzt aus. Seine Kleidung ist blutverschmiert, und seine Hände sind böse zugerichtet. Mit letzter Kraft klammert er sich an den Schreibtisch. Sein verquollenes Gesicht erschwert ihm das Sprechen:
»Vater, Vater, sie wollen mich umbringen, wenn ich ihnen das Geld nicht zurückzahle!«

Dabei streckt er seinem Vater die aufgeschnittenen Finger entgegen, verliert aber vor Erschöpfung das Bewußtsein und bricht zusammen. Sachlich und fast beiläufig stellt der Inspektor fest:
»Mit diesen Händen hat er bestimmt nichts gestohlen.«
Rutger ist entsetzt über so viel Gefühllosigkeit. Fassungslos beugt er sich über den ohnmächtigen Leo und betrachtet seine Foltermale. Mit einer schnellen Bewegung wendet er seinen Kopf erst Bas und dann, mit erbostem Blick, Maazel zu:
»Können mein Sohn und ich das Haus verlassen? Sofort?«
»Natürlich können sie, mit der Auflage, jederzeit erreichbar zu sein und die Stadt Amsterdam nicht zu verlassen.«
Mijnheer van Gulden ist in seinem Sessel zusammengesunken. Mit leeren Augen blickt er Bas nach, der von seinem Vater eiligst aus dem Haus geführt wird.

Mit großen Augen beugen sich die »Eisbären« über die Pfütze auf der Spielfläche. Mit dem Zeigefinger greift der Trainer auf das Eis und prüft dessen Härte. Ebenso tun es einige »Eisbären«. Mit gewichtigen Gesten wägen sie ab. Jeder scheint sein Urteil für das richtige zu halten. Schließlich einigen sie sich darauf, daß das Eis bespielbar sei. Zuerst wird schnelles Zuspielen geübt. Snoopy hetzt aufs Eis. Dabei verschluckt er hastig ein Stück Schokolade. Mit vollem Mund plärrt er über die Spielfläche:
»Wo ist denn Bloody Mary, meine Flosse tut mir immer noch weh.«

Mit Bloody Mary ist Annette gemeint. Die drückt derweil ihren Sohn fest an sich. Sie blickt in das leere Gesicht von Bas, der geistesabwesend auf den Krankenwagen starrt, der vor der Villa vorgefahren ist. Zwei Sanitäter rennen mit einer Trage zum Portal.
Ein wachhabender uniformierter Polizist öffnet den Bodes die Tür.
Annette preßt Bas noch fester an sich: »Bas, Mijnheer van Gulden ist nicht dein Großvater. Bitte! Was soll der Unsinn!«
Bas wendet sich um. Seine Augen sind noch immer glasig.
»Das weiß ich auch, Mami«, spricht er mit noch schwacher Stimme. »Aber etwas wissen und fühlen ist doch was anderes, oder?«

Annette begreift ihren Sohn nicht mehr. Energisch rüttelt sie ihn an den Schultern, als wolle sie ihn aus einem Traum reißen.
»Bas, du weißt doch ganz genau, daß du vorher noch niemals hier gewesen bist.«
Plötzlich wird Bas wieder ganz klar.
»Doch, ich war hier, mit Papi«, widerspricht er entschieden. »Genau an dem Tag, als Vincent beim Segeln ertrank. Wir standen am Leuchtturm und haben die Leute unten am Strand gesehen.« Bas erinnert sich jetzt ganz genau. »Ein Junge, der genauso aussieht wie ich, ertrinkt beim Segeln genau an dem Tag. Im gleichen Moment bin ich hier am Strand. Mami ich fühle, daß das alles ineinandergeht. Aber ich weiß nicht, wie.« Er atmet schwer. Ein Anflug von Traurigkeit spielt um seine Augen. »Und dann mein Jo-Jo, hier im Haus. Meine ersten Schlittschuhe. Und das Buch mit meiner Handschrift. Das soll alles Zufall sein?«
Daran will er nicht glauben, und auch Annette ist irritiert. Besonders, als Leo van Gulden, dick in Decken eingepackt und angeschnallt, von den Sanitätern aus dem Haus getragen wird. Wie ein Trauerzug folgen der alte van Gulden, seine Haushälterin und der Inspektor der Tragbahre. Maazel bittet Rudger noch einmal ins Haus. Er will noch einige Fragen an Bas' Vater richten.
Mit wichtiger Miene hebt er ein Bündel Papiere hoch und zeigt sie Rutger.
»Ich hab die Versicherungspolicen der gesamten Sammlung durchgesehen. Ich weiß jetzt, wieviel sie wert war. Rutger, das ist der größte Kunstraub, den es je in Holland gegeben hat.«
Für Rutger ist das nicht sonderlich überraschend. Schließlich hat er sich mit van Guldens Kunstschätzen intensiv beschäftigt. Der alte Mann besitzt beziehungsweise besaß die bedeutendste Sammlung in privater Hand. Fast sein gesamtes Vermögen steckt in seinen Bildern.
Inspektor Maazel hat sich lässig auf die Schreibtischkante gesetzt. Er hält den Kopf gesenkt, und seine Stimme klingt gedämpft:
»Leo van Gulden war wirklich ein prächtiger Hauptverdächtiger, aber Fehlanzeige! Seine Gläubiger haben ihn außer Gefecht gesetzt. Und nun stellt er sich freiwillig.«

Er macht eine Pause, als denke er intensiv nach. Mit seinem Daumen schlägt er spielerisch gegen die Unterlippe, so, wie es Kleinkinder tun, wenn sie nicht mehr weiterwissen.

»Also, ich hätte Verständnis für einen Dieb, der ein berühmtes Gemälde stiehlt, bevor es nach Amerika verkauft wird. Um es den Holländern zu erhalten. Ich meine, ich hätte rein privates Verständnis.«
Darüber muß Rutger lachen. Schließlich könnte er, so denkt er im stillen, für diese Sammlung auch zum Dieb werden! Als guter Holländer selbstverständlich.

Ein Umstand gibt dem Inspektor noch Rätsel auf:
»Wie transportiert man solche alten Leinwände, so daß es nicht jedem gleich auffällt? Man kann sie doch nicht einfach zusammenfalten wie Butterbrotpapier.«

»Der Täter hat sie gerollt«, klärt ihn Rutger auf. Und der muß es wissen als gelernter Restaurator. »Unser Dieb hat die ganze Nacht hart gearbeitet. Nur um die Gemälde von den Spannrahmen zu lösen. Ein Könner«, fügt er schmunzelnd hinzu.

Maazel strahlt ihn an, schlägt ihm kumpelhaft auf die Schulter und stöhnt:

»Ach, Rutger, Sie machen's mir schwer. Sie waren die ganze Nacht über hier im Haus. Und Sie sind ein Fachmann. Aber nur, weil Sie hier geschlafen haben, kann ich Sie nicht gleich verhaften. Das reicht nicht. Und eine solche Erklärung ist mir auch zu einfach.«

Er gibt Rutger zu verstehen, daß er jetzt gehen kann. Versonnen und nachdenklich schaut ihm Maazel nach. Als Rutger schon an der Tür ist, hält er ihn noch einmal mit einer Frage zurück:

»Warum hat Bas vorhin zu Mijnheer van Gulden Großvater gesagt? Können Sie mir auch das erklären, Rutger?«

Das kann dieser nicht, und der Inspektor fährt mit einem wissenden Lächeln fort:

»Wissen Sie, *ich* hab damals den Unfall bearbeitet. Die Leiche wurde nie gefunden ...«

Mit Blaulicht und Martinshorn rast die Ambulanz mit Leo die Auffahrt

des Schlosses entlang. Der alte van Gulden schaut sinnend hinterher. Dann wendet er sich an Annette.
»Darf ich Sie nach Amsterdam begleiten? Alleine möchte ich in diesem Haus nicht bleiben.«
Annette hat richtig Mitleid. Ergriffen nickt sie, schaut dann ihren Sohn fragend an. Bas ist ganz begeistert von der Idee.
»Ich habe heute abend ein Spiel. Kommen Sie mit, Herr van Gulden!«
Dankbar ergreift der alte Mann Bas' Hände. Sein Lächeln strahlt völlig ungewohnte Wärme aus.
»Der Verlust meiner Bilder wiegt nicht so schwer wie der Gewinn, Bas gefunden zu haben.«
Rutger kommt heran und öffnet die Autotüren. Auch Frans van Gulden steigt in den Wagen. In der Haustür steht Inspektor Maazel und schaut dem abfahrenden Wagen nach. Dabei schiebt er sich die Zigarettenspitze gegen die Unterlippe.

Lutz steckt sich den Zahnschutz in den Mund, stürmt auf das Eis, umkurvt geschickt einige Gegenspieler und befördert den Puck mit einem kräftigen Schlag ins Tor. Auf der Berliner Bank jubeln der Trainer Jürgen, Snoopy, Theo sowie die restlichen »Eisbären«. Annette und Bas sitzen neben ihnen. Sie sind direkt vom Schloß ins Eisstadion gefahren. Eine Sitzreihe hinter der Austauschbank stehen Inspektor Maazel und seine Tochter Soukje.
Die erste Sturmreihe der »Eisbären« gleitet jetzt aufs Eis mit Bas, Lutz und Theo. Der knallt bald mit einem gegnerischen Stürmer zusammen. Es sieht nicht gut für ihn aus. Das erkennt auch Annette, und sie bemerkt treffend:
»Es gibt wieder 'ne Menge Arbeit für mich.«
Auf dem Eis tobt ein wildes Spiel. Bas wird von zwei Abwehrspielern in die Zange genommen. Geschickt spielt er den im freien Raum stehenden Lutz an. Der kurvt um den Goalie, trickst ihn aus, und der Puck landet im Kasten. Außer Atem setzt sich Bas auf die Spielbank, nimmt Helm und Gesichtsmaske ab. Er atmet schwer.
»Läuft doch gut, nicht?«

Er wendet sich um, sieht in der ersten Zuschauerreihe den Inspektor und seinen Vater. Siegessicher und stolz hebt Bas den Daumen, doch weder Rutger noch Maazel achten auf ihn. Nur Soukje lächelt zurück und erwidert das Siegeszeichen. Der Inspektor sucht mit einem Fernglas auf der gegenüberliegenden Tribüne die Zuschauerreihen ab. Rutger beobachtet ihn dabei von der Seite. Er wirkt nervös.
Unter den Zuschauern der gegenüberliegenen Zuschauertribüne steht Mijnheer van Gulden. Er wollte die »Eisbären« mit seiner Anwesenheit nicht stören und schaut deshalb von hier aus dem Match zu. Da tritt aus dem Schatten des Aufgangs van Ling auf die eine Seite und sein Leibwächter auf die andere Seite des alten Herrn. Soukjes Vater hat das bemerkt. Er läßt das Fernglas sinken und reicht es Rutger.
»Ein paar alte Kunden versuchen mit Mijnheer van Gulden ins Gespräch zu kommen. Van Ling und sein Leibwächter. Van Guldens Sohn hat bei ihm so über den Daumen 253.000 Gulden Schulden . . . Jetzt machen sie sich an den Vater ran. Ich hätte wetten können . . .« Dabei schlägt sich der Inspektor auf den Oberschenkel. Bedauernd, aber auch ein wenig verärgert fügt er hinzu: »Verhaften kann ich ihn nicht. Es gibt kein Verbrechen, das ich ihm nachweisen kann.« Hier wird seine Stimme leiser, aber schärfer.
Er dreht sein Gesicht Rutger zu: »Genauso wenig wie ich Ihnen nachweisen könnte, daß Sie die Bilder des alten van Gulden heute nacht gestohlen haben.«
Rutger ist empört.
Doch Maazel läßt sich nicht irritieren. Er lächelt so wissend und entwaffnend, daß Rutger nichts übrigbleibt, als weiter zuzuhören.
»Immerhin hat Ihnen unser Freund, Professor Lockmann, vom Rijksmuseum im Scherz diesen Rat gegeben. Sie wollten den van Gogh unbedingt für Holland erhalten, stimmt's?«
Nun doch einigermaßen verblüfft, blickt Rutger mit großen Augen den sehr pfiffigen Inspektor an. Der hebt wieder den Feldstecher vor die Augen und schaut zu van Gulden und seinen seltsamen Begleitern hinüber. Auf der Berliner Spielerbank werden zornig Schläger auf den Boden geworfen. Soeben haben die »Eisbären« ein unnötiges Tor kassiert.

Auch Bas ist verärgert. Gleichzeitig wirft er Soukje einen langen, verzehrenden Blick zu. Auf der Austauschbank beugt sich Snoopy weit vor und beobachtet den Flirtversuch zwischen Bas und Soukje. Er stößt Lutz an:
»Sieh mal, der ist wohl nicht ganz dicht. Erst schwänzt er tagelang das Training, und kein Mensch weiß eigentlich warum. Dann müssen wir Jaap verstecken. Und jetzt macht er auch noch Soukje an. Also, das Hinterletzte!«
Das muß Snoopy sofort unterbinden! Er klopft mit seinem Eishockeyschläger dezent, aber nicht allzu dezent Bas' Schädel an. Aufgeschreckt blickt Bas zu seinem Kameraden hinüber. Der Coach, Lutz, Snoopy, Theo und Annette sowie die anderen glotzen ihn an. Wie aus einem Mund tönt es:
»Geh mal aufs Eis, Tore schießen!«
Verlegen stülpt Bas Helm und Gesichtsmaske über, nimmt seinen Mundschutz und geht mit seiner Sturmreihe aufs Eis. Jaap bleibt auf der Auswechselbank. In dem Trikot mit der Nummer 16, dem Helm und der Maske kann ihn selbst der Chinese nicht erkennen, obwohl sie nur die Spielfläche trennt. Van Ling redet ruhig, aber bestimmt auf Frans van Gulden ein. Der hört sichtlich bewegt zu. Dann verläßt er gebeugt durch einen der Aufgänge die Tribüne. Fein lächelnd bleibt der Chinese zurück. Aber nach einiger Zeit folgt, auf ein kaum merkliches Zeichen hin, Ron dem alten Herrn. Inspektor Maazel holt aus seiner Aktentasche ein Walkie-Talkie und drückt die Signaltaste.
»Van Gulden kommt. Laßt ihn nicht aus den Augen.«
Nach außen scheint er ganz unbeteiligt. In der gleichen ruhigen Art und mit einem vielsagenden Lächeln wendet er sich an Bas' Vater:
»Wissen Sie, Rutger, dieser Fall ist wie ein Eishockeyspiel. Er zerfällt in drei Drittel. Erstes Drittel: Vor acht Jahren ertrinkt ein kleiner Junge beim Segeln. Zufälligerweise wird ein anderer kleiner Junge beinahe Zeuge. Diese beiden Jungen gleichen sich wie ein Ei dem anderen. Soweit das. Der Großvater dieses Vincent ist steinreich. Der Vater des anderen Jungen, also Sie, ist nicht reich. Der Sohn des alten van Gulden wird von seinem Vater enterbt. Aber dieser Sohn Leo ist ein leichtsin-

niger Vogel und macht sich – zweites Drittel – acht Jahre später die Ähnlichkeit von Bas mit seinem verstorbenen Sohn zunutze.«
Rutger ist beeindruckt. Das hätte er dem Inspektor nicht zugetraut. Er kann nicht anders, er muß dem Polizeibeamten seine Hochachtung aussprechen. Doch Maazel ist mit seiner Aufmerksamkeit schon wieder ganz woanders. Er winkt ab. Denn er vermißt den »Eisbär« mit der Numme 16. Jaap sitzt nicht mehr auf der Spielerbank! Und auf dem Eis ist er auch nicht. Ein wenig nervös raunt der Inspektor Rutger zu: »Kommen Sie, wir müssen Jaap suchen, bevor er in die Hände von van Lings Leuten fällt.«
Der Inspektor geht voran, Rutger folgt ihm. Sie gehen zum Kabineneingang. Maazel ist plötzlich sehr gut zu Fuß. Während er vorwärtshastet, entwickelt er mit vor Anstrengung gepreßter Stimme seine Theorie weiter:
»Immer noch zweites Drittel: Leo will Ihren Sohn glauben machen, daß es so was wie Seelenwanderung gibt. Und das ist ihm offensichtlich gelungen. Bas glaubt nun tatsächlich, zwei Seelen lebten in seiner Brust. Wer könnte ihm das verübeln, nach allem, was vorgefallen ist. Und jetzt das dritte Drittel: Genau in Bas' erster Nacht im Haus des alten van Gulden werden die Gemälde gestohlen. Und van Ling entpuppt sich als Eishockeyfan.«
Die beiden Männer hasten die Gänge unterhalb des Stadions entlang. Rutger bleibt stehen und deutet auf eine Tür. Maazel drückt sie auf und stürmt in die Mannschaftskabine. Fein säuberlich auf einem Bügel und an einem Haken hängen Helm, Gesichtsschutz, Panzer, Schoner, die gesamte Ausstattung eines Eishockeyspielers. Auf dem Trikot prangt die Nummer 16. Das ist alles, was Jaap zurückgelassen hat. Auf der Bank unterhalb der Montur liegt ein Zettel. Eine Nachricht für Bas. Der Inspektor nimmt ihn in die Hand, liest und schüttelt den Kopf: »Versteh ich nicht . . . paßt nicht ins letzte Drittel.«
/Die Stadionsirene beendet das erste Drittel. Gedämpft dringt der Applaus der Zuschauer in den Kühlaggregatraum. Das ist sozusagen das Kernstück des Stadions. Jaap schleicht an Schaltanlagen, Röhren, Ventilen vorbei. Da stolpert er mit dem rechten Fuß über den Zug eines

starken Reißverschlusses, so wie ihn Motorradjacken oft haben. Er liegt unterhalb des Hauptventils für die Kühlanlage. Jaap schaut genauer hin, dann hebt er das Metallstück auf. Er wundert sich, wie so ein Ding wohl hierher kommen mag, und steckt es schließlich ein. Dann klettert er behende einige Rohre hoch, windet sich gelenkig durch ein kleines Fenster und steht auf der spärlich beleuchteten Straße. Die Flucht ist gelungen.

Wie eine Horde junger Stiere fallen die »Eisbären« in die Kabine ein. Mit der Ruhe ist es erst mal vorbei. Inspektor Maazel und Rutger finden sich in einem Getümmel von scheinbar ziellos durcheinanderlaufenden Eishockeyspielern wieder. Helme und Gesichtsmasken werden in die Ecken geschleudert oder als Hocker mißbraucht.
Bas liest kopfschüttelnd den Zettel von Jaap:
»Van Ling im Stadion . . . sei vorsichtig . . . verschwinde zu meinem Vater. Jaap.«
Bas versteht die Welt nicht mehr. Er weiß nicht, was er davon halten soll. Schließlich hat Jaap ihm erzählt, daß sein Vater bei einem Unfall ums Leben gekommen sei. Oder sollte das eine verschlüsselte Botschaft sein? Schlagartig kommt ihm die Erleuchtung. Bas spürt die professionelle Neugier, mit der Inspektor Maazel eine Reaktion in seinem Gesicht sucht. Bas kommt seiner Frage zuvor:
»Ich weiß wirklich nicht, was Jaap damit meint: zu seinem Vater zu verschwinden. Das können Sie mir schon glauben«, platzt Bas heraus. Und dann trifft sein Blick den von Rutger. Der schaut seinen Sohn sehr ruhig und ernsthaft an. Bas versucht dem Blick standzuhalten, weicht ihm aber schließlich aus und schlägt seine Augen nieder. Er kann seinen Vater eben nicht beschwindeln. Gott sei Dank fährt Annette dazwischen und rettet ihn so aus der peinlichen Situation. Sie fuchtelt mit dem Zettel vor Maazels Nase herum.
»Können Sie eigentlich für die Sicherheit meines Sohnes garantieren? Hier steht, Bas soll vorsichtig sein. Und was geschieht mit Jaap? Können Sie mir das erklären, Inspektor?«
Maazel versteht ihre Erregung. Er kennt die Sorgen, die sich Eltern um

ihre Kinder machen, aus eigener Erfahrung. Soukje hat ihm schon des öfteren Grund dazu gegeben. Daher beruhigt er Annette:
»Vor unseren Amsterdamer Ganoven kann ich Ihren Sohn beschützen, das verspreche ich Ihnen. Trotzdem müssen Sie vorsichtig sein. Ein gesundes Maß Mißtrauen, Frau Bode, ist immer angebracht. Und Jaap werden wir schon finden.«
Dabei blickt er vielsagend zu Bas hinüber. Der kriegt sofort einen knallroten Kopf und läßt sich auf die Bank fallen, damit es nicht so auffällt. Er liest erneut den Zettel. Dann gibt er seinem Vater, der schon die ganze Zeit zu ihm hinschaut, ein Zeichen, das heißen soll:
»Jetzt nicht, Mann!«
Auch der Inspektor scheint Lunte gerochen zu haben. Aber Maazel spürt, daß er hier jetzt nicht weiterkommt. Er tippt spielerisch mit dem Daumen an seine Unterlippe, verläßt den Umkleideraum und tritt in den langen Kabinengang.

Die Schritte des alten van Gulden hallen durch die langen Flure des Amsterdamer Medizinischen Centers. Vor dem Krankenzimmer von Leo ist ein uniformierter Polizist postiert. Zwei Beamte in Zivil sind van Gulden in angemessenem Abstand vom Stadion bis hierher gefolgt und geben eifrig Positionsmeldungen an Inspektor Maazel durch.
Leo liegt bleich in seinem Bett. Die erlittenen Qualen haben tiefe Spuren in seinem Gesicht hinterlassen. Seine Hände sind dick bandagiert, an einigen Stellen sickert Blut durch. Trotzdem ringt er sich ein krampfhaftes Lächeln ab. Sein Vater hat sich einen weißlackierten Hocker ans Bett gezogen. Die ersten Worte fallen ihm sichtlich schwer.
»Ich werde dir helfen, Leo. Ich werde van Ling das Geld geben.«
Leo will protestieren. Er weiß, daß der chinesische Gauner immer mehr verlangen wird, wenn man ihn einmal Geld gibt. Aber die Bilder hat er nicht stehlen lassen. So dumm ist van Ling nun doch nicht. Die soll Leo ihm legal aushändigen, wenn er sie mal von seinem Vater bekommt. Und das möglichst bald, wie van Ling hofft.
Leo versichert seinem Vater nicht ohne einen Anflug von Scham:

»Du solltest glauben, Bas sei dein Enkel. Dann wäre ich zu einem Richter gegangen...«

»Ihr wolltet mich für verrückt erklären«, fährt ihm der alte Herr scharf dazwischen. Beinahe triumphierend sagt er: »Das wäre euch nicht gelungen, Leo. Bas ist freiwillig zu mir gekommen. Und er hat Großvater zu mir gesagt. Er hat Dinge im Haus gefunden, mit denen er früher gespielt hat. Er erinnert sich genau. Bas *ist* Vincent. Das brauchtet ihr mir nicht erst vorzuspielen.«

Der alte Mann hat sich richtig in Rage geredet. Nach Luft japsend, setzt er sich wieder auf den Schemel. Die Aufregung ist zuviel für sein schwaches Herz. Leo ist völlig fassungslos über den Gefühlsausbruch seines Vaters, wo er doch jetzt die ganze Wahrheit kennt und für ihn alle Hoffnungen nach seinem Geständnis wie Seifenblasen zerplatzt sein müßten.

Mijnheer van Gulden hat sich wieder gefangen. Er erhebt sich und geht schleppend zur Tür, die vom wachhabenden Polizisten geöffnet wird. Bevor er endgültig hinausgeht, wendet er sich noch einmal seinem Sohn zu.

»Leo, du wolltest mich bestehlen, aber du hast mir eine neue Hoffnung geschenkt. Dafür muß ich dir danken. Ich werde dir helfen.«

Verwirrt schaut ihm Leo aus seinem Krankenbett nach. Man sieht ihm an, daß er mit dieser Reaktion nicht gerechnet hat.

Frans van Gulden ist überrascht, Bas und seine Mutter in der Halle des Krankenhauses anzutreffen. Bas läuft ihm entgegen.

»Wie geht es Ihrem Sohn, Herr van Gulden«, ruft er ihm schon von weitem zu.

Ein mildes Lächeln spielt um die Mundwinkel des alten Herrn. Er ergreift Bas' Hand, aber der spürt, daß er eigentlich seinen Sohn Leo meint.

»Ich habe an Leo viel wieder gutzumachen... Aber woher wußtet ihr, daß ihr mich hier finden würdet?«

»Über Inspektor Maazel. Der steht mit seinen Leuten die ganze Zeit über in Funkkontakt.«

Dabei deutet er auf die zwei dezent gekleideten Herrn an der Cafeteria. In ihren grauen Flanellanzügen und den Trenchcoats sind sie so unauffällig, daß es schon wieder auffällt. Van Gulden versteht. Er sagt anerkennend:
»Ah, Inspektor Maazel. Ein tüchtiger Mann. Er wird sicher auch den Bilderdieb bald finden.«
Annette hat dem Gespräch zugehört. Jetzt mischt sie sich ein. Ihre Worte überschlagen sich fast.
»Er verdächtigt meinen Mann . . . Stellen Sie sich das mal vor.«
Das ist eine völlig abwegige Vermutung für Frans van Gulden. Er sagt mit überzeugter Stimme:
»Dann ist der Inspektor doch nicht so tüchtig, wie ich dachte. Nein, Ihr Mann und Bas haben geschlafen wie die Steine. Ich habe ihnen von meiner Haushälterin extra einen Schlaftrunk ans Bett bringen lassen.«
Annette weiß nicht, was sie sagen soll. Und Bas staunt mit großen Augen. Der alte Mann streicht ihm sanft über den Kopf.
»Frau Bode, ein völlig harmloses Mittel«, versichert er. »Bei mir in den Dünen jault der Wind, und es pfeift und kracht durch das Gemäuer, daß kein Mensch ein Auge zutun kann. Ich habe selten genug Gäste, aber ich weiß, daß sie immer sehr unausgeschlafen zum Frühstück erscheinen. Es war ein wirklich harmloser Schlaftrunk.«
Annette schaut den alten Mann zweifelnd an. Sollte er wirklich so fürsorglich zu seinen Gästen sein? Und ist er wirklich so einsam? Sie schwankt zwischen einem Gefühl von Mitleid und Verärgerung. Verärgert ist sie, weil Rutger durch das Hausmittel des Alten vorübergehend außer Gefecht gesetzt wurde, so daß der Bilderdiebstahl möglich wurde und er deshalb beim Inspektor in Verdacht geraten konnte. Andererseits spürt sie aber, daß das Leben für den alten van Gulden seit Jahren keine Freuden mehr bereithält. Er tut ihr irgendwie leid.
Während sie ein Taxi besteigen, lädt sie den alten van Gulden zu einem ruhigen, gemütlichen Abend im Hause der Familie in der Galerie ein.

Tränen treten in Rutgers Augen. Es ist jedesmal dasselbe, wenn er Zwiebeln schneidet. Zwiebeln gehören nun mal zu seinem Salat. Dafür müssen dann schon einige Tränen fließen.

Inspektor Maazel ist mit seiner Tochter Soukje in die Galerie gekommen, um Bas abzuholen. Die »Eisbären« wollen ihren Sieg feiern. Und wo ginge das besser, als auf Kees' Hausboot! Da gibt es keine aufgebrachten Nachbarn im Stockwerk darunter oder darüber, die sich jede halbe Stunde über die zu laute Musik beschweren.

Soukje zieht ein langes Gesicht, als sie den gedeckten Tisch und Rutgers Vorbereitungen sieht.

»Hier steigt ein Abendessen, Soukje, tut mit leid. Bas wollte es so.«

In diesem Augenblick betreten Annette, Bas und der alte van Gulden die Galerie. Soukje ist da, durchfährt es Bas, und er freut sich. Soukje umgekehrt aber freut sich überhaupt nicht. Sie ist sauer, daß Bas nicht mitkommt. Aber als er ihr schließlich verspricht, später nachzukommen, hellt sich ihre Miene wieder auf. Hastig drückt sie ihm einen scheuen Kuß auf die Wange. Bas strahlt wie ein Honigkuchenpferd und schaut ihr entrückt hinterher.

Inspektor Maazel hat seine Tochter an die Hand genommen, und im Hinausgehen ruft er Annette zu:

»Ach, Frau Bode, ehe ich es vergesse, bitte bestellen Sie Ihrem Trainer, das Training morgen muß zwei Stunden später anfangen. Die Kühlanlage ist defekt und wird heute nacht ausgetauscht. Dadurch tauen große Teile der Eisfläche ab. Wird 'nen richtigen kleinen See geben. Tut mir leid . . . und guten Appetit.«

Bas rennt die Treppe zum Badezimmer hinauf, um sich die Hände zu waschen. Ein guter Junge, denkt van Gulden. Er legt Mantel und Hut ab, und Annette hilft Rutger währenddessen beim Anmachen des Salates. Sie rutscht ganz nah an ihn heran und raunt ihm leise zu, so daß es van Gulden nicht hören kann:

»Rutger, ich habe ein ganz schlechtes Gefühl. Bas ist völlig durcheinander. Er gibt es nur nicht zu, aber er ist in Wahrheit davon überzeugt, daß in ihm Vincent weiterlebt. So 'ne Art Seelenwanderung.«

Auf dem hell erleuchteten Hausboot ist die Party im vollen Gange. Selbst draußen wird getanzt, der kühlen Witterung zum Trotz. Auf der Terrasse des Wohnbootes stehen Snoopy und Lutz, die beide auf Soukje einreden und sich bei ihr einschmeicheln wollen. Aber Soukje zeigt ihnen die kalte Schulter. Auch Jaap ist da, allerdings für die anderen unsichtbar. Er hat sich in einem Hauseingang auf der gegenüberliegenden Straßenseite versteckt. An einem Hydranten steht ein Brummfiets. So heißen die Mofas in Holland. Eine bessere Bezeichnung läßt sich schwerlich erfinden, was man sofort begreift, wenn so ein Ding an einem vorbeiknattert. Es ist mit einer schweren Kette gesichert. Mit einem kleinen Bolzenschneider bewaffnet, tritt Jaap aus dem Schatten. Sicherheitsketten tragen ihren Namen eigentlich zu Unrecht. Eher stimmt Verzögerungskette, das Klauen können sie nämlich nicht verhindern, sondern nur verzögern. Knacken kann man sie alle, auch wenn sie so massiv sind wie diese, und wenn Jaaps Bolzenschneider auch noch so klein erscheint. Es kommt nur auf die Technik an. Und so knackt Jaap das Mofa. Vorsichtig schiebt er es auf die Straße, schwingt sich auf den Sattel und braust knatternd davon.

4. Die Freunde

Scheppernd läßt Bas die Gabel auf seinen Teller fallen. Noch 'ne Portion schafft er nicht mehr. Obwohl das Essen sehr gut ist. Aber Rutger hält noch eine Überraschung bereit. Bas' Lieblingsnachspeise. Und dafür hat dieser bisher immer noch Platz in seinem Bauch gefunden.
Mijnheer van Gulden führt die Serviette zum Mund. Er bemerkt Bas' leuchtende Augen.
»Gibt es deine Leibspeise?«
Bas nickt heftig und blickt gespannt auf die Silberschale, die Annette hereinträgt. Noch bevor sie von dem Inhalt austeilen kann, spricht der alte van Gulden mit sanfter, sinnender Stimme:
»Tirami su! Ich kann mich gut entsinnen.«
Annette läßt vor Schreck fast die Platte fallen. Sie ahnt Schlimmes. Ihr Verdacht bestätigt sich, als van Gulden weiterredet:
»Meine Haushälterin mußte mindestens dreimal in der Woche Tirami su für Vincent machen, solange er bei uns gelebt hat.«
Wie zu einer Salzsäule erstarrt, starrt Bas den alten Mann an. Sein Kopf scheint platzen zu wollen. Immer wilder hallt es in seinen Ohren: Vincent... Vincent. Das hält er nicht mehr aus. Er springt auf, schmeißt dabei seinen Stuhl um. Egal, bloß weg von hier! Hastig stürmt er die Treppen zu seinem Zimmer hinauf. Rutger läuft ihm nach und hält ihn oben fest. Er schüttelt seinen Sohn mit beiden Händen an den Schultern und gibt ihm mit energischer Stimme zu verstehen:
»Bas, jetzt hör auf damit. Was ist los mit dir?«
Der Junge ist total verwirrt. Er kann nur noch japsen. Tränen stehen in seinen Augen.
»Papi, ich tick nicht mehr ganz richtig. Was mit mir los ist? Ich weiß es nicht. Eins aber weiß ich seit zwei Tagen genau: daß ich nicht ich bin. Daß es mich früher mal zweimal gab. Und jetzt auf einmal bin ich alle beide.«
Bas kann sich nicht mehr beherrschen. Dicke Tränen kullern seine

Wangen hinunter. Mit dem Mittelfinger wischt Rutger sie weg und drückt seinen Sohn fest an sich:
»Bas, es ging doch nur um einen Nachtisch. Tirami su wird jedes Kind immer wieder essen wollen, weil es so gut schmeckt. Was ist daran so ungewöhnlich?«
Bas hat sich wieder beruhigt. Seine Tränen haben die ganze Belastung weggespült. Rutger versetzt ihm einen leichten, freundschaftlichen Kinnhaken.
»Wo ist Jaap? Bas, du weißt doch, wo er sich versteckt hält!«
Daß Bas darüber Bescheid weiß, hat Rutger schon im Mannschaftsumkleideraum bemerkt, als Bas ihm die Andeutung machte, in Anwesenheit des Inspektors nicht darüber zu sprechen. Jetzt wird Bas deutlicher.
»Nicht genau, Papi. Jaaps Vater hat mal im Ijsselmeer mit flachen Seglern Touristen rumgefahren. Jaap hat ihm als kleiner Junge damals geholfen. Er kennt sich mit diesen Booten aus. Vielleicht ist er vor van Lings Leuten dahin geflüchtet. Laß uns ihn dort suchen. Bitte, Papi!«
Rutger nickt zustimmend. Dann zieht er seinen Sohn am Arm die Treppe hinunter. Auf der letzten Stufe raunt er ihm ins Ohr:
»So, nun nimm dich zusammen, Bas. Wir werden jetzt mit Mijnheer van Gulden noch einen Kaffee trinken. Dann bringen wir ihn ins Hotel, und dann gehen du, Mami und ich aufs Hausboot zur Party. Und tun so, als ob nichts gewesen wäre.«

Für den dicken Snoopy und den fetzigen Lutz ist die Party nicht mehr dieselbe, als Bas mit seinen Eltern das Hausboot betritt. Natürlich wird der Mannschaftskapitän mit einem lautstarken Hallo begrüßt. Besonders Soukje zeigt sich hocherfreut. Sie läßt Snoopy und Lutz einfach stehen, die nach wie vor wie zwei Auerhähne um sie balzen. Vor allem Lutz ist total verdattert. Er deutet auf Bas, der Soukje gerade einen Kuß auf die Wange drückt. Dann kann er es sich nicht mehr verkneifen:
»Wenn man sich darauf verläßt, daß er kommt, kommt er nicht. Ist man sicher, daß er nicht kommt, kommt er.«

Soukjes Vater ist der festen Überzeugung, daß heute nacht noch jemand ins Eisstadion kommt. Darum sitzt er hier in der leeren Eishalle. Es brennt nur die Notbeleuchtung. Sonst ist es stockdunkel. Mucksmäuschenstill hockt Inspektor Maazel oben im letzten Rang und kaut an seiner leeren Zigarettenspitze. Er schaut hinunter auf die Eisfläche, die wässrig weiß schimmert. Hier und da spiegeln sich einige Lampen der Notbeleuchtung auf der Spielfläche.
Ein Schatten huscht aus dem Tribünenaufgang. Maazel bemerkt die dunkle Gestalt nicht, die sich von der Seite heranschleicht. Es ist der ganz in schwarzes Leder gekleidete Motorradfahrer. Er ist nur als Silhouette wahrnehmbar. Ab und zu blinken die schweren Reißverschlüsse seiner Lederjacke auf. Der Reißverschluß des linken Ärmels ist kaputt. Der Zug daran fehlt.
Maazel sieht nur den Ärmel einer Lederjacke, der sich um seinen Hals legt. Das letzte, was er erkennt, ist der fehlende Zug am Reißverschluß.
Bevor der Inspektor einen Mucks sagen kann, trifft ihn ein heftiger Schlag mit dem Helm auf den Hinterkopf. Bewußtlos sackt er zusammen.

Eiskalt pfeift der Wind in Jaaps Gesicht. Seit Stunden schon knattert er auf seinem Mofa die Landstraßen entlang. Endlich liegt der kleine Hafen für Kohlenlogger am Ijsselmeer vor ihm. Überall gibt es deutliche Anzeichen von Verfall. Der Hafen hat schon mal bessere Zeiten gesehen. Aber dafür hat Jaap keine Augen. Obwohl er ziemlich durchgefroren ist und die Finger bei jeder Bewegung schmerzen, schmeißt er sein geklautes Brummfiets mit viel Kraft in einen Graben. Dann springt er behend auf eines der Schiffe. Offensichtlich kennt er sich gut aus. Geschickt bewegt er sich auf dem Kahn, und es gelingt ihm mit Leichtigkeit, eine Luke zu öffnen. In dem kleinen Raum dahinter kauert er sich zwischen Tonnen und alten Ankerwinden. Vorsichtig blickt Jaap zum Kai zurück, ob ihm jemand gefolgt ist.
Und tatsächlich! Jaaps vor Kälte knallrotes Gesicht wird augenblicklich leichenblaß, als die schwarze Limousine von van Ling heranrollt. Der kleine Chinese steigt aus und kommt langsam zum Logger her-

über. Er schmunzelt triumphierend über das Mofa im Graben. Jaap macht sich ganz klein in seinem Versteck. Er hat begriffen, daß seine Widersacher wissen, wohin er geflüchtet ist. Hier kann er nicht bleiben. So ein Boot ist wie eine Falle. Und sind van Lings Leute erst mal an Bord, gibt es kein Entrinnen mehr. Vorsichtig will sich Jaap aufrichten, da stößt er gegen Ron, der sich von der anderen Seite herangeschlichen hat. Der Gangster preßt seinen starken Unterarm um Jaaps Hals, so daß ihm die Luft wegbleibt.

Den »Eisbären« bleibt die Spucke weg. Die Lauffläche im Stadion verunziert ein unschönes Loch. Ganz offensichtlich wurde es mit einem Eispickel hineingehauen. Es ist ungefähr 1,50 mal 1,50 Meter groß. Nicht sehr tief, aber tief genug, daß sie nicht trainieren können. Lutz, Kees, Theo und Snoopy stehen in voller Montur um das Loch. Immer mehr Spieler der holländischen und der Berliner Mannschaft gesellen sich dazu. Sie lassen ihrem Ärger freien Lauf und schimpfen wie die Rohrspatzen. Nur Bas starrt nachdenklich auf die zerstörte Eisfläche. Sein Trainer Jürgen tippt ihm leicht von hinten auf die Schulter und winkt ihn mit einer Kopfbewegung an die Bande. Der Coach macht ein besorgtes Gesicht. Er wirkt äußerst verstört und stockt bei jedem Wort:
»Bas, es fällt mir schwer, dir das mitzuteilen. Ich weiß nicht wie und warum, aber dein Vater ist verhaftet worden. Deine Mutter hat angerufen. Nein, sie ist nicht verhaftet worden. Nur vorübergehend festgenommen. Tut mir leid, Bas. Du bleibst bei uns. Der Inspektor meint auch, das wäre das Beste.«
Erst ungläubig, dann entsetzt hört Bas zu. Mit einem mächtigen Satz hechtet er über die Ballustrade und rennt wie ein Wilder aus dem Stadion. Fassungslos schaut ihm der Trainer nach.

Der Logger verläßt den Hafen. Es ist ein unfreundlicher und naßkalter Tag am Ijsselmeer. Jaap steht am Ruder und steuert den Kahn wie ein Profi durch die Wellen. Er wird von Ron in Schach gehalten. Van Ling steckt sich seelenruhig eine Zigarette auf seine überlange Zigaret-

tenspitze aus Elfenbein. Hinter der Fassade seines immergleichen Lächelns spürt man deutlich seine Verärgerung.
»Warum bist du aus unserem Spiel ausgestiegen? Wir sind doch alle eine große Familie. Ich sorge mich um dich. Wolltest du nicht deinen Vater rächen?«
Natürlich wollte Jaap sich an Mijnheer van Gulden rächen. Aber viel zu spät hat er erkennen müssen, daß es aus den Klauen des gerissenen Chinesen kein Entrinnen gibt. Und so steht er nun am Ruder des Schiffes und muß den Sermon des alten van Ling über sich ergehen lassen.
»Du bist die Schwachstelle in unserem Spiel. Aber nicht mehr lange, Jaap.«
Er macht eine ausschweifende Handbewegung über die See, auf der sich trübe Wellen kräuseln. Dann deutet er auf seinen Leibwächter.
»Du mußt ein wenig Geduld mit uns haben, Jaap. Geduld ist eine große Tugend. Noch brauchen wir dich und dein erstaunliches Talent.«

Außer Atem rennt Bas die Treppe zur Galerie Bode hinauf. Hastig und mit zitternden Händen versucht er die Haustür aufzuschließen. Hinter der großen Glasscheibe hängt das Schild »Vorübergehend geschlossen«. Verwundert bemerkt Bas, daß die Tür nicht verschlossen ist. Vorsichtig schiebt er sie einen Spalt auf und betritt die Galerie. Er glaubt seinen Augen kaum. Erschrocken blickt er sich um. In der Wohngalerie herrscht ein heilloses Durcheinander. Die Regale sind ausgeräumt, der Schreibtisch durchstöbert und Kataloge wild über den Boden verstreut. Selbst die ausgestellten Bilder wurden abgehängt und von ihren Rahmen getrennt. Offensichtlich hat die Polizei eine Hausdurchsuchung durchgeführt und ist dabei, wie gewöhnlich, nicht zimperlich gewesen.
Im großen Lehnstuhl, mit dem Rücken zu ihm, sitzt eine Gestalt. Die Finger trommeln auf den Lederbezug. Langsam und sachte geht Bas auf den Sessel zu. Da dreht die Gestalt den Stuhl und wendet Bas den Kopf zu. Es ist – Inspektor Maazel, der ihn da angrinst. Er trägt einen leichten Kopfverband. Die Polizei hat ihm gerade noch gefehlt, denkt Bas.

»Wollen Sie micht auch verhaften? Wo sind meine Eltern? Mein Vater hat die Gemälde nicht gestohlen!«
Bas kann sich kaum beruhigen. Der Inspektor hat sich aus dem schwarzen Lederlehnstuhl erhoben und deutet auf den Kopfverband. »Ich habe in der vergangenen Nacht auf den Dieb gewartet. Aber er hat mich außer Gefecht gesetzt. Die Gemälde waren im Eis eingeschmolzen. In eurem Stadion.«
Bas kann es kaum fassen. Da haben sie also die ganze Zeit auf millionenschwerem Eis trainiert, ohne was zu merken. Aber was hat das mit seinem Vater zu tun? Schließlich waren sie doch zur Party auf dem Hausboot! Annette und Rutger haben sich mal wieder richtig gut unterhalten, sogar ausgelassen getanzt.
Der Inspektor legt beide Hände auf Bas' Schultern.
»So ein Hausboot kann man jederzeit für eine Stunde verlassen, ohne daß es auffällt. Außerdem ist dein Vater der einzige, der ein Motiv hat. Leo van Gulden liegt schwer verletzt in einem Krankenhaus. Van Ling können wir nichts beweisen, der hat ein felsenfestes Alibi. War letzte Nacht in einem Gasthaus am Ijsselmeer. Ein hieb- und stichfestes Alibi!«
Bei dem Stichwort Ijsselmeer wird Bas hellhörig. »Die sind hinter Jaap her«, schießt es ihm durch den Kopf. Er hat den Zettel aus dem Stadion also doch richtig verstanden. »Verschwinde zu meinem Vater«, hatte Jaap auf das Papier gekritzelt. Und Jaaps Vater hatte dort seine Arbeit, bis er dem gräßlichen Unfall erlag. Wenn Jaap sich versteckt, dann am Ijsselmeer, da kennt er sich aus! Das ist Bas nun klar.

Doch das hat Jaap wenig genutzt. Mit seinem kleinen perlmuttbeschlagenen Revolver hält der Chinese ihn in Schach. Ron hat nun das Ruder in die Hand genommn und steuert den Logger durch die Wellen.
Van Ling gibt seiner Geisel unmißverständlich zu verstehen, daß er ihn mit Steinen beschwert und in einen Sack verschnürt ins Wasser werfen wird.
»Es sei denn, du schlüpfst noch einmal in die Rolle von Bas' Doppelgänger«, sagt van Ling böse. »Denn sonst wirst du ertrinken wie der Enkel des Mijnheer van Gulden.«

Doch Jaap lehnt entschieden ab. Er wirkt auch immer noch sehr gefaßt, als Ron das Ruder mit einer Leine festzurrt. Voller Vorfreude reibt der seine Fäuste und geht bedrohlich auf Jaap zu. Erst als der Chinese süffisant lächelnd hinzufügt: »Auch Bas hat nicht mehr lange zu leben, wenn du den Doppelgänger nicht spielst«, wird Jaap nachdenklich. Blankes Entsetzen spiegelt sich in seinen Augen, aber Ling setzt noch nach. »Wenn du in einer stürmischen Nacht als toter Enkel in van Guldens Villa erscheinst, wird das den alten Mann sicherlich sehr beunruhigen. Vielleicht sogar umbringen, wegen des Schrecks, verstehst du? Vielleicht wird er aber auch nur verrückt. Auch dann bekämen wir Geld. Leo könnte seinen Vater daraufhin nämlich entmündigen lassen.« Jaap fällt es wie Schuppen von den Augen. Wenn er die Rolle des toten Enkels nicht spielt, dann müßte der Chinese einen toten Jungen in die Villa schaffen, der genauso aussieht wie van Guldens Enkel. Der Tote dürfte nicht maskiert sein. Und das könnte nur sein Freund Bas sein. Jetzt begreift Jaap endlich. Aber wie soll er sich nur verhalten? Spielt er den Doppelgänger, tötet er damit vielleicht van Gulden. Spielt er ihn nicht, tötet van Ling Bas. Was er auch macht, es wird falsch sein. Jaaps Lage ist schlichtweg auswegslos.

Der Dienstwagen des Inspektors prescht den holprigen Weg an einem Polder entlang. Diese Entwässerungsgräben durchziehen die Niederlande wie die Kummerfalten die Stirn von Inspektor Maazel. Neben ihm im Fond sitzt Bas. Das Fahrzeug fährt auf eine Windmühle zu, die am Ende eines exakt zwei Kilometer langen Polders steht und Wasser aus dem feuchten Boden pumpt. Bas ist ganz schön verdutzt, als er erfährt, daß der Besitzer der Mühle sein Vater sein soll. Für seine Windmühlen ist Holland in der ganzen Welt bekannt. Klar, wo gibt es die sonst schon? Aber was die wenigsten wissen, die Mehrzahl der Mühlen dient nicht zum Mahlen von Korn oder anderem Getreide, zur Gewinnung von Kakao oder Öl. Sie sind auch keine Sägemühlen, sondern eben Poldermühlen, deren Aufgabe darin besteht, das steigende Grundwasser abzupumpen. Meistens sind sie achteckig. Es gibt aber auch welche mit sechs oder gar mit zwölf Ecken. Auf das kantige Gehäuse aus Holz wird die mit Ried gedeckte Drehkappe aufgesetzt, an der wiederum das Wichtigste der Mühle, die Flügel, angebracht sind. Und so ein Ding gehört also Rutger. Bas wundert sich nur, daß sein Vater nie ein Wort darüber verloren hat. Über dem Eingang prangt ein Schild mit der Jahreszahl 1684. Darunter stehen zwei uniformierte Polizisten, die übereifrig den Inspektor grüßen. Einer der beiden Wachhabenden deutet mit dem Kopf in das Innere der Mühle und öffnet die Tür. Bas atmet tief ein, blickt sich verwundert um, faßt sich dann ein Herz und tritt ein.

Das erste, was ihm ins Auge sticht, sind Berge von Kisten, Pappkartons, Tapetenrollen und Farbtöpfen. Offenbar sollte hier renoviert werden. Mitten im halbfertigen Wohnzimmer sitzen seine Eltern zwischen einem Stoß alter Zeitungen und Verpackungsmaterial. Annette springt auf und eilt auf ihren Sohn zu. Sie nimmt ihn in die Arme, man sollte wohl besser sagen, sie klammert sich förmlich an ihn, und weint hemmungslos. Bas küßt seiner Mutter die Tränen vom Gesicht. Dann blickt er Rutger an, der unsicher, ja, fast schuldbewußt aussieht und Hemmungen hat, seinen Sohn in die Arme zu nehmen. Stumm schauen die drei Bodes Inspektor Maazel an, der mit grimmigem Gesicht den Raum betritt. Natürlich hätte er das Verhör auch in seinem Büro führen können, aber ihm schien dieser Ort wohl geeigneter für ein Gespräch. Mit bohrendem Blick schaut er von einem zum anderen. Rutger wirkt verstockt, Annette schweigt ängstlich, und Bas scheint wie auf dem Sprung. Über allem liegt eine unerträgliche Spannung. Die Luft scheint förmlich zu knistern. Rutger ist der erste, der das Schweigen bricht.

»Haben Sie in der Mühle gefunden, was Sie suchen, Inspektor? Sind die Gemälde hier versteckt? Solange Sie die Bilder nicht bei mir finden, kann ich nicht der Dieb sein.«

Rutger kann es nicht lassen, Hohn und Spott in seine Worte zu legen. Und sein Sohn ist ganz auf seiner Seite.

»Genau, Papa, laß dir nichts gefallen.« Etwas leiser und vorwurfsvoll fügt er hinzu: »Das mit der Mühle hättest du mir aber wirklich sagen können.«

Das hatte Rutger auch vorgehabt. Jedoch hatte er erst den Umbau und die Renovierung abschließen wollen, bevor er sie dann eines Tages Annette und seinem Sohn gezeigt hätte.

Maazel fingert mit einer Hand aus seinem alten, abgewetzten Lederkoffer einen schmalen Aktenordner. Mit der anderen betastet er seine Kopfwunde. Er blickt Rutger an.

»Wer hat mir da wohl auf den Kopf gehauen? Wo ist Ihre schwarze Motorradjacke aus Leder, die mit den kräftigen Reißverschlüssen?«

Seine Stimme hat an Schärfe zugenommen. Doch Rutger weist energisch den Vorwurf von sich, den Inspektor angegriffen zu haben. Und er bestreitet, so eine Jacke überhaupt zu besitzen. Aber das scheint Maazel nicht sonderlich zu beeindrucken. Aus dem Aktenordner nimmt er jetzt einen eingehefteten vergilbten Umschlag und zieht zwei Röntgenaufnahmen heraus. Sie zeigen den linken Unterarm eines Kindes. Nicht irgendeines Kindes, sondern den gebrochenen Arm von Bas, als er acht Jahre alt war. Annette erkennt die Aufnahme sofort wieder. Schließlich versteht sie als Operationsschwester einiges von Röntgenbildern. Da macht ihr so schnell keiner was vor. Auch Rutger entsinnt sich.

»Klar, das war in dem Jahr, als ... Natürlich, Bas, du hattest am Strand doch den Gipsarm.«

Bas' Eltern sind mal wieder einer Meinung. Nur der Inspektor ist skeptisch. Stumm deutet er auf den unteren Rand der Aufnahme. Mit weißem Fettstift ist der Name des Patienten eingetragen: Vincent van Gulden.

Eine Mischung aus Entsetzen und Überraschung spiegelt sich in Bas' Gesicht: Was hat das alles nun wieder zu bedeuten?

Auch Inspektor Maazel weiß nicht, welche Schlüsse er daraus ziehen soll. Entschlossen nimmt er die beiden Bilder Annette aus der Hand, die wie versteinert am Fenster steht, und hält sie in das schwache Licht einer Stehlampe.

»Das zweite Röntgenbild zeigt den verheilten Arm eines Achtjährigen, aufgenommen von einer Berliner Klinik, Frau Bode. Der Name des Patienten ist Bas-Boris Bode. Hier unten steht es. Ich habe meine Ermittlungen ausgedehnt, wie Sie sehen.«

Maazel legt die Aufnahmen in seinen Ordner zurück und holt ein Dokument hervor, mit dem er vielsagend vor Annettes Nase wedelt. »Das ist die Geburtsurkunde von Vincent van Gulden. Ausgestellt in Sydney am 19. Oktober 1969.«
»Das ist doch mein Geburtstag«, fährt Bas erregt dazwischen. »Wollen Sie mich auch noch verrückt machen?«
Das will der Inspektor natürlich nicht. Aber sein Beruf gebietet ihm, zunächst einmal alles in Frage zu stellen. Und dazu gehört auch die Identität von Bas. Seufzend läßt er sich auf einen Stuhl fallen.
»Die Aufnahmen beweisen, daß ein Vincent van Gulden sich in Amsterdam den Arm gebrochen hat. Und hier in Holland trauert ein alter, aber sehr vermögender Mann um seinen Enkel, dessen Leiche nie gefunden wurde. Ich bin inzwischen soweit, daß ich beim besten Willen nicht einmal sagen kann, wer vor acht Jahren bei dem Segelunfall tatsächlich ertrunken ist. Nun sind sogar noch die Daten in den Geburtsurkunden identisch. Außer, daß bei den Geburtsorten die halbe Welt dazwischen liegt. Das ist das eine. Und das andere ist, daß außerdem noch 24 Gemälde von unschätzbarem Wert verschwunden sind. Herr Bode, für mich kommen nur Sie als Dieb in Frage! Was ich allerdings nicht beweisen kann.«
Der Blick, den er Bas' Vater dabei zuwirft, spricht Bände. Auf ein Zeichen hin öffnet einer der uniformierten Beamten eifrig die Tür und nimmt dem Inspektor den Aktenkoffer ab. Bevor Maazel sich verabschiedet, bemerkt er lässig und nicht ohne Genugtuung: »Eine Kleinigkeit kann ich Ihnen doch nachweisen, Rutger. Deswegen bleibt auch ein Beamter vor der Tür stehen. Sie haben sich vor drei Wochen eine schwarze Motorradjacke aus Leder gekauft. Meine Mitarbeiter haben die Rechnung bei der Hausdurchsuchung gefunden.«
Triumphierend verläßt er die Mühle.
Noch lange sitzen die Bodes ratlos und verwirrt beisammen. Die Dämmerung ist hereingebrochen. Die Mühle liegt im Dunkeln. Unter der Außenlampe an der Eingangstür harrt bibbernd der Wachtposten aus.

Eine Hand rüttelt an Leo van Guldens Schulter, reißt ihn aus dem Schlaf. Erschrocken öffnet er die Augen und blickt in das lächelnde Gesicht des Inspektors. Der entschuldigt sich vielmals für die späte Störung. Für seine Ermittlungen sei es aber unerläßlich, von Leo bestätigt zu bekommen, daß sein Sohn Vincent sich damals den Arm gebrochen habe. Leo erinnert sich sofort.
»Ja, den linken Unterarm, als er acht Jahre alt war.«
Maazel schmunzelt, aber ganz zufrieden scheint er nicht. Irgendwie paßt das alles nicht zusammen.
»Was muß das nur für ein Junge gewesen sein, der im Herbst bei stürmischem Wetter mit gebrochenem Arm mit dem Boot hinausfährt.«
Der Inspektor ist ganz nah an Leos Krankenbett herangetreten. Er dreht die Nachttischlampe so, daß der Lichtkegel direkt in Leos Gesicht fällt und ihn blendet.
»Tatsache ist, daß es vor acht Jahren zwei Jungen gegeben haben muß, die absolut gleich aussahen. Tatsache ist auch, daß am Tag des Unfalls beide Jungen nur hundert Meter voneinander entfernt waren. Einer von beiden fuhr mit dem Boot auf die stürmische Nordsee hinaus und ertrank.«
Für einen kurzen Moment huscht über Leos Gesicht ein Ausdruck von Betroffenheit. Aber sofort hat er sich wieder unter Kontrolle und hört scheinbar gelassen den Ausführungen des Inspektors zu.
»Denken Sie an den Schock. Nehmen wir einmal an, zwei kleine Jungen treffen sich am Strand und bemerken, daß sie sich absolut ähnlich sind. Ich muß mal mit einem Psychologen darüber sprechen. Ich könnte mir vorstellen, daß so was einen Schock verursachen kann. Man verdrängt dabei alles, was früher einmal war.«
Der Inspektor wendet sich grübelnd ab und geht aus dem Krankenzimmer. Leo läßt sich auf das Kissen zurückfallen und schläft bald wieder tief und fest.

Annette ist in ihrem Lehnstuhl eingeschlummert. Rutger holt aus dem Schrank eine Decke und legt sie fürsorglich über seine ehemalige Frau. Dann geht er vorsichtig zum Fenster neben der Eingangstür und schaut hinaus. Nach wie vor hält der Polizist draußen Wache. Ein leises Knarren erregt Rutgers Aufmerksamkeit. Er blickt zur schmalen Stiege hinauf. Er will nach oben gehen, unterläßt es dann aber und setzt sich schließlich auf eine Kiste. Versonnen betrachtet er seine schlafende Frau.

Im oberen Stockwerk wälzt sich Bas auf einer einfachen Pritsche, zugedeckt mit einer gehäkelten Patchworkdecke. Er kann nicht schlafen. Zu viele Gedanken gehen ihm durch den Kopf. Er steht auf. Vorsichtig schleicht er sich zur steilen Treppe, die ins Räderwerk der Mühle führt. Abgestandene Luft schlägt ihm entgegen, als er die hölzerne Klapptür öffnet. Der Luftzug wirbelt zentimeterdicke Staubschichten auf, und es dauert einen Moment, bis sich seine Augen an die Dunkelheit gewöhnt haben, die noch schwärzer ist als das Halbdunkel unter ihm. Behend erklimmt er die überdimensionalen Zahnräder und robbt zu einer Außenluke. Mit Spucke feuchtet Bas die schweren Eisenscharniere an. Nun läßt sich die Luke ohne Quietschen öffnen. Vorsichtig schiebt er seinen Oberkörper hinaus und blickt nach unten. Es ist weitaus höher, als er gedacht hat. Vor ihm hängt einer der Flügel senkrecht bis zum Boden. Bas nimmt allen Mut zusammen und springt mit einem gewaltigen Satz an das Sprossenwerk des Windmühlenflügels. Geschafft! Glücklicherweise sind die Flügelblätter in westlicher Richtung ausgerichtet, nicht zum Eingang hin, wo die Wache steht. Unbemerkt hangelt er sich von Sprosse zu Sprosse, klettert hinunter und springt lautlos in das feuchte Gras. Einen Moment lauscht er in die Nacht. Nichts. In der Ferne haben zwei Fischreiher mordsmäßig Krach miteinander, kreischen, pfeifen und rülpsen sich gegenseitig wütend an. Bas drückt sich dicht an die Windmühle und wartet. Durch ein kleines Fenster sieht er seine Mutter im Innern der Mühle im Sessel schlafen. Bas reckt seinen Kopf, aber seinen Vater kann er nicht entdecken. Vorsichtig schleicht er sich ins nahe Schilf und verschwindet in der Dunkelheit.

Nur die Notbeleuchtung wirft ihr spärliches, schwaches Licht in die ansonsten dunkle Wohnhalle der Villa van Guldens. Mühsam schleppt sich der alte Herr die breite Holztreppe hinauf. Oben er-

streckt sich der lange Flur, an dessen Ende das frühere Kinderzimmer seines verstorbenen Enkels Vincent liegt. Verwundert bleibt er stehen und lauscht. Durch die Tür hallen dumpfe Schritte und das Geräusch von Wasser, das auf den Boden platscht. Van Gulden streckt die Hand nach der Klinke der Kinderzimmertür aus und öffnet sie. Entsetzt reißt er die Augen auf und stößt einen gellenden Schrei aus. Dann sackt er in sich zusammen und stürzt zu Boden.
Mitten im Raum steht völlig durchnäßt, so, als sei sie gerade dem Meer entstiegen, eine Gestalt in schwarzem Ölzeug. Es ist Bas, und er ist es doch nicht. Jaap ist in die Rolle des Doppelgängers geschlüpft. Erschrocken und vollkommen überrascht blickt er auf den bewußtlosen alten Herrn.
Hinter der Tür hat Ron gelauert. Er tritt an Jaaps Seite und packt ihn fest am Arm. Doch Jaap kann sich mit einer geschickten Drehung losreißen. Er hetzt den Flur entlang und die Treppe hinunter. Dabei nimmt er immer drei Stufen gleichzeitig. Ron folgt ihm auf den Fersen, aber dann rasselt er mit der verdutzten Haushälterin zusammen, die der Lärm geweckt hat. Der Gorilla strauchelt und fällt zu Boden. Währenddessen rennt Jaap die letzten fünf, sechs Stufen hinunter, stürmt durch die schummrige Halle und verschwindet über eine der Terrassen in der einsetzenden Morgendämmerung. Total durchnäßt und frierend versteckt er sich in der Nähe der Villa in einem halbverfallenen Gemäuer. Ron läuft, ohne ihn zu bemerken, daran vorbei.

Außer Atem und so schnell er kann, hastet auch Bas einen schmalen Poldergraben entlang. Morgentau liegt auf den Feldern. Er nimmt Anlauf und springt über den Kanal. Auf der anderen Seite führt eine Landstraße vorbei. Zu dieser frühen Stunde herrscht kaum Verkehr. Doch schließlich gelingt es Bas, einen klapprigen Pritschenwagen anzuhalten. Verschlafen gibt ihm der Fahrer ein Zeichen, hinten aufzusteigen, und fährt knatternd mit Bas davon. Die Stoßdämpfer sind, wie alles an dem alten Vehikel, total im Eimer. Bas spürt jedes Schlagloch und wird hin- und hergeschleudert, bis sie schließlich eine holprige Kanalbrücke überqueren. Dann geht es weiter.

Was er nicht wissen kann, ist, daß sein Freund Jaap unter eben dieser Brücke kauert, auf der Hut vor van Lings Leibwächter. Er zittert wie Espenlaub. Vorsichtig schleicht er sich aus seinem Versteck, klettert die steile Böschung hinauf und schaut auf die in der Ferne liegende Villa des alten van Gulden. Mit eingeschaltetem Blaulicht steht dort ein Rettungswagen der Polizei vor dem Portal.
Oben auf der Brücke steht Ron, der ebenfalls die Vorgänge vor der Villa beobachtet. Vor allem aber interessiert er sich dafür, wo der Ausreißer wohl stecken mag.
Der steht keine zwei Meter unter ihm. Er drückt sich gegen die Mauer der Brücke, ganz so, als ob er spürte, daß sein Verfolger in unmittelbarer Nähe sei. Wie recht er hat!
Wenn nur diese verdammte Kälte nicht wäre!

Starren Blickes verfolgt Hendrikje die Abfahrt des Krankenwagens. Dann begibt sie sich wieder ins Haus, wo Maazel schon auf sie wartet. Unbeweglich postiert sie sich in der Mitte des Raumes und mustert herausfordernd den Inspektor, der scheinbar verlegen mit seiner Zigarettenspitze spielt. Maazel muß sich mit einer vagen Beschreibung von Ron zufriedengeben. Daß der nasse Junge aber Bas war, dessen ist sich die steife Haushälterin sicher.
Maazel hat da jedoch seine berechtigten Zweifel. Schließlich läßt er Familie Bode seit gestern überwachen.
»Es gibt viele Merkwürdigkeiten in diesem Haus, Herr Inspektor«, erwidert sie ihm auf seine Vorhaltungen. »Seit dieser fremde Junge hierher kam, geht der Tod um in diesem Haus.«
Insgeheim aber glaubt Hendrikje selbst nicht daran, daß Bas der Enkel Mijnheer van Guldens ist. Aber das sagt sie dem Inspektor nicht. Langsam senkt sich ihr Blick. Ihr Gesicht ist undurchdringlich und abweisend geworden.
Nachdenklich schaut der Inspektor sie an. Dann durchquert er die Wohnhalle und geht zum Fenster. In der Ferne erhebt sich die Silhouette des Leuchtturms. Abrupt wendet sich Maazel wieder der Haushälterin zu.

»Erinnern Sie sich noch an mich? Wann hat Vincent sich den Arm gebrochen?«
»Kurz vor dem Unfall. Den linken Unterarm.«
Inspektor Maazel gibt seiner Verwunderung Ausdruck:
»Wie merkwürdig. Der Großvater weiß nichts davon und erinnert sich auch nicht an mich, obwohl ich hier in diesem Raum das Unfallprotokoll angefertigt habe. Mysteriös! Der alte Herr scheint viel zu vergessen!«
Gedankenverloren steckt er eine Zigarette auf seine Spitze und zieht ein Feuerzeug aus der Tasche.

Ans Geländer der Brücke gelehnt, zündet sich Ron einen Glimmstengel an. Er benutzt ein Sturmfeuerzeug, das er mit seinen Händen schützt. Dabei senkt er den Kopf gegen den Wind. In diesem Augenblick entdeckt er eine Schulter von Jaap.
Ron bleibt äußerlich vollkommen ruhig. Er läßt sein Sturmfeuerzeug aus der Hand gleiten, und es fällt über das Geländer nach unten. Knapp vor Jaaps Füßen schlägt es auf. Jaap erschrickt. Er sieht, wie van Lings Leibwächter seine Beine über die Brüstung schwenkt, offensichtlich, um dem Feuerzeug nachzusteigen. Aber das tut er dann doch nicht, sondern er geht zur anderen Seite der Brücke. Schnell verschwindet Jaap unten auf die andere Seite und klettert dort das Brückengeländer hinauf. Als er sich hinüberschwingen will, steht plötzlich Ron vor ihm. So eine Gemeinheit! Nichts wie weg! denkt Jaap. Doch schon hat Ron ihn gepackt und zerrt ihn auf die Straße.
Dabei überhört er das Geräusch eines herannahenden Motorrades. Mit hoher Geschwindigkeit schießt die Maschine auf die Brücke und hält mit kreischenden Bremsen knapp vor Rons Füßen. Dann drückt ihn der Fahrer, ein wenig Gas gebend, an die gemauerte Brüstung. Jaap begreift, daß die mysteriöse Gestalt ihm zu Hilfe kommt. Sie trägt schwarzes Lederzeug auf ihrer schweren Maschine. »Das ist doch...«, schießt es ihm durch den Kopf. Aber ihm bleibt keine Zeit zum Überlegen. Er kapiert, daß er auf dem Sozius Platz nehmen soll. Behend schwingt er sich auf die Sitzbank und klammert sich an seinen Retter, der die Maschine aufheulen läßt und mit Jaap davonrast.

Van Lings Gorilla hat das Nachsehen. Wütend läuft Ron von der Brücke in Richtung Strand. Abgehetzt erreicht er die schwere Limousine seines Chefs, die als einziges Fahrzeug auf dem kleinen Parkplatz in der Nähe des Leuchtturms steht. Gelassen schaut der kleine Chinese seinem Leibwächter entgegen, der eine resignierende Geste macht. Er befiehlt dem wesentlich größeren und kräftigeren Ron, sich zu bücken, und der Chauffeur gibt Ron eine schallende Ohrfeige. Van Ling nickt befriedigt. Er selbst würde sich niemals die Hände schmutzig machen.

Das schwarze Motorrad mit Jaap auf dem Sozius fährt parallel zum Hollandkanal und kommt dann zu einer Klappbrücke, die gerade hochgedreht wird. Aller Verkehr stockt. Das ist endlich die Gelegenheit für den frierenden Jaap, das Monstrum vor ihm anzusprechen. Doch die schwarze Gestalt wendet sich keineswegs um, sondern stiert starr geradeaus. Sie winkt nur mit der rechten Hand ab, so als wolle sie sagen: Laß mal gut sein, Junge.

Sein Freund Bas sitzt derweil in dem klapprigen Pritschenwagen, der nun in der Nähe des kleinen Hafens mit den Kohlenloggern am Ijsselmeer hält. Bas bedankt sich artig beim Fahrer, dem man noch immer die Morgenmüdigkeit ansieht, und läuft dann zum Kai. Dort sucht Bas ein ganz bestimmtes Boot, das er schließlich auch findet. Er springt an Bord.

Sanft klatscht das Wasser gegen die Außenplanken des Hausbootes. Im Innern geht Lutz nervös auf und ab. Überhaupt herrscht hier heute morgen eine jämmerliche und bedrückte Stimmung. Snoopy starrt abwechselnd auf das Telefon und dann auf Soukje, so als ob er nicht wisse, wen er zuerst beschwören solle. Theo rutscht zappelig auf seinem Hocker hin und her und drückt eine Zigarette nach der anderen in dem übervollen Aschenbecher aus.

»Wenigstens anrufen könnte Bas«, schimpft Lutz und wirft Snoopy einen bitterbösen Blick zu, der schon wieder Soukje von der Seite anhimmelt.

»He, Snoopy, wie weit ist es denn zu dieser Mühle?«
»Mit dem Bus und Umsteigen zwei Stunden«, ruft Kees aus der Küche.
»Auf Fahrrädern 'ne dreiviertel Stunde.« Theo läuft ein kalter Schauer über den Rücken, er schüttelt sich:
»Mit Fahrrädern, bei dieser Saukälte! Und überhaupt, wo kriegen wir hier jetzt Räder her?«
Kees und Soukje blicken sich amüsiert an, als wollten sie sagen, diese Deutschen haben auch nicht die leiseste Ahnung. Soukje stößt den dikken Snoopy keck in die Rippen und grinst ihn vielsagend an.
»Es gibt eine Million Fahrräder in Amsterdam.«
Für Soukje tut Snoopy alles, selbst Fahrräder »leihen«. Und so radeln wenig später Kees, gefolgt von Soukje und Lutz, dahin. Als letzter strampelt in einigem Abstand Snoopy hinter ihnen her. Der hat auch den größten Luftwiderstand bei seiner Figur. Die Holländer fahren fröhlich durch die Kälte. Sie sind es gewohnt. Die Berliner dagegen kämpfen mißmutig gegen den eisigen Wind an.

Jaap ist schon ganz steif gefroren. Auf einer holprigen Landstraße am Ijsselmeer und nicht weit von dem heruntergekommenen Loggerhafen hält plötzlich der schwarze Motorradfahrer seine Maschine an. Er bedeutet Jaap abzusteigen, was der auch etwas ungelenk macht. Ohne sich noch einmal umzusehen, gibt der Unbekannte Gas und braust in entgegengesetzter Richtung davon.

Aufgeregt rennt Annette die schmale Stiege in der Mühle zu den oberen Stockwerken hinauf, denn sie kann ihren Sohn nicht finden. Um ihre Schultern hängt noch immer die Wolldecke. Im hölzernen Getriebe pfeift ihr ein kalter Windzug entgegen, der die kleine Außenluke krachend gegen den Rahmen schlagen läßt. Das Gequietsche und Geächze des Balkenwerkes klingt bedrohlich in Annettes Ohren, die aufgeregt suchend durch die Mühle hetzt. Total verängstigt stürmt sie zur Eingangstür. Sie ist verschlossen. Darauf läuft sie zum Telefon und stellt fest, daß die Leitung tot ist. Offenbar ist sie gekappt worden. Durch das Fenster neben der Tür blickt sie nach draußen und sieht den Polizeiposten bewußtlos im feuchten Gras liegen. Über den Beamten beugt sich, mit dem Rücken zu Annette, eine Gestalt. Annette erschrickt. Sie will sich verdrücken, aber die Gestalt wendet sich dem Fenster zu. In allerhöchster Not drängt sich Frau Bode eng an die Wand, in der Hoffnung, nicht gesehen zu werden. Langsam wird die Tür geöffnet. Keineswegs aufgeschlossen, sondern einfach nur mit einem Ruck aufgestoßen. Annette riskiert einen flüchtigen Blick – und atmet erleichtert auf. Es ist Rutger, der die Mühle betritt. Sie fällt ihm um den Hals, läßt aber sofort wieder von ihm ab, so als wäre sie selbst über ihren Gefühlsausbruch überrascht. Zusammen tragen sie den niedergeschlagenen Wachtposten hinein und betten ihn auf eine Liege. Er hat eine blutende Verletzung an der Stirn. Während Annette die Wunde versorgt, wendet sie sich an ihren ehemaligen Mann.

»Rutger, wo ist Bas? Ich bin wach geworden und hab euch gesucht. Außerdem ist die Telefonleitung durchgeschnitten.«

Der junge Beamte kommt langsam zu sich. Verwirrt und verwundert blickt er in Rutgers und Annettes Gesichter, die sich zu ihm hinunterbeugen. Er faselt etwas von der schwarzen Ledermontur eines Motorradfahrers. Annettes Stimme klingt verzweifelt:

»Er hat Bas bestimmt entführt.«

»Und mich hat er gestern nacht auch niedergeschlagen«, tönt eine Stimme aus der anderen Hälfte des Raumes. Erschrocken wenden sich Rutger und Annette um. Im Türrahmen steht Inspektor Maazel.

Völlig geschafft schieben Lutz und Snoopy ihre Räder über die nassen Polderwiesen. Kees und Soukje hingegen wirken vollkommen frisch. Nur ihre Nasen sind etwas gerötet. In der Ferne zeichnet sich die Silhouette der Windmühle ab. Soukje deutet auf eine weitere Mühle, die in genau zwei Kilometern Abstand am anderen Ende des Polders steht. Doch Kees läßt sich nicht beirren und weist auf die richtige Mühle. Drinnen sitzt der junge Polizist mit einem Pflaster auf der Stirn und trinkt ein Glas Genever. Inspektor Maazel jedoch lehnt den ihm angebotenen Schnaps ab.

»Die holländische Polizeistatistik zeigt, daß verlorengegangene Jungen und Mädchen nicht lange verschwunden bleiben. Wir finden fast alles, sogar die verlorengegangenen Gemälde werden wir wieder auftreiben. Ich weiß, wo sie sind.« Dabei wirft er Bas' Vater einen listigen, schelmischen Blick zu.

Ein heftiges Pochen an der Tür läßt alle aufhorchen. Rutger öffnet die Tür mit dem Klemmtrick, indem er die Klinke leicht hinunterdrückt, mit der anderen Hand die Tür anhebt und dann mit einem kräftigen Fußtritt aufstößt. »Da braucht man keinen Schlüssel mehr«, lächelt er. Draußen stehen die verfrorenen vier Radfahrer, Soukje, Kees, Snoopy und Lutz.

Soukje strahlt ihren Vater an. Der aber schaut gar nicht begeistert. Wie immer, wenn er übermüdet ist, reibt er sich mit Daumen und Zeigefinger die Augen. Als er seine Überraschung überwunden hat, meint er trocken:

»Ich werde wahnsinnig. Zwei von euch verschwinden, und vier tauchen auf, die man absolut nicht gebrauchen kann.«

Seufzend läßt er sich in einen Sessel fallen und tippt sich mit seiner Zigarettenspitze gegen die Unterlippe. Annette jedoch bedeutet dem überraschenden Besuch näherzutreten, und geht in die Küche, um Tee zu kochen und Brote zu schmieren.

Gierig löffelt Bas den Müslibecher leer, den er in dem kleinen Kühlschrank des Kohlenloggers gefunden hat.
Inzwischen fast trocken, aber immer noch schrecklich schnatternd kommt Jaap zum Kai gelaufen. Vor einem der Boote bleibt er stehen. Vorsichtig blickt er sich nach allen Seiten um, dann klettert er an Bord. Sanft schaukelt der Logger im Hafenbecken. Auf den hölzernen Planken des Decks rollt ein Tennisball hin und her. Jaap bemerkt ihn, und endlich strahlt er wieder über das ganze Gesicht. Lachend nimmt er ihn in die Hand und läßt ihn einige Male auf dem Deck hüpfen.
Das dumpfe Geräusch des springenden Balls hört auch Bas in der Kombüse. Er läßt den Löffel fallen und ist hoch erfreut, als die Kajütentür geöffnet wird, von niemand anderem als seinem Freund Jaap. Dem

dann prompt ein weiterer Tennisball, der im Türrahmen festgeklemmt war, auf den Kopf fällt.

Es dauert einen Moment, bis Jaaps Augen sich an die Dunkelheit gewöhnt haben, dann endlich erkennt er seinen Freund Bas. Mit großer Freude feuert er beide Tennisbälle in die Ecke, wo Bas kauert. Der schleudert ihm wiederum übermütig seinen halb leergegessenen Müslibecher entgegen und trifft. Entsprechend bekleckert sieht Jaap aus. Aber das tut der Freude keinen Abbruch. Jubelnd fallen sich die beiden Freunde in die Arme.

»Ich wußte ja, daß du es schaffst, Jaap!«

Bas wirft ihm eine Decke zu, und Jaap schält sich aus seinen feuchten, müslibeschmierten Klamotten.

»Du weißt noch überhaupt nicht, was inzwischen alles passiert ist. Ich mußte wieder toter Junge spielen. So ein Mist. Aber ich bin ihnen entwischt«, erzählt Jaap, nicht ohne einen gewissen Stolz in der Stimme. Doch sofort senkt er seine Augen wieder und berichtet schuldbewußt von Mijnheer van Gulden.

Bas hört geduldig und teilnahmsvoll zu. Langsam wird ihm klar, daß der Kohlenlogger kein sicheres Versteck für sie ist. Früher oder später wird van Ling oder auch die Polizei hier sein und nach ihnen suchen. Also nichts wie weg!

Vorsichtig tauchen ihre Köpfe aus einer Ladeluke auf. Die Jungen blicken sich nach allen Seiten um. Jaap deutet aufgeregt mit dem Finger in Richtung Land. Und tatsächlich kommen da auch schon zwei uniformierte Polizeibeamte den Bootssteg entlang. Sie überprüfen ein Boot nach dem anderen. Schnell verschwinden Bas und Jaap wieder unter Deck und hasten in den Maschinenraum. Sie robben sich hinter die ölverschmierten Dieselmotoren und sind mucksmäuschenstill.

Durch die Holzplanken hallen die Schritte von zwei Personen, danach hört man das Klappern der Kajütentür. Dann entfernen sich die Schritte wieder. Offenbar haben die Beamten an Bord nichts Außergewöhnliches bemerkt. Bas atmet auf. Er stößt seinen Freund sanft in die Seite und formt mit Mittel- und Zeigefinger das Victory-Zeichen.

»Komm, laß uns von hier verschwinden«, raunt er Jaap zu. »Außer-

dem möchte ich herausfinden, wer dieser schwarze Motorradfahrer ist. Warum hilft er uns immer?«
Jaap überlegt einen Moment, bevor er scheinheilig fragt: »Kann dein Vater eigentlich Motorrad fahren?«
Bas versteht sofort, worauf er anspielt. Schroff weist er diesen gemeinen Verdacht weit von sich. Er ist ziemlich ungehalten. »Früher mal ... vielleicht. Red keinen Quatsch.«
Er will sich aufrichten und knallt mit dem Kopf scheppernd gegen ein Metallrohr. Unsanft landet er wieder in der Öllache.

Inspektor Maazel läßt sich genüßlich in einen bequemen Lehnstuhl plumpsen. Vor ihm auf dem Schreibtisch liegen die Röntgenbilder des achtjährigen Vincent van Gulden, alte Zeitungsberichte, Fernschreiben, Aktenunterlagen. Einfach alles, was er zu diesem Fall auftreiben konnte. Nachdenklich betrachtet er die alten Protokolle und das Spielzeug, mit dem Bas als Achtjähriger gespielt hat. Ihm gegenüber sitzt Soukje und strickt an einem Paar langer geringelter Beinwärmer in grellbunten Farben.
Das schrille Klingeln des Telefons reißt Maazel aus seinen Gedanken. Seufzend und mit vorwurfsvoller Miene reicht er den Hörer Soukje. »Wieder einer deiner Verehrer!«
Sie lauscht in den Hörer, und auf ihrem Gesicht zeichnet sich totale Überraschung ab. Sie stottert in die Muschel:
»Ja ... Natürlich ... Ja, selbstverständlich. Habe verstanden ... ganz bestimmt. Ehrenwort.«
Hastig legt sie auf. Ihr Vater, der die ganze Zeit unbeteiligt getan hat, schaut ihr durchdringend in die Augen.
»Also, was hat Bas gesagt? Sag schon, wo steckt er?«
Soukje spürt, daß es sinnlos ist, ihrem Vater etwas vorzumachen. Dafür ist er zu sehr Profi.
»Papi, du bist doch jetzt nicht im Dienst! Bas geht es gut.«
Maazel winkt seine Tochter zu sich herüber auf die andere Schreibtischseite. Er nimmt sie zärtlich in die Arme.
»Kleines, ich geh jetzt für ungefähr zwei Stunden weg. Und in diesen

zwei Stunden sorgst du dafür, daß Bas und Jaap für mich dienstlich zu sprechen sind. Ist das versprochen? In zwei Stunden, das ist mein Angebot.«

»In zwei Stunden ist das nicht zu schaffen, Papi«, protestiert Soukje mit einer so unschuldigen Miene, daß man ihr einfach nicht widersprechen kann. Besonders nicht als Vater.

»Gut, aber irgendwann heute nacht, Soukje. Ich werde mich bei dir melden.«

Maazel erhebt sich und tätschelt seiner Tochter liebevoll die Wange. Dann nimmt er Hut und Mantel, greift sich seine abgewetzte Aktentasche aus dem Regal und geht.

In den Stellagen und Regalen des Gemäldemagazins des Amsterdamer Rijksmuseums stehen und hängen unzählige bedeutende Gemälde, die allerdings nur selten der Öffentlichkeit gezeigt werden. Es ist eine umfassende Sammlung unvorstellbarer Schätze aus aller Welt. Ein Eldorado für jeden Kunstfreund. Was für die Panzerknackerbande der Geldspeicher Dagobert Ducks ist, ist für Bilderdiebe das Magazin des Rijksmuseums. Dementsprechend ist es gesichert. Selbst eine Maus hat keine Chance, sich an den köstlichen Ölfarben zu weiden oder diese gar anzuknabbern.

Die Notbeleuchtung wirft ein schwaches Licht in den Raum. Mit metallischem Klicken werden die Schlösser der Hochsicherheitstüren geöffnet. Ein Wachtposten des Rijksmuseums läßt einen Mann eintreten. Unter dem linken Arm trägt er eine abgewetzte Aktentasche. Es ist der Inspektor. Mit Nachdruck gibt er zu verstehen:

»Wer immer heute nacht in das Museum eindringt und hierherkommt, halten Sie ihn nicht auf, verstanden? Nicht aufhalten!«

Der Sicherheitsbeamte macht ein sehr besorgtes Gesicht. Erst als Maazel ihm garantiert, daß nichts mit den Gemälden passieren wird, verläßt er widerstrebend den Raum. Rasselnd fallen die Türen ins Schloß.

Bedächtig wandert der Inspektor zwischen den hohen Stellagen herum, hier und da zieht er ein Bild heraus und betrachtet es. Schließlich läßt er sich in einer dunklen Ecke auf einem Hocker nieder und wartet.

5. Die Entführung

Irgendwann in der Nacht reißt ein Klappern den Inspektor aus seinem Halbschlaf, der ihn übermannt hat. Eine dunkle Gestalt schiebt sich vorsichtig durch die Tür und schleicht durch die Gänge, ohne den Inspektor zu bemerken, der lautlos den herankommenden Schritten lauscht. Die schwarze Gestalt hat ihren dunklen Hut tief ins Gesicht gezogen, so daß man den Kopf nicht erkennen kann. Sie bleibt vor einem Regal stehen und zieht eine Leinwand heraus. Es ist – van Goghs Fischerjunge. Das Gemälde ist nicht aufgespannt, sondern liegt ohne Rahmen einfach flach da.

Langsam erhebt sich der Inspektor von seinem Hocker. Mit der Hand betätigt er den Lichtschalter. Jetzt erlischt auch das spärliche Notlicht, und der Raum fällt in tiefe Dunkelheit. Dann trifft der helle Kegel einer Halogen-Taschenlampe die Füße der Gestalt, die schnell ihr Gesicht mit den behandschuhten Fingern verdeckt. Langsam wandert der Lichtkegel am Körper hoch. Der Inspektor scheint sich seiner Sache sehr sicher. Er glaubt zu wissen, wer vor ihm steht.

»Ich habe Sie erwartet, Rutger. Nehmen Sie die Hände runter.«

Bedächtig läßt die Gestalt die Hände sinken, und nun verschlägt es Maazel tatsächlich die Sprache. Er wundert sich über alle Maßen, denn es ist nicht, wie er vermutet hat, Rutger, der vor ihm steht. Sondern – Mijnheer van Gulden! Er scheint wie entrückt. Geistesabwesend begrüßt er den total konfusen Inspektor, der verlegen an seiner Unterlippe spielt.

»Also haben Sie Ihre Bilder selbst gestohlen! Und Sie waren es auch, der mich im Eisstadion niedergeschlagen hat!«

Langsam, aber entschieden schüttelt der alte van Gulden den Kopf. Maazel bohrt weiter:

»Wie konnten Sie das Hospital verlassen?«

»Ein mir unbekannter Freund hat mir dabei geholfen. Er trug eine merkwürdige Kleidung. Es war ein Motorradfahrer mit schwarzem Helm.«

In diesem Augenblick geht die Hauptbeleuchtung an und taucht das Magazin in nahezu taghelles Licht. Zwei weißgekleidete Krankenpfleger kommen herangelaufen. Mit einer schroffen Bewegung stoppt der Inspektor die beiden Männer, die ihn verdutzt anglotzen.
»Keine Sorge«, beschwichtigt er sie. »Es geht ihm gut... Er hat seine Bilder wiedergefunden.«
»Nicht die Bilder«, berichtigt der alte Mann mit kraftloser Stimme. »Den Jungen hab ich wiedergefunden. Meinen Vincent.«
Dann läßt er sich ohne jeglichen Widerstand von den beiden Krankenpflegern aus dem Magazin und zum Notarztwagen führen. Der steht am Nebenausgang des riesigen Gebäudekomplexes mit laufendem Blaulicht – das sich in den Augen von Bas, Jaap, Soukje und einiger anderer spiegelt. Der alte van Gulden besteigt den Krankenwagen, die Türen werden geschlossen. Stumm hat Maazel die Szenerie beobachtet und blickt jetzt erstaunt in die Runde der betroffen wirkenden Jugendlichen. Nur Soukje flötet fröhlich:
»Ich habe es dir versprochen, Papa. Du kannst deine Fragen stellen. Hier sind wir.«
»Ja, das sehe ich auch«, entgegnet ihr Vater barsch.
»Woher wußtet ihr, daß Mijnheer van Gulden und ich hier sind? Das ist meine erste Frage, und ich wünsche eine Antwort. Also?«
Nach einem Moment des Schweigens schiebt sich Snoopy nach vorne. Verlegen blickt er zu Boden.
»Wir haben Sie verfolgt. Also, Lutz und ich sind Ihnen nachgegangen.«
Das ist etwas ganz Ungewohntes für Maazel. Ein Inspektor, der selbst observiert wird! Das paßt ihm gar nicht. Mit grimmiger Miene legt er seine Hände auf Bas' und Jaaps Schultern.
»Ich bin wieder am Anfang. Ich habe keinen Verdächtigen mehr, keinen Dieb, nichts. Nur eins weiß ich: Es ist ein Verbrechen geschehen. Und ihr beide wart sowohl Opfer als auch Handlanger der Gangster. Ihr müßt mir jetzt helfen, ganz offiziell.«
Er packt seine Tochter Soukje ins Auto und wünscht den übrigen eine gute Nacht.

Mit einem freundlichen »Guten Morgen« rollt ein Krankenpfleger seinen Frühstückswagen am Wachtposten vorbei in Leos Krankenzimmer. Durch das scheppernde Geschirr wird Leo wach. Er öffnet seine Augen einen Spalt und reißt sie dann entsetzt auf, als er in das Gesicht von van Lings Leibwächter schaut, der sich als Krankenpfleger verkleidet hier eingeschmuggelt hat. Ron lächelt ihm teuflisch zu, geht zum Schrank, zerrt Leos Garderobe heraus und schleudert sie ihm aufs Bett.

Er befiehlt:

»Anziehen, Herr van Gulden. Wir werden einen hübschen kleinen Ausflug unternehmen.«

Leo weigert sich anfangs. Aber als ihm Ron kurz und heftig die Kehle zudrückt, bleibt ihm keine andere Wahl, als mitzuspielen.

Ruhig und gemütlich steht der Polizist vor dem Zimmer und hält Wache. Eine Schwester eilt vorbei und steckt ihm lächelnd ein Sandwich zu. Der Posten lächelt zurück und beißt herzhaft in das Brot. Doch ihm bleibt der Bissen im Halse stecken, als ein gellender Schrei aus dem Krankenzimmer dringt. Er reißt die Tür auf. Noch bevor er die Lage erfassen kann, schnellt Rons Faust vor und trifft ihn hart am Kinn. Bewußtlos sinkt er zu Boden, und hinter ihm wird die Tür geschlossen, ohne daß jemand etwas bemerkt hätte. Nach einer Weile verläßt Leo, gefolgt von Ron, das Krankenzimmer. Schnell hasten sie den leeren Flur entlang.

Mit schnellen Schritten laufen Inspektor Maazel und seine Tochter die kleine Treppe zur Galerie Bode hinauf, nicht ohne den wachhabenden Posten flüchtig zu grüßen. In der Küche sitzen Jaap, Bas und seine Eltern bei einem ausgiebigen holländischen Frühstück.

Der Inspektor ist höchst erfreut über diesen Anblick und hat eine wesentlich bessere Laune.

Schon von weitem ruft er ihnen zu:

»Die Bilder sind wieder da. Wundervoll, nicht? Den Diebstahl hielt ich sowieso immer mehr für so 'ne Art Rettungsaktion.«

Kumpelhaft legt er den Arm um Rutgers Schulter.

»Deswegen waren Sie ja mein liebster Verdächtiger, Rutger.«

Der setzt ein ausgesprochen gequältes Lächeln auf. Maazel beachtet es nicht. Vielmehr stürzt er sich gierig auf die holländische Leberpastete und schmiert sie mit flinken Händen auf ein Weichbrötchen. Darauf tut er noch jede Menge Mayonnaise. Mit vollem Mund verkündet er:
»Also, für mich ist der Fall abgeschlossen. Dieser zumindest. Daß mir der Bilderdieb auf den Kopf gehauen hat, sei ihm verziehen.« Und an Bas gewandt: »Ihr Eishockeyspieler kriegt ja auch häufig was auf den Kopf und vertragt euch hinterher wieder, nicht?«
Bas und Jaap gucken sich befremdet an. Ihnen ist der plötzliche Stimmungsumschwung des Inspektors nicht ganz geheuer. Aber besser so als andersherum.
»Ja, ja, so ist es«, trällert Maazel in die Runde. »Mijnheer van Gulden muß jetzt schnell wieder gesund werden, und dann kann er entscheiden, ob er seine Bilder wieder in seinem düsteren Haus aufhängen will oder nicht. Seine Krankheit ist die Liebe zu seinem Enkel. Zumindest hat das nächtliche Auftauchen von ...«
»... von mir ...«, ergänzt Jaap kleinlaut und schuldbewußt. Plötzlich ist wieder die gewohnte Strenge in Maazels Blick getreten.
»Ja, von dir. Was zu seiner schweren Krankheit geführt hat. Schwamm drüber. Aber er erschien mir heute nacht sehr gefaßt. Normaler als in seinem Schloß. Irgendwie willensstärker. Seit er nicht mehr zu Hause ist, reagiert er anders, logischer. Als sei dort die Luft vergiftet.«
Da läutet das Telefon. Annette hebt ab und lauscht. Es ist Leo van Gulden, der Bas zu sprechen verlangt. Was sie nicht wissen kann, ist, daß van Lings Leute Leo in die Mühle geschafft haben. Ron hält ihn dort mit einer gezückten Pistole in Schach. Gelassen und wie immer ruhig sitzt der kleine Chinese in einem Sessel und zupft an seinen feinen Handschuhen. Während des Telefonats schaut er mit fast freundlicher Nachsicht auf Leo.
Bas horcht mit zusammengepreßten Lippen in die Muschel.
»... wenn du wissen willst, wer du wirklich bist, Bas, komm zu mir. Aber sag niemandem etwas davon. Hörst du. Niemandem. Ich hab mich in der Mühle deines Vaters versteckt.«

Bas versucht, seine Überraschung zu verbergen. Mit einem gequälten Ausdruck knallt er den Hörer auf die Gabel und blickt dann mit betont harmloser Miene in die Runde. Als erste fragt seine Mutter, was allen auf der Zunge liegt:
»Was wollte er denn von dir?«
Bas gibt sich Mühe, ein offenes und ehrliches Gesicht zu machen.
»So ein Quatsch, der wollte mich nur wieder verrückt machen. Daß er wüßte, wer ich bin . . . aber das weiß ich doch selber, oder?«
Dann geht er schnell die Treppe zu seinem Zimmer hinauf und packt seine Eishockeytasche.

Nach den aufregenden Tagen toben sich die »Eisbären« nun beim Training tüchtig aus. Selbst Jaap ist mit Feuereifer bei der Sache und gewinnt hier und da sogar einen Bodycheck. Jürgen, der Trainer, dirigiert das Spiel, Angriff gegen Verteidigung. Auch die holländischen Spieler erscheinen in voller Montur an der Bande. Eine Zeitlang beobachten sie das Training der Berliner. Kees bespricht sich mit seinem Coach, dann gleitet er auf die Eisfläche zu Bas hinüber. Er klappt seine Maske hoch.
»Hey, Bas, ich hab mit unserem Coach gesprochen; wenn ihr wollt, kämen wir ganz gerne jetzt schon aufs Eis. Nicht erst in einer Stunde. Verstehst du, so 'ne Art Freundschaftsspiel unter Ausschluß der Öffentlichkeit.«
Der Kapitän der »Eisbären« stimmt begeistert zu. Und so kommt es zu einem wilden Match mit sämtlichen holländischen und Berliner Sturmreihen und Verteidigungsformationen. Die ganze Meute von vierzig Spielern ist auf dem Eis. Ein hartes, aber dennoch freundschaftliches Gerangel. Es gibt keine bösen Fouls oder Schlägereien, nur kumpelhafte Rempeleien. Kees versucht Bas auszutricksen und umgekehrt. Es kommt kein ernsthaftes Spiel zustande, dafür aber ein großes Eishockeyspektakel, bei dem sogar schließlich mehrere Pucks über das Spielfeld sausen. Annette rutscht zufrieden auf der Auswechselbank hin und her.
»Schön. Sie lassen Dampf ab, endlich!«

Bas und Kees rumpeln bei einem Bodycheck zusammen. Als beide mit ihren behelmten Köpfen dicht aneinanderkommen, raunt Bas seinem Gegenspieler augenzwinkernd zu:
»Kees, ich muß unbedingt weg, gib mir Deckung.«
»Klar, soll ich mitkommen?«
Bas winkt ab.
»Nein, ihr paßt auf Jaap auf, bitte.«
Auf der Tribüne hat Inspektor Maazel die kurze Spielunterbrechung beim Bodycheck bemerkt und schaut neugierig herüber. Bas sieht es und gibt Kees ein Zeichen. Der versteht, trickst den Berliner Kapitän scheinbar aus und rennt mit dem Puck an die gegenüberliegende Bande. Bas hinterher. Kurz vor der Spielfeldabsperrung stoppt Kees scharf ab. Bas nutzt die Gelegenheit. Er läßt sich gewollt gegen die Bande knallen und schwingt sich dann schnell darüber hinweg. Hinter der Bande kriecht er dann behutsam in Richtung Mannschaftskabine, ohne daß er von jemandem beobachtet wird. Er ist im wahrsten Sinne des Wortes von der Eisfläche verschwunden. Behend balanciert er auf seinen Schlittschuhkufen in die Umkleidekabine.
Doch dort erwartet ihn schon Jaap, der ihn triumphierend angrinst.
»Mich kannst du nicht hinters Licht führen!«
Bas fühlt sich ertappt und ist zugleich erleichtert, jemandem sein Vorhaben mitteilen zu können.
»Ich will zu Leo van Gulden. Er ist in der Mühle meines Vaters und will mir alles über, na ja, über mich erzählen. Über meine Herkunft und so.«
Jaap ist ehrlich überrascht. Damit hat er nicht gerechnet. Er weiß nicht so recht, was er davon halten soll. Vollkommen perplex glotzt er Bas an, der sich inzwischen aus seiner schweren Schlittschuhmontur geschält und umgezogen hat.
Draußen in der Halle betrachten Annette, die beiden Trainer und Rutger sowie Soukje das wilde Massen-Eishockeyspiel. Ein Polizeibeamter reicht dem Inspektor einen Zettel. Maazel überfliegt die Zeilen. Überraschung malt sich auf seinem Gesicht ab. Die Nachricht besagt, daß Leo aus der Klinik entführt wurde.

Soukje hat den plötzlichen Stimmungswechsel ihres Vaters mitbekommen. Verwundert und fragend schaut sie zu ihm hinüber.
»Was ist denn, Papa?«
Doch der geht nicht auf sie ein. Er gibt ihr nur knapp zu verstehen, Jaap und Bas nicht aus den Augen zu lassen. Dann verläßt er eilig in Begleitung des uniformierten Beamten die Eishalle.
Empört sucht Soukje in dem wilden Durcheinander auf dem Eis nach den beiden Freunden. Alle Spieler sind nahezu gleich angezogen und tragen Gesichtsmasken, und so ist nur schwer auszumachen, wer da wohl wer ist. Soukje hält verzweifelt nach Bas Ausschau.

Doch der ist schon längst auf einem Fahrrad in Richtung Mühle unterwegs. Trotz unfreundlichem Nieselregen und kalten Temperaturen kämpft er gegen den starken Wind. Eingepackt in einen dicken Anorak, mit Pullover und Mütze, die er tief ins Gesicht gezogen hat.
Hinter einer Kurve erspäht er die beiden Windmühlen am Ende des trüben Poldergewässers. Die Flügel drehen sich trotz steifer Brise nicht. Sie sind blockiert. Bas steigt vom Rad, schiebt es das letzte Stück durch die sumpfigen Wiesen und stellt es dann an dem niedrigen Gatter ab, das Rutgers Mühle einfriedet. Dann steigt er die hölzerne Stiege zum Eingang hinauf, klopft und wartet. Noch bevor er das aufgebrochene Türschloß entdecken kann, öffnet ihm Leo van Gulden und begrüßt Bas mit einem schiefen Lächeln. Was dieser nicht sieht, ist die ausgestreckte Hand hinter der Tür, die zielsicher eine Pistole auf Leos Kopf gerichtet hält. In diesem Augenblick schreit Leo auf:
»Lauf, Junge, lauf so schnell du kannst!«
Bas begreift nicht sofort. Doch als Leo sich blitzartig in eine Ecke wirft und ein Schuß in die Dielen kracht, kapiert auch er. Auf der Stelle macht er kehrt, hechtet zur Tür und stürzt die Treppe hinunter – direkt in Rons Arme, der ihm schon aufgelauert hat. Unsanft stößt dieser ihn zurück in die Mühle. Van Ling kommt langsam mit der Pistole in der Hand aus seinem Versteck und zetert los:
»Wie dumm. Wie unüberlegt und sinnlos. Zum Aufsetzen des Fußes

braucht man nur eine kleine Stelle, aber man muß freien Raum vor den Füßen haben, um vorwärts zu kommen.«

Bas zappelt wie wild in Rons Armen. Doch gegen den muskulösen Leibwächter hat er nicht die geringste Spur einer Chance. Ihm bleibt nichts anderes übrig, als sich der Übermacht zu fügen und zu schimpfen wie ein Rohrspatz:

»Sie sind ein ganz gemeiner Vogel. Da ist mir ja schon der Zombie lieber!«

Darüber kann der Chinese nur lächeln. Er belehrt ihn:

»Ich bin Geschäftsmann. Mein Freund Leo ist freiwillig zu mir gekommen. Ich habe ihm Hilfe gewährt. Ein Vertrag bedeutet: Geben und nehmen. Ich habe gegeben, jetzt will ich nehmen. Der ehrwürdige Vater meines Freundes beklagt den Verlust seines Enkels Vincent. Der alte Mann ist davon überzeugt, daß du Vincent bist.«

Abschätzig tätschelt er Bas' Wange, der sich vor Ekel und so viel Niedertracht schüttelt. Ungerührt und mit einem scharfen Ton in der Stimme fährt der Gangsterboß fort:

»Nagt nicht auch der Zweifel an dir? Du bist Vincent! Hätten wir so viel Geld und Energie investiert, wenn wir unserer Sache nicht sicher wären?«

Er gibt Ron ein Zeichen, und der schiebt Bas zur steilen Stiege, die in die oberen Stockwerke der Mühle führt. Wie ein Sklaventreiber scheucht er ihn vor sich her. Höhnisch ruft van Ling ihm nach:

»Wir werden deinen Großvater aufsuchen. Er wird ein Schriftstück unterschreiben, und er wird Lösegeld zahlen, wenn wir ihm drohen, ihm seinen Traum wieder fortzunehmen.«

Bevor Bas sich noch seinen Zorn von der Seele schreien kann, hat ihn das dicke Kraftpaket schon die Treppe nach oben gewuchtet. Da helfen alle Schimpfworte nichts. Trotzdem flucht Bas in allen Tönen. Das verschafft ihm etwas Erleichterung.

Unten wendet sich der Chinese an den verdatterten Leo, der Lings Gedankengängen nicht mehr folgen kann.

»Sie, mein Freund Leo, werden allein in Holland zurückbleiben. Ich werde irgendwo in der Welt ein Versteck suchen, wo ich vor den Nachstellungen der Polizei sicher bin. Vielleicht in Sydney bei meinem Bruder, wenn ich erst mal das Geld habe. Sie dürfen dieses feine Land nicht mehr betreten, wie ich hörte. Auch dort haben Sie Spielschulden.« Ron klettert wieder durch die Klapptür nach unten und verriegelt sie von außen. Da steht Bas nun allein inmitten des Räderwerks der Mühle. Schnell eilt er zu der kleinen Dachluke, durch die ihm schon einmal die Flucht gelungen ist. Doch er kann sie nicht mehr öffnen. Der Rahmen wurde zugenagelt. Durch ein kleines Guckloch erkennt er die andere Mühle in zwei Kilometer Entfernung.

Wütend tritt Bas-Boris gegen einen Balken. Da flattert ein kleines Heftchen durch die Erschütterung zu Boden. Neugierig hebt er es auf. Es zeigt schematische Darstellungen von verschiedenen Stellungen der Windmühlenflügel, so, wie sie von den alten Müllern früher zur Verständigung untereinander benutzt wurden. Zum Beispiel: Die Windmühlenflügel stehen als rechtwinkliges Kreuz senkrecht und waagerecht zum Erdboden, was bedeutet, daß der Müller zu Hause ist. Oder: Die Flügel stehen im Verhältnis von 45° zum Erdboden, was bedeutet, daß der Müller nicht zu Hause ist. Das Heftchen gibt noch eine Reihe anderer Signale wider, praktisch für jede Lebenslage eins. Einfach toll ist das! So 'ne Art Morsealphabet nach Müllerart. Wer mochte es dort abgelegt haben? Rutger, der sich mit den Gepflogenheiten in einer Windmühle vertraut machen wollte? Bas wird ganz aufgeregt. Durch das kleine Guckloch erkennt er, daß die eigenen Windmühlenflügel im 45°-Winkel stehen, also signalisieren, daß der Müller nicht zu Hause weilt. Bei der gegenüberliegenden Mühle verhält es sich ebenso. Bas wird zunehmend erregter. Er legt ein Ohr auf die hölzerne Treppenklappe und lauscht. Von unten kann er nichts hören. So schleicht er sich zu einem großen Handrad, mit dem man von innen per Hand die Flügel verstellen kann. Reichlich Kraft gehört dazu. Aber es ist seine einzige Chance. Er legt sich voll ins Zeug, bis es sich endlich dreht. Es knarrt und knirscht laut und verräterisch.

Da hört Bas Schritte auf der Treppe. Die Luke wird geöffnet. Ron steckt seinen Kopf hindurch. Er schaut Bas prüfend an. Aber der zeigt ihm nur seine Verachtung. Er streckt ihm die Zunge heraus und droht mit der Faust. Ron kann da allenfalls grinsen, und er verschwindet wieder nach unten.

Mit den Anzeichen allerschlechtester Laune läuft Inspektor Maazel, zwei Stufen auf einmal nehmend, die Treppe zur Galerie Bode hinauf. Mit vor Ärger hochrotem Kopf folgt ihm Soukje und schimpft schnaufend: »Diese Idioten haben uns reingelegt!«
Rutger, der die Tür öffnet, versteht nicht sofort. Aber als Maazel ihn schroff von gewissen Vorfällen in Kenntnis setzt und auffordert, mal scharf zu überlegen, dämmert es ihm langsam: Bas ist weg! Und: Van Ling hat Leo entführt und mit seiner Hilfe den Jungen in eine Falle gelockt. Daß die »Eisbären« und ihre holländischen Freunde auch verschwunden sind, darauf kann er sich beim besten Willen keinen Reim machen.
Auch Maazel tappt im dunkeln. Von Rutger nach seiner Meinung gefragt, macht er nur mit betrübter Miene eine Handbewegung, die ausdrücken soll, daß sich alles in Luft aufgelöst habe.

Langsam löst sich der Morgennebel auf. Und da sind sie. Ein Pulk von Radfahrern. Trotz oder vielleicht auch gerade wegen der eisigen Kälte legt sich der harte Kern der Berliner und Amsterdamer Eishockeymannschaft schwer in die Pedalen.
Vorneweg fahren Jaap, Kees, Lutz und der keuchende Snoopy. Sie kämpfen tapfer gegen den peitschenden Wind, der wie immer, wenn man in Holland Fahrrad fährt, grundsätzlich von vorne weht. Es ist eine abenteuerliche, aber zu allem entschlossene, verschworene Fahrgemeinschaft. Einer hat schwere Eishockeyschläger ans Fahrrad gebunden. Andere wieder tragen sogar ihre Schienbeinschoner, Knie- und Schulterschützer unter Anoraks und Jeans. Die Goalies beider Teams sind bestens vermummt. Auf alles vorbereitet, das versteht sich von selbst.
Zum Äußersten bereit strampeln sie für ihren Freund gegen Wind und Wetter. Da steht was ins Haus, womöglich Mann gegen Mann. Wenn das man gutgeht! Der wild entschlossene Haufen kommt an einem klei-

nen Erdhaufen bei einem Polder an. Die Räder werden versteckt oder auch nur achtlos hingeschmissen. Jungs, jetzt wird's ernst, Kees' Miene drückt aus, was er denkt. Dann pirschen sie sich langsam voran. Kees kann schon die Mühle sehen.

Wen er nicht sehen kann, das ist Bas, der dort oben im Räderwerk seine Hände in einen Eimer mit dicker, graugelber Schmierseife taucht. Schmierseife dient zum Ölen des massiven Räderwerkes. Bas schmiert es dick mit der schleimigen Masse ein. Dann betätigt er wieder das große Stellrad für Windflügel. Nun ist nur noch ein kleines, mehr schmatzendes Geräusch zu hören. Bas ist sichtlich mit seiner Arbeit zufrieden. Er überlegt und schaut dann aus dem kleinen Guckloch. Hoffentlich sieht jemand das Signal.

Er hat tatsächlich Glück. Denn das Zeichen wird gesehen. Die Burschen haben sich ins Gebüsch geschlagen und robben auf dem Bauch kriechend die Böschung hinauf. Vorneweg Kees und Jaap, dahinter Lutz, Snoopy und die anderen. Oben angekommen beäugen sie vorsichtig Rutgers Mühle. Lutz weist auf die Flügel, die sich tatsächlich langsam aus der 45-Grad-Stellung in die 90-Grad-Position drehen, das Signal für »Müller zu Hause«. Hämisch grinsend feixt er: »Wohl zu wenig Wind, was?« Dabei hält er demonstrativ seine blonde Mähne in den auffrischenden Wind. Jaap ist in dieser Situation keineswegs spaßig zumute. Er kennt das Signal, und er deutet auf die Flügel: »Quatsch. Schaut lieber mal, da ist jemand in der Mühle.« Lutz und Theo werfen sich einen skeptischen Blick zu. Auch Snoopy versteht nur noch Bahnhof und schiebt sich noch schnell einen Schokoriegel in den Mund. Schokolade soll die Nerven beruhigen, hat er irgendwo gelesen. Und solche Medizin kann er jetzt gebrauchen. Kees winkt alle zu sich heran. Er zeigt auf die zweite Mühle. »Da ist keiner. Sonst stünde das Windrad anders. Das da drüben heißt ›Müller nicht zu Hause‹.«

Theo versucht schon gar nicht mehr, ihn zu verstehen. Das ist einfach zu hoch für ihn. Und so robbt er gutgläubig mit Lutz und dem Goalie, Kees und Jaap zur leerstehenden Mühle. Vorher wird noch das Angriffssignal ausgemacht, und das kann Jaap. Er imitiert gekonnt dreimal an der Böschung den Schrei eines Reihers. Es klingt so echt, daß ein, zwei dieser Vögel sogar erschreckt auffliegen. Jaap gelingt es, durch ein nur angelehntes Fenster in die unbewohnte Mühle einzudringen. Kees und Lutz klettern hinterher mit Hilfe einer Räuberleiter, die ihnen Snoopy hält. Als der dicke Goalie an der Reihe ist, passiert es: mit seiner Panzerung kommt er durch den engen Einstieg nicht hindurch. Er fällt zurück auf den Kiesweg und fuchtelt vor Wut wild mit seinen Händen in der Luft herum.

Zwei Kilometer von den Freunden entfernt belauscht Bas seine Kidnapper. Van Ling telefoniert.
»Schickt meinen Wagen punkt 15 Uhr . . . Was? . . . Van Gulden steht unter Polizeischutz? Natürlich wird der ehrenwerte Mijnheer van Gulden bewacht! Wo ist denn da das Problem?«
Bas erhebt sich von seinem Lauschposten und blickt zum Guckloch hinaus. Da sieht er erstaunt, wie sich auch an der anderen Mühle etwas bewegt. Dort ändert sich die Flügelposition. Sie zeigt jetzt an, daß der »Müller zu Hause« ist. Bas ist höchst erregt über seine Entdeckung. Nervös blättert er in der kleinen, vergilbten Broschüre. Dann huscht er zum Stellrad und dreht. Zweimal läuft Bas zur Luke, um die richtige Stellung der Windmühlenflügel zu kontrollieren. Schließlich sind sie in der Position: »Müller in Gefahr«. Unmittelbar darauf erhält er eine Antwort. Er vergleicht die neue Stellung mit den Zeichnungen in dem Merkheft. »Kommen zu Hilfe« heißt das Signal . . .
Vor Freude schleudert er die Broschüre in die Ecke.

Mit viel Geraschel und Geknister breitet Inspektor Maazel eine Landkarte von Amsterdam und Umgebung auf dem Schreibtisch in der Galerie aus. Dann nimmt er einen Zirkel in die Hand.
»Bevor ich eine Großfahndung anordne, lassen Sie mich meine Gedanken ordnen. Sie sind mit Fahrrädern unterwegs. Das haben wir herausgefunden. Bei diesem Wetter kann man mit dem Fahrrad in einer Stunde ungefähr zwölf Kilometer zurücklegen. Die Jungen sind seit

eineinhalb Stunden verschwunden. Das bedeutet: Sie können bis jetzt etwa achtzehn Kilometer weit geradelt sein.«
Maazel sticht die Nadel des Zirkels in den Stadtplan, genau dorthin, wo das Eisstadion markiert ist, das jetzt der Ausgangspunkt seiner Überlegungen ist. Dann schlägt er einen Kreis, der die Umgebung in achtzehn Kilometer Entfernung markiert. Nachdenklich stößt er seine Zigarettenspitze gegen die vorgeschobene Unterlippe. Mit dem Zeigefinger der anderen Hand fährt er alle wichtigen Punkte auf dem markierten Kreis ab. Doch auch das hilft ihm nicht weiter. Schließlich rafft er sich auf:
»Eine Großfahndung ist vielleicht doch besser. Möglicherweise radeln sie ja noch weiter. Dann sind sie nicht mehr da, wenn wir am Kreis ankommen. Oder sie haben früher halt gemacht, als wir glauben. Dann können sie überall innerhalb des Kreises sein. Finden Sie mal die berühmte Nadel im Heuhaufen! Nein – ich hab mich wohl in eine fixe Idee verrannt.«
Rutger, der sich auch über die Karte gebeugt hat, kommt plötzlich die Erleuchtung. Triumphierend wedelt er mit seiner Pfeife, daß fast die Glut herausfällt. Er macht es spannender als notwendig und kostet genüßlich die brennende Ungeduld des Inspektors aus. Dann läßt er ganz trocken fallen:
»Angenommen, Sie hätten recht mit Ihren 18 Kilometern, dann geht Ihr Kreis genau durch meine Mühle. Sie wissen doch sonst immer alles, Inspektor. Warum sollten sie nicht zur Mühle gefahren sein!?«
Wie Schuppen fällt es dem Inspektor von den Augen. Auch bei Soukje und Annette hat es gefunkt. Wie elektrisiert springen alle vier gleichzeitig auf und stürzen zur Tür. Daß sie darauf nicht eher gekommen sind! Wie konnten sie nur so blind sein!

Fünf Minuten früher als bestellt rollt van Lings schwarze Limousine vor Rutgers Mühle vor. Das kriegen die Jungen natürlich mit, denn sie beobachten alles, was um die Mühle herum vorgeht. Das Ganze ist so spannend, daß sich Snoopy und Theo draußen den letzten Schokoriegel teilen. Denn daß Kees und Jaap mal schnell die Flügel dieser Mühle

um ein paar Grad verstellt haben, na ja, das hat sicherlich etwas zu bedeuten. Die kennen sich damit ja aus als echte Holländer.
Da öffnet sich die Tür von Rutgers Mühle. Was die Jungen jetzt mitansehen müssen, versetzt sie in helle Empörung. Ling schiebt sich als erster die Treppen hinunter. Leo und Bas folgen. So weit, so gut. Aber hinter Leo van Gulden und Bas geht Ralph, und der hat eine Pistole in der Hand. Da geht selbst der Mutigste wie auf Eiern. Bas macht da keine Ausnahme. Ihm ist nach Weglaufen zumute.
Nun kommt alles auf Jaap an. Er nimmt seinen ganzen Mut zusammen. Schließlich tritt er gegen seinen früheren Chef an. Aber dann gibt er das Signal: Den Schrei des Reihers, dreimal, wie ausgemacht. Jetzt oder nie! Mit lautem Gebrüll, das ganze Cowboyhorden in Angst und Schrecken versetzen könnte, greifen die Jungen an. Van Lings Mannschaft ist schon fast am Auto, als das Kriegsgeschrei der Retter ertönt. Selbst der Chinese dreht sich erschrocken um, und der ist einiges gewöhnt. Die Horde von 30 Eishockeyspielern, die da heranstürmt, bietet einen furchterregenden Anblick, und in den Fäusten wird so allerhand geschwungen, was mächtig Eindruck macht. Schließlich geht es um Bas.
Der hat jetzt Oberwasser und lacht:
»Wozu hat man Freunde, meine Herren?«
Für van Ling sieht es nicht gut aus im Augenblick. Er und seine beiden Mitkämpfer stehen gegen eine zehnfache Übermacht, gegen Zaunlatten, Eishockeyschläger und knorrige Äste. Drei gegen eine wilde Meute. Jetzt erweist es sich als nützlich, daß Lutz Taekwondo gelernt hat. Er springt das eine der beiden Muskelpakete an und gibt ihm eins auf die Nuß. Kees haut ihm gleichzeitig mit seinem Eishockeyschläger die Waffe aus der Hand, dann geht der Leibwächter zu Boden. Auch die anderen bleiben nicht untätig. Da gibt's nur eins für den schlitzäugigen Ganoven, denn jetzt wird's ernst. Sein Gespür für brenzlige Situationen hat ihn noch nie im Stich gelassen.
»Zurück in die Mühle!«
Blindlings gehorcht Ron dem Befehl. Und so zerren sie Bas wieder zurück und die Treppe hinauf. Van Lings Pistole an seiner Schläfe bringt

die Freunde augenblicklich zur Ernüchterung. Unschlüssig stehen sie herum und sind fürs erste schachmatt gesetzt, während van Ling mit Ron und Bas in der Mühle verschwindet. Snoopy kapiert noch immer nicht, was sich da eben vor seinen Augen abgespielt hat. Verdattert sagt er:
»Soll ich mal gegen die Tür anrennen?«
»Quatsch!« sagt Lutz nur, während Kees angestrengt nachdenkt. Dann stellt er mit Entschiedenheit fest:
»Sie haben schon verloren. Und van Ling weiß es.«
Snoopy muß an die Pistole denken, mit der Bas bedroht wird. Ganz speiübel wird ihm bei diesem Gedanken. Schlimmer als vor jedem Spiel. Da bemerkt er plötzlich, wie Leo, der sich bei dem Handgemenge zur Seite drücken konnte, eines der Fahrräder aufhebt und davonradeln will. Laut schreit Snoopy auf:
»Da! Der will abhauen!«
Kees schaltet sofort.
»Du, du und du, ihr holt ihn vom Rad und bringt ihn zurück!«
Sofort nehmen die angesprochenen Jungen per Rad die Verfolgung auf. Entsetzt hat van Ling den Vorfall durch ein Fenster der Mühle beobachtet. Jetzt muß er handeln! Er gibt Ron ein Zeichen, und der setzt die Pistole an die Schläfe von Bas. Dann schubst Ling ihn zum Fenster, zerrt den Vorhang beiseite und brüllt mit seiner hohen Stimme nach draußen:
»Ihr habt eurem Freund keinen Gefallen erwiesen. Ich werde meine Pläne zu meinem größten Bedauern ändern müssen.«
»Stellt die Mühle an . . . mit den Seilen«, ruft Bas dazwischen.
Das war ein Fehler, denn Ron hält ihm sofort mit der freien Hand den Mund recht unsanft zu. Doch das hätte Ron besser nicht gemacht. Denn Bas beißt ihm jetzt kräftig in die Hand. Da schreit selbst ein so hartgesottener Gauner wie Ron auf. Er lockert seinen Griff, und Bas kann weiterbrüllen:
»Versucht nicht, reinzukommen . . . Laßt die Windmühle laufen, damit wir nicht rauskönnen! . . . Und ruft die Polizei!«
Jetzt wird es Ron zu bunt. Er knallt Bas seine Hand auf den Mund und

drückt ihn mit seinen Händen, die so groß sind wie Toilettendeckel, zu. Jetzt schiebt sich van Ling wieder ans Fenster.
»Euer Freund ist nicht sehr einsichtig. Er sollte einsehen, daß Ron stärker ist als er. Verschwindet!«
Da sieht er Jaap. Van Ling droht ihm mit der Faust. Doch der grinst ihn nur frech an und schüttelt den Kopf. Dann wendet er sich Kees zu und berät sich mit ihm. Kees ist noch unschlüssig, aber da rennt Jaap einfach los und reißt ihn mit. Auf der anderen Seite der Mühle angekommen, beginnt Jaap, mit aller Kraft an den Außenseilen zu ziehen. Diese Vorrichtung bietet die einzige Möglichkeit, die Mühle auch von außen zu bedienen. So braucht der Müller nicht immer bis ins oberste Gebälk der Mühle zu laufen. Das macht Jaap sich jetzt zunutze. Er zieht weiter wie ein Irrer an den Seilen, um die Flügel in den Wind zu stellen. Kees hilft ihm dabei, gibt aber zu bedenken:
»Eigentlich sollten wir es sein lassen. Wenn sie Bas etwas tun . . . was dann?«
»Bei einem Mord würde van Ling den Rest seines Lebens im Gefängnis verbringen«, erwidert Jaap. Er kennt van Ling gut genug, um zu wissen, daß er vor so vielen Zeugen niemals einen Mord begehen würde. Langsam läuft die Mühle an. Doch Kees ist immer noch skeptisch.
»Das rauscht gleich fürchterlich los, bei dem Wind. Kennst du dich denn damit aus?«
»Je schneller sie läuft, desto besser. Dann traut sich keiner aus der Tür. Der Wind hat eine ungeheure Kraft. Ich kenne das vom Segeln. Komm jetzt, die brauchen uns da vorne!«
Und schon zieht Jaap den verdutzten Kees wieder mit. Auf der anderen Seite der Mühle steht Snoopy. Er ist beeindruckt von den immer schneller rotierenden Flügeln. Ihm wird ganz schwindelig beim bloßen Zusehen. Da kommen Kees und Jaap zurück. In diesem Moment streckt van Ling seinen Kopf wieder aus dem Fenster.
»Das war eine große Dummheit! Ganz große Dummheit! Werdet Bas-Boris Bode nicht wiedersehen.«
Er gibt ein Zeichen nach hinten, und dann knallt es.
Der Widerhall dieses Schusses fährt den Jungen in die Glieder. Läh-

mendes Entsetzen macht sich vor der Mühle breit. Haben diese Gangster etwa Bas . . .? Die Jungen wagen nicht einmal daran zu denken. Was der Anblick der Windmühlenflügel nicht bewirkt hat, das geschieht jetzt durch den Knall aus der Mühle. Snoopy wird endgültig schlecht. Doch er muß mit Theo und Lutz das Muskelpaket Ralf bewachen, dem Lutz die eigene Waffe ins Genick drückt. So bleibt ihm die Qual des Magens im Halse stecken.

Da ertönt zur Erlösung aller aus der Mühle:
»Er hat nur in die Luft geschossen, er will nur . . .«
Auch wenn Bas' Stimme sofort wieder verstummt, was sie draußen an Freude auslöst, ist schwer zu beschreiben. Allen fällt ein zentnerschwerer Stein vom Herzen. Nachdem der allgemeine Jubel etwas verebbt ist, nimmt Jaap sich ein Herz und ruft laut:
»Wir warten, van Ling!«
Jeder weiß, was er jetzt tun muß. Ohne sich zu verständigen, bilden die Jungen einen Halbkreis um die Mühle.

Drinnen bindet Ron den sich heftig wehrenden Bas mit Stricken auf einem Stuhl fest. Van Ling blickt durch die beschlagene Fensterscheibe hinaus und zuckt zusammen. Draußen steht der Halbkreis der um die Mühle postierten Jungen, die ohne ein Wort zu sagen hinaufstarren. Ärger malt sich auf dem Gesicht des kleinen Chinesen ab. Er wendet sich wieder Bas zu, dem Ron mit Heftpflaster den Mund zuklebt. Bas schnauft und stößt wütende, unartikulierte Laute aus. Doch van Ling zeigt sich davon unbeeindruckt. Lediglich seine Stimme krächzt ein wenig mehr als sonst.

»Schade, mir scheint, wir kommen heute beide nicht an unser Ziel. Du wirst nicht erfahren, wer du bist, und ich, so muß ich befürchten, darf mich auf unerfreuliche Zeiten einrichten.«
Auch Ron hat inzwischen jegliche Zuversicht verlassen, bedrückt schaut er seinen Boß an. Der vermag ihn jedoch auch nicht zuversichtlicher zu stimmen, als er sagt:
»Den jungen Herren draußen wird es bald zu kalt werden, und diesem undankbaren Jungen bald zu heiß.«
Denn in diesem Moment wird er gewahr, daß am Horizont Blaulichter

aufflammen. Das kann nichts anderes bedeuten als Leos Gefangennahme.
Und so ist es in der Tat. Leo wird in Handschellen gelegt und in einen Mannschaftswagen der Amsterdamer Polizei verfrachtet. Bevor sich die Tür hinter ihm schließt, schaut er Rutger lange und eindringlich an, als wolle er ihn um Verzeihung bitten. Doch Bas' Vater würdigt ihn keines Blickes. Rutger weiß nur zu genau, was Leo alles getan hat. Aber noch ahnt er nicht, was der Chinese mit Bas noch alles vorhat.

Van Ling rollt soeben einige Seiten von herumliegenden Tageszeitungen zu einer Fackel zusammen. Ron hat inzwischen eine Schüssel mit Heizöl zum Rauchentfachen vorbereitet. Er reicht seinem Herrn ein Feuerzeug und nimmt dann die brennende Fackel an sich. Anfangs macht Ron noch ein unschlüssiges Gesicht, doch van Ling versichert ihm:
»Keine Angst, sie werden uns rauslassen. Als erstes werden sie Bas retten wollen.«
Auf ein Zeichen hin taucht Ron das Feuer in die Ölpfanne. Nach einer zuerst hellen, gleißenden, dann dunkler werdenden Flamme entwickelt sich dichter, schwarzer Qualm, quillt in das Zimmer und dringt schließlich durch die geöffneten Fenster nach draußen.
Allmählich hüllt er die ganze Mühle ein. Mit ohnmächtiger Wut beobachten die Jungen die aufsteigenden, weißen Rauchschwaden. Sie sind so von dem wahrhaftig teuflischen Anblick gefangen, daß sie nicht einmal die herannahenden Polizeiwagen bemerken. In einem der rußgeschwärzten Fenster erscheinen Ron und van Ling, dessen Stimme auf einmal ungewohnt marktschreierisch klingt, so als müsse er einen Ladenhüter an den Mann bringen.
»Euer Freund ist in unserer Hand. Wir haben nichts zu verlieren. Gewährt uns freien Abzug.«
Aber warum soll man zahlen, wenn man etwas auch umsonst bekommt? Diese Weisheit scheint dem Chinesen nicht unbekannt. Jedenfalls malt sich grenzenlose Bestürzung auf seinem Gesicht ab, als er die mit quietschenden Bremsen haltenden Einsatzwagen erblickt.

Seine vornehme, zurückhaltende Art ist wie weggeblasen. Er ist nur noch ein Schatten seiner selbst, und unweigerlich drängt sich der Vergleich mit Rumpelstilzchen auf. Ähnlich wie dieses gebärdet sich nun van Ling. Hysterisch stampft er mit dem Fuß auf und keift dazu wie ein altes Waschweib:
»Feuer, Feuer! Holt uns hier raus!«
Er weiß, daß er sein Spiel verloren hat. Nun läßt er sich völlig gehen, er ist nur noch ein Häufchen Elend.

Rutger ist inzwischen aus Maazels Dienstwagen gesprungen und jongliert sich jetzt behend zwischen den noch immer wild rotierenden Flügeln hindurch. Das ist nicht ungefährlich. Nur eine unbedachte Bewegung oder ein Augenblick der Unaufmerksamkeit, und die Flügelspitzen verwandeln sich in Guillotinen. Mit einem großen Satz erreicht Rutger schließlich den Bremshebel. Langsam aber stetig vermindert sich die Rotationsgeschwindigkeit, bis die Holzflügel endlich stillstehen. Berstend fliegt die Eingangstür auf, bewaffnete Polizisten und der Inspektor stürzen in die Mühle. Vor Sorge um ihren Sohn noch ganz benommen tappt Annette hinterher. Schwarze, übelriechende Schwaden schlagen ihr entgegen. Ihre Augen brennen höllisch, und sie braucht einige Zeit, bis sie sich in der Dunkelheit und dem Tumult zurechtfindet. In einer Ecke hört sie ihren Sohn hinter seinem Heftpflaster erbärmlich husten. Annette tastet sich bis zu dem Stuhl vor, an den Bas gefesselt ist. Vergebens bemüht sie sich mit zitternden Fingern, das Leukoplast zu entfernen und die Knoten zu lösen. Sie ist total durcheinander.

Seine Leibwächter nutzen dem Chinesen jetzt auch nichts mehr. Nachdem der eine bereits draußen von den Jungen in Schach gehalten wurde, verblieb ihm nur Ron in der Mühle, aber auch der leistet keine Gegenwehr. Alle drei werden sie in Handschellen abgeführt.
Inspektor Maazel und ein Polizist haben Annette und Bas entdeckt. Zunächst einmal lassen sie Annette gewähren. Ihre sämtlichen Fingernägel sind bereits abgebrochen, aber die Knoten sind immer noch fest verzurrt. Da schieben Maazel und der Polizist Annette kurzerhand beiseite, packen den Stuhl und tragen ihn samt Bas einfach ins Freie.

Als Bas auf seinem Stuhl erscheint, bricht draußen ein ungeheurer Jubel los. Bas wird gefeiert wie ein König. Vor Freude spürt er die tief einscheidenden Fesseln kaum noch, und sein Marterstuhl kommt ihm fast vor wie ein Thron. Und das Tollste: Soukje wirft ihm feurige Blicke zu! Aber auf solche Kleinigkeiten achten die »Eisbären« jetzt nicht. Im Triumphzug ziehen sie in ihrer Begeisterung mit ihm zweimal um die Mühle, wobei Bas heftig durchgeschüttelt wird. Ihm ist schon ganz schwindelig von dem andauernden Hoch und Nieder. Endlich kommt Theo auf die Idee, ihm das dämliche Pflaster wegzureißen, recht unsanft mit einem kräftigen Ruck. Egal! Hauptsache, Bas kann wieder richtig durchatmen! Und als er dann auch noch von den Fesseln befreit wird, kann er endlich seine aufgelöste Mutter in die Arme schließen, die sich gleich so festkrallt, als wolle sie ihn nie wieder loslassen. Kaum einer achtet auf die Mühle, aus deren Fenstern und Dach noch immer ein wenig Rauch qualmt, der in den bleichen Winterhimmel aufsteigt und sich mit den tiefhängenden Wolken zu einem trüben Farbenspiel mischt.

Scheinbar unentwirrbar ineinander verkeilt liegen und stehen ungefähr dreißig Fietse, also Fahrräder, auf einem Haufen zusammen. Direkt daneben parkt das Dienstfahrzeug des Inspektors auf dem Platz vor dem Eisstadion.
Wie die Hühner auf der Stange hocken alle an der Befreiungsaktion beteiligten »Eisbären« sowie die holländischen Freunde und die Trainer auf den langen Bänken in der großen Mannschaftskabine. Soukje hat es sich zwischen Lutz und Snoopy, der ausnahmsweise mal nicht ißt, bequem gemacht. Sie heimst von beiden sehnsüchtige Blicke ein. Wie ein zürnender Rachegott geht Maazel in der Mitte des Raumes auf und ab. Er mustert jeden einzelnen. Erst das holländische, dann das deutsche Team. Die Jungen setzen schuldbewußte und scheinbar reumütige Mienen auf, aber sobald der Inspektor an ihnen vorbeigegangen ist, grinsen sie schelmisch und mit stolz geschwellter Brust in die Gegend. Theo klappert lautstark mit den Zähnen, weil er trotz des wärmenden Tees immer noch friert.

Ein zweites Mal schreitet der Inspektor die Bänke der Länge nach ab. Schließlich bleibt er an der Tür stehen, nimmt die Klinke in die Hand und wendet sich noch einmal um. Er macht ein todernstes Gesicht, doch seine Augen funkeln vor Freundlichkeit und Wärme. Bevor er die Kabine endgültig verläßt, hellen sich seine Züge plötzlich auf – und er bedankt sich tatsächlich bei den Spielern für ihren mutigen Einsatz. Das sei zwar nicht ganz in seinem Sinn gewesen, zumal er nicht eingeweiht worden sei und es seiner Ansicht nach unverantwortlich leichtsinnig gewesen sei. Aber schließlich sei es ja noch mal gutgegangen. Und so kann Maazel nicht umhin, ihnen Respekt zu zollen. Er hat die Tür noch nicht ganz hinter sich geschlossen, als drinnen ein unbeschreiblicher Jubel losgeht. Schlachtrufe werden angestimmt, und aus stimmbrüchigen Kehlen erschallen Siegeslieder. Nicht sehr melodiös, aber schließlich sind es keine Wiener Sängerknaben, die da ihre Erleichterung herausbrüllen. Verständnisvoll schmunzelnd schüttelt der Inspektor den Kopf. Dabei prallt er beinahe mit Bas zusammen, der mit seinen Eltern im Gang gewartet hat. Rutger beglückwünscht ihn zu seinem Fahndungserfolg.

Doch Maazel kann sich nicht so recht freuen. Eine Art Wehmut spiegelt sich in seinen Zügen. Mehr als fünfzehn Jahre ist er hinter van Ling hergewesen. Raub, Glücksspiel, Drogenhandel, organisiertes Verbrechen waren seine Spezialgebiete. Doch Maazel konnte ihm nie etwas nachweisen. Und so hatte er sich geschworen, den Chinesen eines Tages hinter Gitter zu bringen, koste es was es wolle. Das war sein großes Ziel, das ihn über Jahre beschäftigt hat. Und nun ist es geschafft, van Ling ist wegen Entführung verhaftet.

Instinktiv spürt Annette, was in dem Inspektor vorgeht. Sie schenkt ihm ein aufmunterndes Lächeln.

»Bitte, kommen Sie mit Soukje heute abend zum Essen zu uns... bitte. Wir möchten ein wenig feiern.«

»Meine Befreiung«, wirft Bas vorsichtig ein. »Aber nicht nur.« Dabei schaut er seine Eltern herausfordernd an. Rutger räuspert sich, und Annette scharrt verlegen mit dem Fuß auf dem Betonboden.

Sie packt Bas am Arm und zieht ihn in die Kabine, wo mittlerweile wieder Ruhe eingekehrt ist. Der holländische Coach blickt sein Team ziemlich ungehalten an. Auch Jürgen hat sich erhoben und läßt den üblichen Sermon ablaufen. Von wegen Disziplinlosigkeit und so. Eindringlich ermahnt er seine Spieler, wenigstens heute früh schlafen zu gehen, um für das schwere Spiel gegen Anderlecht fit zu sein.

Ermattet schlurft Inspektor Maazel, begleitet von einem Mitarbeiter des Rijksmuseums, durch das fensterlose und nur durch gleißendes Kunstlicht beleuchtete Magazin. Er bleibt vor einer Stellage im Mittelgang stehen, in der die Gemälde des Mijnheer van Gulden lagern. Vorsichtig löst Maazel den van Gogh aus seiner Halterung und hält ihn mit ausgestrecktem Arm vor sich hin. Eingehend und lange betrachtet er die Darstellung des Fischerjungen in Ölzeug, als wolle er dem Bild sein Geheimnis entlocken.

Dann klemmt er sich kurzerhand den van Gogh unter den Arm und verläßt schlurfend, wie er gekommen ist, das Magazin.

Zwischen seinem vermeintlichen alten Kinderspielzeug hockt Bas auf dem Parkett seines Zimmers. Nachdenklich breitet er den Schlittschuh mit der abgebrochenen Kufe, das Lesebuch und die Röntgenbilder aus dem Pappkarton um sich aus. In dem Karton befindet sich auch ein Tennisball. Als er ihn in die Hand nimmt, fällt es ihm siedendheiß ein: Er hat vergessen, Jaap einzuladen!
Aber was eine gute Mutter ist, die denkt an alles und hat das längst erledigt. Bas ist erleichtert, als er das hört. Dann widmet er sich wieder den Röntgenaufnahmen. Er hält sie gegen die Lampe und liest den weißen Schriftzug. Kaum zu glauben, da steht doch zweifelsohne Vincent van Gulden, und das Geburtsdatum stimmt auch mit seinem überein. Verständnislos schüttelt Bas den Kopf, geht zur Kommode hinüber und starrt in den Spiegel. Er mustert sich von oben bis unten. In der rechten Hand hält er dabei das Jo-Jo und läßt es am Band hinunterlaufen. Dabei reißt die alte, morsche Schnur, das Blechrad fällt scheppernd zu Boden und rollt unter sein Bett. Bas bückt sich und kriecht unter das Bett, dem Jo-Jo hinterher.

Auf der anderen Seite des Bettes öffnet sich langsam die Tür. Doch das merkt Bas nicht. Zwischen den Sprungfedern der Matraze angelt er nach dem Spielzeug. Dabei entdeckt er einen alten Socken und den teuren Kugelschreiber, den er neulich verloren hat. Und neben dem Bettpfosten stehen zwei schwere Stiefel mit silbrigen Schnallen. Nanu, denkt er, solche Schuhe besitzt du doch gar nicht. Die waren doch vorhin noch nicht da! Aber irgendwie kommen sie ihm bekannt vor. Er reißt seinen Kopf hoch und knallt unsanft gegen die Bettfederung. Von Panik erfaßt robbt er wieder unter dem Bett hervor. Sein Verdacht wird zur Gewißheit. Die Lederstiefel sind nicht allein gekommen. Es steckt jemand drin. Vor ihm steht der schwarze Motorradfahrer!
Erstaunt bleibt Bas am Boden sitzen. Er ist weniger erschreckt als neugierig und versucht vergebens, hinter dem heruntergeklappten Visier Gesichtszüge zu erkennen. Die zur Faust geballte Hand fährt auf Bas zu, der weicht, nicht mehr ganz so mutig, zurück. Sicher ist sicher! Doch der Motorradfahrer öffnet nur seine Hand, und ein kleiner, reich verzierter, altmodischer Schlüssel kommt zum Vorschein. Als wäre es ein kostbares Kleinod, nimmt er ihn zwischen Daumen und Zeigefinger und läßt ihn dann mit einer gewichtigen Geste auf das Bett fallen. Mit einer knappen Handbewegung winkt er dem verdatterten Bas zu, bevor er schnell durch die Tür verschwindet.
Den flüchtigen Schatten, der an ihr vorbeihuscht, bemerkt Annette kaum. Nur das gewohnte Knarren der Treppenstufen lenkt sie von den Vorbereitungen für das Abendessen ab. Verdutzt sieht sie ihren Sohn aufgeregt die Treppe mehr herunterfallen als laufen.
»Mami, hast du nicht . . .«
Nein, die hat nicht und versteht auch gar nicht, was er da hervorsprudelt. Ihre Aufmerksamkeit gilt ganz den schwarzen Oliven, die sie liebevoll um den Salat drapiert.
»Los, Bas, hilf mir mal beim Tischdecken!«
Aber Bas winkt nur unwirsch ab und wirft ihr einen strafenden Blick zu. Er holt den Schlüssel hervor. Seine Stimme überschlägt sich fast:
»Der schwarze Motorradfahrer war gerade in meinem Zimmer. Wo ist Papi?«

»Der sucht im Keller die Weine zum Essen aus.«
Bas hastet zur alten, eichenen Kellertür, reißt sie auf. Im gleichen Moment kommt Rutger fröhlich pfeifend, einige Flaschen Rotwein unterm Arm, aus dem Untergeschoß. Auf der letzten Stufe stolpert er fast über seine offenen Schuhbänder, und Annette schaut streng zu ihm hinüber, als sich von seinen Schuhen Sägemehl löst und deutliche Spuren auf dem Teppich hinterläßt. Doch dafür hat Bas keine Augen. Nur knapp kann er von dem spurlos verschwundenen Ledermann berichten. Dann wird er durch die Türklingel unterbrochen.
Draußen in der Kälte stehen pünktlich Inspektor Maazel und Soukje. Rutger ermahnt seine Familie, vorläufig kein Wort über den Vorfall zu verlieren. Dann öffnet er mit aufgesetzter Freundlichkeit die Tür. Höflich überreicht Maazel einen üppigen Blumenstrauß für die Dame des Hauses. Die gibt sich ganz gerührt und überspielt damit ihre Unsicherheit, nicht ohne Rutger schief aus den Augenwinkeln anzugucken, als wolle sie sagen: Der weiß wenigstens, was sich gehört. Du könntest mir ja ruhig auch mal Blumen schenken.
Rutger tut so, als ob er ihren Blick übersähe, und reicht auf einem Tablett die vorbereiteten Aperitifs. Auch Soukje nippt verstohlen an einem Coctailglas, und Bas schiebt sich direkt neben sie, um schüchtern ihre Hand in die seine zu legen.
Nicht einmal jetzt kann der Inspektor seinen Beruf vergessen. Das ist wie eine Art Sucht bei ihm, und den anderen verdirbt er damit fast den Abend. Als er dann auch noch damit rausrückt, daß er heute noch dem in seine Villa zurückgekehrten van Gulden einen Besuch abstatten will, schauen sich alle betreten an. Na, dann soll er eben, denken sie. Daß Bas ihn dabei aber unbedingt begleiten soll, gefällt Annette überhaupt nicht.
»Auf keinen Fall, Herr Maazel«, protestiert sie, und auch Rutger pflichtet ihr bei.
»Bas hat morgen ein schweres Spiel und muß unbedingt früh ins Bett. Wir sind froh, daß wir alles hinter uns haben.«
Dann weist er seinen Gästen die Plätze an der gedeckten Tafel an. Aber Inspektor Maazel bleibt hart. Bas muß mit.

6. Die Wahrheit

Nach einer kurzen, schnellen Fahrt biegt der Dienstwagen des Inspektors in die Auffahrt des Schlosses ein. Einige Fenster sind beleuchtet. Im hellen Licht der Eingangshalle steht die schmale Gestalt der Haushälterin Hendrikje. Mit unbeweglichem Gesicht empfängt sie den späten Besuch. Die leeren Bilderrahmen hängen noch immer an den Wänden der Gänge und der mächtigen Wohnhalle. Nur der van Gogh ist wieder an seinem gewohnten Platz.
In seinem großen Armstuhl hinter dem Schreibtisch sitzt Frans van Gulden und schaufelt Zucker in seinen Tee. Versonnen betrachtet er den in leuchtenden Farben gemalten Fischerjungen. Seine Pupillen sind stark erweitert und glasig, als träume er mit offenen Augen. Daher bemerkt er auch die Hereinkommenden nicht. Ohne ein Wort zu sagen bedeutet Maazel Bas, sich vor das Gemälde zu stellen. Bas schaut ihn verständnislos an, aber er tut, wie ihm geheißen. Die Ähnlichkeit ist frappierend. Dieselben sanften, braunen Augen, dasselbe Lächeln in den Mundwinkeln. Es scheint, als verschmelze sein Gesicht mit dem des Fischerjungen. Selbst der Inspektor ist beeindruckt.
Wie in Trance erhebt sich der alte van Gulden von seinem Stuhl. Alles lebendige ist aus seinen Zügen verschwunden. Kraftlos streckt er seine zitternden, feingliedrigen Hände aus. Seine Mundwinkel zucken unkontrolliert, und in seinen Augen spiegelt sich für einen Moment ein Anflug von Wahnsinn. Mit tonloser, wie von weither kommender Stimme haucht er:
»Vincent, endlich bist du gekommen.«
Halb empört, halb mitleidig läuft Bas auf den alten Mann zu.
»Ich bin nicht Vincent. Ich bin Bas . . . Bas-Boris Bode. Man wollte sie betrügen, Mijnheer van Gulden. Wir beide sollten glauben, daß ich Ihr Enkel sei. Aber die Verbrecher sind verhaftet. Auch Ihr Sohn Leo, verstehen Sie?«
Verzweifelt packt er den Alten an den Schultern und rüttelt ihn, als wolle er ihn aus seiner Traumwelt zurückholen. Und tatsächlich ge-

lingt ihm dies. Van Gulden wirkt plötzlich lebendig. Ob es nun an Bas' Schütteln oder am Namen seines Sohnes liegt, der für den alten Herrn ein Reizwort ist, jedenfalls fährt er Bas brüsk über den Mund: »Schweig! Leo hat mich um meinen Enkel betrogen. Es war kein Unfall, sondern ein gemeines Verbrechen. Er hat dich nach Deutschland weggegeben. Du bist Vincent.«
Schwer atmend und offenbar kurz davor, das Gleichgewicht zu verlieren, läßt er sich in seinen Lehnstuhl zurückfallen.
Der Inspektor beugt sich entschlossen zu ihm hinüber. Er will die Gunst der Stunde nutzen und dem alten Mann in seinem geschwächten Zustand noch einiges, was der sonst bei klarem Verstand nicht preisgeben würde, entlocken. Er deutet auf das Gemälde.
»Van Gogh kann nicht Vincent als Modell benutzt haben. Das ist wohl klar. Aber Sie haben sich einen Enkel gewünscht, der so aussieht wie dieser Fischerjunge. Es ist doch Ihr Lieblingsbild, oder nicht?«
Van Gulden schweigt. Mit zusammengepreßten Lippen taucht er einen gehäuften Löffel Zucker in seinen Tee und führt die Porzellantasse zum Mund. Doch noch bevor er einen Schluck nehmen kann, sackt er in sich zusammen. Seine Brille rutscht ihm von der Nase. Kraftlos sinkt sein Arm herunter. Die Tasse gleitet ihm aus den Fingern und zerspringt auf dem Boden.

»Der Boden ist ein wenig durchgeweicht«, entschuldigt sich Annette, als Jaap sich noch ein Stück Käsekuchen auf den Teller hievt. Käsekuchen ist eigentlich ihre große Spezialität, die fast jeden zu Lobeshymnen hinreißt. Doch diesmal hat es nicht so recht geklappt mit dem Kuchen. Verständlich, denn ihre Gedanken kreisen um andere Dinge. Jaap schmeckt es trotzdem. Er läßt sich den Appetit auch nicht verderben, als Soukje ihm vorwirft:
»Erst kommst du zu spät, und dann haust du auch noch rein, als sei nichts geschehen. Daß du überhaupt was essen kannst! Mein Papa will heute nacht die ganze Geschichte aufklären. Er hätte dich ja auch einlochen können. Schließlich hast du mitgemacht.«
Jaap legt die Gabel zur Seite. Bei soviel Mißgunst schmeckt es nun auch

ihm nicht mehr. Sofort ist Frau Bode zur Stelle und nimmt den Teller weg. Ihre Nervosität und Ungeduld überträgt sich auf alle.
»Mein Gott, Annette, schau doch nicht so wie ein hypnotisiertes Kaninchen aus der Wäsche«, beschwört Rutger seine Ex-Frau in mehr liebevollem als vorwurfsvollem Ton. »Schau dir lieber mal das hier an.« Er hat inzwischen einen alten Bildband hervorgekramt, der die umfangreiche Kunstsammlung des Frans van Gulden beinhaltet. Mit vielsagender Miene hält er Annette das aufgeschlagene Buch entgegen. Auf einer Doppelseite ist das zeitgenössische Bildnis einer jungen Frau in einem knappen, für die sechziger Jahre typischen grellen Kleid abgebildet. Neugierig kommen Soukje und Jaap heran. Annette zuckt gelangweilt mit den Schultern.
»Rutger, was soll das? Mich interessieren van Guldens Gemälde nicht mehr.«
»Dieses Bild sollte dich aber interessieren, meine Liebe«, kontert Rutger nicht ohne einen besserwisserischen Ton in der Stimme. »Ich kenne alle Bilder aus van Guldens Schloß. Das kannst du mir glauben, Annette. Aber dieses nicht. Hans Willing hat es gemalt, einer der genialsten holländischen Künstler unserer Epoche. Vielleicht sogar der bedeutendste. Jedenfalls ist es unbezahlbar. Und wenn der alte van Gulden es verkauft hätte, wäre das in den einschlägigen Kunstkreisen nicht unbekannt geblieben.«
Nun ja, denkt sie. Aber was das mit ihrem geplagten Sohn zu tun haben soll, ist ihr schleierhaft. Trotzdem beunruhigen sie Rutgers Ausführungen. Es ist wie damals, als sie noch verheiratet waren. Da hatte er immer recht behalten mit seinem Instinkt für verborgene Dinge, weswegen sie aufmerksam zuhört, als Rutger weiterredet.
»Ich möchte gerne mal wissen, wo das Bild ist, und vor allen Dingen, wer dem alten Willing Modell gestanden hat. Doch leider ist der Künstler vor ein paar Jahren gestorben und kann uns nicht mehr helfen. Ich bin sicher, daß uns die Antwort auf diese Frage einen wesentlichen Schritt weiterbringen würde.«
Da mag Rutger durchaus recht haben, denkt sie. Trotzdem interessiert es sie nur am Rande. In erster Linie will sie ihren Sohn in Sicherheit

wissen, und dafür ist ihr jedes Mittel recht. Daß sie solche Mittel kennt und sehr wohl einzusetzen weiß, zeigt sich in den folgenden Minuten. Sie zieht alle Register, die ihr zur Verfügung stehen, bis sie Rutger endlich so weit hat, wie sie ihn haben will. Und so sitzen die Bodes, samt Soukje und Jaap, bald darauf in Rutgers Wagen und machen sich auf den Weg zu van Guldens Schloß.

Dort kümmert sich inzwischen Hendrikje um ihren Herrn. In der Hand trägt sie eine nierenförmige Chromschale mit Spritzbesteck.
»Nur ein kleiner Schwächeanfall. Das Herz. Ich muß ihm eine Spritze geben.«
Sie beugt sich zu van Gulden hinunter und krempelt ihm den Ärmel hoch. Mit einer kleinen Feile kappt sie die gläserne Ampulle, zieht die gelbliche Lösung durch die Injektionsnadel hoch, um dann wieder ein wenig Flüssigkeit abzuspritzen und damit die eingeschlossenen gefährlichen Luftblasen zu entfernen. Das macht sie sehr routiniert. Kein Wunder, bei achtjähriger Erfahrung! So lange spritzt sie ihrem Herrn nämlich schon Digitalis, ein bewährtes Herzmittel, ohne das er angeblich nicht leben kann. Deutlich sind die vernarbten Einstichstellen in seiner Armbeuge zu erkennen. Hendrikje windet einen Gummischlauch um seinen Oberarm und zieht ihn fest. Mit einem alkoholgetränkten Wattebausch desinfiziert sie das Stück Haut über seiner Vene, bevor sie beherzt zusticht und behutsam die Lösung injiziert. Bas wendet sich ab, bei so etwas kann er nicht zusehen.
Dem Inspektor macht das nichts aus. Interessiert beobachtet er die Prozedur und lehnt sich weit vor, damit er auch ja alles mitbekommt. Dabei stößt er beinahe die silberne Zuckerdose auf dem Schreibtisch um. Er stutzt einen Moment. Dann befeuchtet er sich den Zeigefinger, nimmt etwas Zucker auf und kostet ihn auf der Zungenspitze. Maazel verzieht sein Gesicht. Er ist zwar kein Fachmann, doch der leicht bittere Nachgeschmack zeigt auch ihm, daß mehr als nur Zucker in der Dose ist.
»Wie lange, Hendrikje, ist Herr van Gulden schon krank?«
»Er ist nicht krank. Man hat ihm nur übel mitgespielt.«

»Mitgespielt? Bei welchem Spiel? Und welche Rolle war für Sie dabei vorgesehen?«
Doch Maazel wartet vergebens auf eine Antwort. Mit demonstrativ zusammengepreßten Lippen räumt Hendrikje das Spritzbesteck weg. Nur ihre Augen funkeln verächtlich. Doch davon läßt sich der Inspektor nicht beeindrucken.
»Ihr Herr trinkt den Tee gern süß? Ohne diesen Tee könnte er sich vielleicht besser an so manches erinnern!«
Bas hört staunend zu. Er hat den Kopf des alten Mannes in beide Hände genommen und hebt ihn hoch. Behutsam setzt er ihm die Brille wieder auf die Nase. Das Flattern der Lider hat aufgehört, und van Gulden öffnet langsam die Augen.
Aus seiner Hosentasche zieht Bas den kleinen, reich verzierten Schlüssel und hält ihn dicht vor das Gesicht des alten Herrn. Der versucht alle Kräfte zusammenzunehmen, um den Schlüssel zu ergreifen. Seine Augen sind weit aufgerissen und signalisieren höchste Erregung. Aber er ist noch zu schwach. Schlaff fällt seine Hand zurück auf die Lehne. Anscheinend kennt er den Schlüssel.
»Wenn er den Schlüssel kennt, weiß er auch, zu welchem Schloß er paßt«, kombiniert Maazel richtig. Energisch winkt er die Haushälterin herbei.
»Entschuldigen Sie, Hendrikje, gibt es hier im Haus ein Schloß, das immer verriegelt ist? An einer Tür oder einem Schrank?«
In ihrem Gesicht arbeitet es. Mit unterdrückter Erregung betrachtet sie den altmodischen Schlüssel und bemüht sich sichtlich, die Fassung zu bewahren. Sie schluckt, bevor sie mit belegter Stimme antwortet:
»Nur das Gemach des jungen Herrn. Aber Sie werden in Vincents Zimmer nichts finden.«
Jetzt platzt dem Inspektor endgültig der Kragen.
»Ich werde in dem Zucker etwas finden, meine Liebe, ganz sicher. Es ist besser für Sie, wenn Sie mir jetzt sagen, was damals am Strand geschehen ist. Was so sorgfältig vor mir verborgen wurde. Ich warte!«
Doch Hendrikje tut so, als habe sie die Worte des Inspektors überhört. Außer einem schnippischen: »Lesen Sie doch Ihr eigenes Protokoll

durch«, entschlüpft ihr keine Silbe. Statt dessen widmet sie sich wichtigtuerisch dem alten van Gulden, der sich mittlerweile von seinem Anfall erholt hat. Bitter muß Maazel feststellen, daß von ihr keine Hilfe zu erwarten ist. Er tippt Bas an und zieht ihn zur Treppe in die oberen Stockwerke. Eilig hasten sie empor, um in den langen, düsteren Flur zu gelangen.

Van Guldens protestierende Rufe verhallen unbeachtet. Unter den lauernden Blicken seiner Haushälterin erhebt er sich unbeholfen aus seinem Sessel. Seine Finger krallen sich um einen silbernen Brieföffner. Die spitze Klinge funkelt im Licht der Schreibtischlampe auf. Gebückt und mit steifen Schritten schlurft der alte Mann auf den van Gogh zu, zu allem entschlossen. Sein starrer, ausdrucksloser Blick, sein wahnsinniges Lächeln sind die äußeren Anzeichen eines Menschen, der mit seinem Leben abgeschlossen, der sich einem selbstzerstörerischen Rausch ergeben hat. Noch ehe ihn Hendrikje aufhalten kann, schnellt die blanke Klinge gegen das Gemälde, bohrt sich unbarmherzig durch die dick aufgetragenen Ölfarben und zerfetzt die Leinwand. Ein tiefer Riß klafft zwischen den Augen des Fischerjungen. Gleichzeitig erfüllt ein markerschütternder Schrei den Raum. Als füge er sich selbst die Wunden zu, krächzt van Gulden:

»Mein Enkel ist tot! Bringt mich zu meinem Enkel!«

Dann stürzt er, vorbei an der wie zur Salzsäule erstarrten Hendrikje, auf die Terrasse hinaus und in den nachtschwarzen Park. Nur der Leuchtturm des nahen Strandes wirft sein fahles Licht über die Dünenlandschaft. Wie ein von einer Meute Hunde gehetzter Hase jagt van Gulden vorwärts. Scheinbar blind für alles um ihn herum, erreicht er die Uferpromenade. Er bemerkt nicht einmal die sich mit hoher Geschwindigkeit nähernden Scheinwerfer eines Autos.

Rutger muß scharf bremsen, um nicht mit der über den Boulevard huschenden Gestalt zusammenzustoßen. Doch ehe er aussteigen kann, ist diese den Deich hinunter zum Strand geflüchtet. Außer Atem stolpert Hendrikje durch den hellen Kegel der Scheinwerfer und ruft ihrem Herrn ängstlich nach:

»Mijnheer van Gulden, nein! Warten Sie!«

Rutger springt aus dem Wagen, gefolgt von der ängstlich dreinschauenden Annette sowie Soukje und Jaap. Gemeinsam laufen sie den unbefestigten Weg zum Strand hinunter. Im rotierenden, gleißenden Licht des Leuchtturms kämpft der alte van Gulden gegen die tosende Brandung an. Doch die mächtigen Wellen schleudern ihn immer wieder in seichtes Gewässer zurück, wo ihn Hendrikje schließlich packen kann. Auch Rutger hat sich in die kalte Nordsee gestürzt. Gemeinsam gelingt es ihnen, den wild um sich schlagenden alten Mann ans Ufer zu ziehen. Total erschöpft betten sie ihn in den Sand und verschnaufen ratlos einige Minuten.

Ebenso ratlos hält Bas noch immer den mysteriösen Schlüssel in der Hand. Er läßt sich auf Vincents Messingbett fallen und schaut sich von dort in dem spartanisch eingerichteten Kinderzimmer um. Hektisch befingert währenddessen Inspektor Maazel jede Kommode, jede Truhe, begutachtet jedes Schloß. Doch entweder sind sie nicht verschlossen, oder es steckt bereits ein Schlüssel darin. Entmutigt öffnet er den großen flämischen Wandschrank, der randvoll mit Hosen, Jacken, Hemden und Pullovern gefüllt ist, der kompletten Garderobe eines Achtjährigen. Bas tritt ebenfalls zum Schrank und nimmt einige Kleiderbügel von der Stange. Er bückt sich, um ein dick wattiertes Blouson aufzuheben, das ihm aus den Händen geglitten ist. Unten an der stoffbespannten Rückwand des Schrankes erregt eine runde Messingscheibe seine Aufmerksamkeit. Er schiebt sie zur Seite, und ein kleines Schloß kommt zum Vorschein. Und tatsächlich, der Schlüssel paßt! Die Rückwand entpuppt sich als geschickt getarnte Tür. Dahinter erstreckt sich ein schmaler, fensterloser Raum. Abgestandene, modrige Luft schlägt ihnen entgegen, und das spärliche Licht, das durch den Wandschrank fällt, schafft eine diffuse Atmosphäre. Der Inspektor tastet mit den Händen die Wände ab und findet auch den Lichtschalter. Das erste, was ihnen ins Auge sticht, ist das überdimensionale Bildnis einer blonden jungen Frau in einem knappen, grellen Kleid. Mit einem Lächeln blickt sie auf Bas herab, der sich staunend umschaut. An einem Kleiderständer hängt das zitronengelbe Originalkleid der Blondine,

die der Maler auf dem Bild dargestellt hat. Und dann hängt auf dem Ständer noch schwarzes Segelzeug, Hose, Jacke und Kapuze, das genau dem des Fischerjungen auf dem van Gogh entspricht. Bas nimmt es vom Haken, schaut es an, hängt es wieder zurück und betrachtet dann wieder fast ängstlich das gelbe Kleid.
Wie in einer Kapelle sind überall im Raum Kerzen aufgestellt. Zum Teil sind sie schon heruntergebrannt. Auf der Marmorplatte einer Eckkommode ist eine Art Hausaltar errichtet; auf einem samtbespannten Sockel steht ein dreiflügeliger Bilderrahmen mit den Fotos der jungen Frau. Daneben stehen Vasen mit vertrockneten Blumen und rahmen ein kleines Kissen ein, auf dem ein goldener Ehering liegt.

Keuchend trägt Rutger den ohnmächtigen alten van Gulden durch die Pendeltür quer durch die Wohnhalle und legt ihn auf die breite Couch. Soukje eilt mit einer Wolldecke herbei und deckt gemeinsam mit Jaap den vor Kälte zitternden alten Herrn zu. Annette hat noch immer ihre Pumps in der Hand, die sie am Strand abgestreift hat, um besser vorwärtszukommen. Wild fuchtelt sie mit den Absätzen vor Hendrijkes regungslosem Gesicht herum.
»Wo ist mein Junge? Was ist mit Bas?«
Wortlos weist die Haushälterin nach oben. Von Sorge getrieben hetzt Annette die Treppe hinauf, gefolgt von Rutger, der trotz seiner nassen, kalten Kleider recht flink auf den Beinen ist. Das Licht am Ende des Ganges weist ihnen den Weg. Durch den Wandschrank stolpern sie in den Geheimraum.
Vor einem Regal, in dem himmelblaue Babywäsche, Stoffschuhe und Schnuller aufbewahrt werden, kniet der Inspektor. Beinahe rumpelt ihn die sich blindlings auf ihren Sohn stürzende Annette um. Doch das ist ihr egal. Sie ist überglücklich, Bas in Sicherheit zu wissen. Hemmungslos preßt sie ihn an sich, als wolle sie ihn nie wieder loslassen. Das tut sie aber schließlich doch, und sie betrachtet darauf kopfschüttelnd und ebenso fassungslos wie ihr Mann das Gemälde.
»Völlig verrückt«, raunt sie Bas zu. »Papi hat das Bild heute abend in einem Buch entdeckt. Wer diese Frau wohl ist?«

Das ist für Inspektor Maazel keine Frage. Er ist sich vollkommen sicher, daß es sich nur um eine Person handeln kann: Die Schwiegertochter von Mijnheer van Gulden, Vincents Mutter. Mit wichtiger Miene nimmt er einige Stücke der Babywäsche aus dem Regal und hält sie gegen das Licht. Offensichtlich ist sie nie benutzt worden, die Appretur spürt man noch, wie Maazel meint, und auch beim Segelzeug stellt er fest:
»Das sollte Vincent einmal tragen, wie auf dem Bild.«
Auch die Garderobe im Wandschrank entpuppt sich auf den zweiten Blick als nie getragen.
Sosehr sie sich auch bemüht, jetzt versteht Annette überhaupt nichts mehr. Eine komplette Kinderausstattung liegt hier, nur damit sie im Schrank vermodert! Das ist doch reine Verschwendung!
Über so vielen verwirrenden Neuigkeiten hat Annette den alten van Gulden ganz vergessen. Erst jetzt erzählt sie dem Inspektor, was sich draußen zugetragen hat. Als Maazel endlich erfährt, daß sich der alte Mann ertränken wollte, schleudert er aufgebracht die Babywäsche in eine Ecke und rennt aus dem Zimmer, den düsteren Gang entlang und die Treppe zur Halle hinunter.
Der alte van Gulden liegt noch immer bleich und schwach atmend auf dem Sofa. Auf einem Stuhl sitzt kerzengerade Hendrikje. Ihr nasser Wollrock schmiegt sich tropfend um ihre spindeldürren Beine. Lediglich aus den Augenwinkeln beobachtet sie, wie Maazel, gefolgt von den drei Bodes, in die Wohnhalle hastet. Im Vorbeilaufen bemerkt Rutger den zerstörten van Gogh. Zutiefst betroffen bleibt er vor der zerfetzten Leinwand stehen und zischt durch die Zähne.
»O mein Gott! Wozu das?«
Außer ihm scheint sich niemand sonderlich darum zu kümmern. Jaap versucht verzweifelt, telefonisch einen Notarzt zu erreichen.
»Ruf die Amsterdamer Polizei an«, rät ihm der Inspektor. »Ich rede dann mit dem diensthabenden Polizeiarzt. Der kommt sofort her.«
Soukje macht Annette Platz, die sich neben van Gulden setzt. Routiniert prüft sie den Puls, legt ihr Ohr auf die Brust des alten Mannes und streicht ihm sanft über das Haar.

Inzwischen ist Jaap durchgekommen. Am anderen Ende der Leitung meldet sich eine monotone Frauenstimme:
»Hier Polizeipräsidium Amsterdam, bitte warten Sie . . . bitte warten Sie . . .« Jaap reicht den Apparat weiter, und Maazel lauscht ungeduldig in den Hörer. Während er auf die Verbindung wartet, schaut er prüfend in die Runde. Rutger reibt sich mit einem Taschentuch die schweißnassen Hände trocken und zuckt mit den Schultern, als verstehe er die Welt nicht mehr. Annette mahnt, schnellstens einen Arzt herbeizuholen, da der Puls des alten Mannes beängstigend absinke. Mechanisch erhebt sich Hendrikje von ihrem Stuhl und murmelt:
»Digitalis. Er braucht eine Spritze.«
Annette schaut blitzschnell zu ihr hinüber. Bei dem Wort Digitalis wird sie hellhörig. Sie ist zwar keine Ärztin, aber ihr ist bekannt, daß eine solche Injektion den alten van Gulden umbringen könnte. Sie weiß, daß Digitalis ein Gift ist, das nur in äußersten Notfällen verabreicht wird. Wenn während einer Operation der Herzschlag wie rasend jagt, dann spritzen die Ärzte es mitunter direkt in den Herzmuskel. Und der Puls wird dann meistens wieder normal.
Soukje läuft ein kalter Schauer den Rücken herunter, als Annette sie darüber aufklärt. Sie schmiegt sich an Bas, der gedankenversunken das silbergerahmte Foto auf dem Schreibtisch betrachtet.
Nachdem er mit mehreren Schreibbüros, Sekretariaten und Vorzimmern bzw. mit charmanten Damen, die entweder nicht zuständig oder nur zur Aushilfe da sind, verbunden wurde, bekommt der Inspektor endlich den diensthabenden Arzt an den Apparat.
»Hallo, Doktor Zoutjes? – Ja, hier Erik Maazel. – Ja, paß auf, ich bin in der Villa van Gulden. – Gut, du kennst das Haus. Pack deinen Giftkoffer und komm so schnell du kannst hierher. – Nein, kein Toter. Du mußt jemandem helfen. – Ja, und bring mir aus der Arrestzelle Leo van Gulden mit. – Natürlich darfst du, hab dich nicht so. – Klar doch, ein Beamter wird euch begleiten.«
Erleichtert aufatmend legt der Inspektor den Hörer auf und murmelt undeutlich vor sich hin:

»Hervorragend, dann wären alle beisammen. Und jetzt werde ich Licht in diese ganze unerfreuliche Angelegenheit bringen.«
Er geht zu Bas hinüber, nimmt ihm das gerahmte Foto aus der Hand und hält es in das Licht der Schreibtischlampe, als suche er ein verräterisches Indiz. Während seiner langen Berufspraxis hat er mehr als einmal erlebt, daß man mit Fotografien eine Menge machen kann. Aus einem hellen Anorak wird im Handumdrehen ein dunkler. Retusche nennt man so was. Ein geschickter Fotograf oder auch ein begabter Restaurator macht das auf dem Negativ, dann sieht es später kein Mensch mehr. Als der Inspektor das erzählt, fühlt Rutger förmlich dessen Verdacht. Er lächelt ein wenig gequält. Schließlich hat er einmal Restaurator im Rijksmuseum gelernt, worüber der Inspektor bestens informiert ist. Er weiß sogar, daß Bas' Vater Kunstgeschichte studiert hat und außerdem früher einmal als Rockmusiker in Deutschland erfolgreich war. Er hat schon viel in seinem Leben gemacht. Und so ist es also durchaus verständlich, wenn er wieder mal verdächtigt wird.
Frau Bode ist empört. Entschieden weist sie die Anschuldigungen des Inspektors zurück. Streitlustig funkelt sie Maazel mit blitzenden Augen an:
»Was soll das heißen, Herr Inspektor?«
»Das heißt vorläufig gar nichts, Annette. Ich hab für keine meiner Behauptungen auch nur den geringsten Beweis. Ich kann noch nicht einmal beweisen, daß es diesen Vincent hier im Haus nie gegeben hat...«
Sein Blick wandert durch die Halle, erfaßt die schlaff herunterbaumelnden Leinwandfetzen des van Gogh, streift über Annette, die zum x-ten Male den Puls des alten van Gulden kontrolliert, und bleibt schließlich an Hendrikje haften, die ihr Gesicht in ihren Händen verborgen hat. Sie erschrickt, als der Inspektor sie in ungewohnt scharfem Ton anspricht.
»Aber ich werde beweisen können, daß Mijnheer van Gulden seinen Tee seit acht Jahren mit diesem Zucker süßt.«
Für jeden gut sichtbar, hält er die silberne Dose triumphierend hoch.
»Und ich muß Sie fragen, Hendrikje, warum Sie Ihrem Herrn seit Jahren dieses Herzmittel, dieses, äh... spritzen.«

»Digitalis«, hilft ihm Annette und gibt der vor Staunen gaffenden Runde einige hoch interessante Informationen über dieses Medikament: Wenn man einem Menschen über längere Zeit immer wieder Digitalis verabreicht, wird der Blutdruck schwächer und schwächer. Durch die daraus entstehende mangelhafte Sauerstoffversorgung des Gehirns kommt es zu Bewußtseinsstörungen. Das ist, wie wenn man morgens zu schnell aus dem Bett springt und der Kreislauf plötzlich nicht mehr mitmacht. Es wird einem schwarz vor Augen, man sieht Sternchen, und ein eigenartiges Rauschen macht sich im Kopf bemerkbar. Kein Wunder, daß sich mit der Zeit Visionen und Traumbilder einstellen, die man von der Wirklichkeit nicht mehr unterscheiden kann.

»Wußten Sie davon?« herrscht Maazel die sich in Weinkrämpfen windende Haushälterin an. »Ihr Geständnis, Hendrikje, würde mir die Arbeit erheblich erleichtern und uns allen eine lange Nacht ersparen.«

Statt einer Antwort verfällt Hendrikje in ein lautes Schluchzen, das auch nicht leiser wird, als Annette ihr einen ungehaltenen Blick zuwirft und sie in eindringlichem Ton anspricht:

»Hendrikje, reißen Sie sich doch zusammen. Holen Sie eine Schüssel kaltes Wasser und eine Bürste. Aber bitte schnell, ich kann van Guldens Puls kaum noch spüren.«

Skeptisch schaut der Inspektor der eilig die Halle verlassenden Haushälterin nach. Er hat ein ungutes Gefühl dabei. Bevor er jedoch etwas unternehmen kann, wird er von Bas in Beschlag genommen. Der deutet mit wichtiger Geste auf das silbergerahmte Foto, als habe er eine Entdeckung gemacht. Mit dem Daumen schiebt Bas das Passepartout am linken Bildrand etwas zur Seite, und tatsächlich kommt ein schmaler Streifen zum Vorschein, der ein Teil vom Leuchtturm unten am Strand sein könnte. Bas erinnert sich, daß er am Tage des Unfalls mit seinem Vater am Strandboulevard war. Also ist er das auf dem Bild, kein Zweifel! Er wundert sich nur, daß er bei der Aufnahme nicht sein übliches Fotografierlächeln aufgesetzt hat, wie auf allen Fotos damals. Denn damals fand er fotografiert werden blöd und schnitt dabei immer Grimassen. Wenn man jedoch heimlich abgelichtet wird, sieht man auf dem Foto ganz normal aus! Maazel nickt zustimmend.

Nervös trommelt der Inspektor gegen die Schreibtischkante und visiert unruhig die Tür an, durch die Hendrikje verschwunden ist. Um eine Schüssel Wasser zu holen, braucht sie verdammt lange. Seine Ahnung bewahrheitet sich, als er geht, um nachzuschauen. Über eine der zahllosen verwinkelten Treppen der Hinterfront versucht die verzweifelte Haushälterin, das Haus zu verlassen. Der kalt pfeifende Wind bauscht ihren weiten, ärmellosen Mantel auf und trägt ihr Inspektor Maazels befehlende Rufe ans Ohr:
»Bleiben Sie stehen, Hendrikje. Das hat doch keinen Sinn.«
Doch des Inspektors Rufe können sie nicht aufhalten. Jaap, der die Situation sofort begriffen hat und hinterhergesprungen ist, holt Hendrikje ein, bevor sie in der Dünenlandschaft verschwinden kann. Er packt sie fest an den Schultern, doch sie wehrt sich nicht einmal. Im Gegenteil. Vollkommen aufgelöst fällt sie dem verdatterten Jaap in die Arme und wimmert mit tränenerstickter Stimme:
»Ich habe immer geschwiegen. Aber ich wollte Mijnheer van Gulden nichts Böses tun, bestimmt nicht. Das müssen Sie mir glauben.«
Mit hängenden Schultern und gesenktem Kopf wird sie von Inspektor Maazel und Jaap wieder ins Haus geführt, vor dessen Haupteingang soeben der Dienstwagen von Dr. Erno Zoutjes hält. Schwerfällig schiebt sich der Polizeiarzt hinter dem Steuer hervor und geht gemessenen Schrittes in die Villa.
Im Fond des Wagens kauert niedergeschlagen Leo van Gulden. Er ist mit Handschellen an einen Zivilbeamten gekettet, die jedoch aufgeschlossen werden, bevor Leo zögernd sein Elternhaus betritt.
Als Annette erfährt, daß der kleine, rundliche Mann, dem die Schweißperlen von der Stirn rinnen, der sehnlichst erwartete Dr. Zoutjes ist, berichtet sie von ihren Beobachtungen und Vermutungen und stellt sogar eine Diagnose. Doch welcher Arzt läßt sich schon gerne in seine Arbeit dreinreden! So fertigt er die gutgemeinten Ratschläge erst einmal verächtlich schnaufend ab:
»Ein Wunder, daß er noch lebt.«
Trotz seiner imposanten Körperfülle verrichtet Dr. Zoutjes seine Arbeit an dem schwerkranken van Gulden außerordentlich flink und rou-

tiniert. Annette assistiert ihm dabei. Sie reicht dem Arzt das Stethoskop. Dann krempelt sie dem alten Herrn den Ärmel hoch, legt fachkundig die Druckmanschette an und pumpt sie mit dem kleinen Blasebalg auf, bis das Blut im Arm abgepreßt ist. Dr. Erno Zoutjes schaut ihr prüfend und zufrieden zu. Der Blutdruck van Guldens allerdings gefällt ihm weniger.

»Das Herz ist sehr schwach. Und der Blutdruck ist gerade noch spürbar. Wollte man ihn umbringen?«

Annette zieht eine Spritze auf und reicht sie dem Doktor, der sie injiziert und sich dann, sich die Schweißperlen von der Stirn wischend, an seinen Freund Erik Maazel wendet:

»Du hättest mich früher rufen sollen. Vor ein paar Jahren schon. Was ist denn los mit ihm? Kommt mir vor, als ob er unter dem Einfluß irgendeines Narkotikums steht.«

Inspektor Maazel, der die ganze Prozedur aufmerksam beobachtet hat, zuckt nur mit den Schultern.

»Ja, weiß du, anfangs hatte ich nur eine Vermutung, eigentlich mehr nur so ein Gefühl. Dann wurde ein begründeter Verdacht daraus. Und jetzt habe ich die Beweise.«

Wiederum holt er die silberne Zuckerdose vom Schreibtisch und reicht sie hinüber.

»Hier, probier mal.«

Dr. Zoutjes taucht den Zeigefinger tief in den Zucker, probiert ihn, runzelt die Stirn und strahlt dann wie ein Pfannkuchen über das ganze Gesicht ob seiner Entdeckung.

»Oha, da ist ja auch Digitalis drin. Das sanfte Gift des gemeinen Fingerhuts. Ein reines Naturprodukt. Wunderbar hilfreich in unserer Medizin, aber, in Überdosen angewendet, richtig gemein, es macht dich verrückt. Das ist ja ein Ding!«

Und das vor allem, wenn man ein leidenschaftlicher Teetrinker ist, der entsprechende Mengen Zucker konsumiert, wie Mijnheer van Gulden! Auf der Couch liegend, kommt er langsam wieder zu sich. Sein Gesicht hat wieder eine gesunde rosa Farbe. Seine Züge sind entspannt, und er atmet ruhiger. Vorsichtig richtet er sich von seinem Kopfkissen auf und

erblickt dabei Hendrikje und Leo, die bedrückt auf der anderen Seite der Wohnhalle sitzen. Der Alte bewegt seine Lippen, doch noch ehe er etwas sagen kann, legt ihm Annette flugs den Zeigefinger auf den Mund:
»Bitte nicht sprechen.«
»Ich möchte aber mit ihm sprechen«, wirft der Inspektor ein.
»Das kannst du gleich. Gib dem Alten noch ein paar Minuten, und er ist wieder vollkommen auf dem Damm«, versichert ihm der Arzt, nicht ohne Maazel kräftig, aber freundschaftlich auf den Rücken zu schlagen, so daß der sich prompt verschluckt und hüstelt:
»Es geht jetzt um die Beweise . . . Da oben gibt es ein verstecktes Zimmer. Ein unbekannter Motorradfahrer hat Bas den Schlüssel dazu zugespielt. Ich möchte mit Mijnheer van Gulden, seinem Sohn Leo und Bas in diesen Raum gehen. Kannst du das medizinisch verantworten? Schafft er das?«
Dr. Zoutjes hat nichts dagegen einzuwenden. Sicherheitshalber will auch er mitkommen. Nicht etwa, weil er neugierig sei. Nein, sein Interesse gelte nur der Gesundheit des alten van Gulden!
Das behauptet er jedenfalls.
Und so steigen sich die fünf bald in dem engen Geheimraum gegenseitig auf die Füße. Es ist noch dunkel. Nur indirektes Licht dringt durch den Wandschrank herein. Der Inspektor hat sich dicht neben Leo geschoben, der mit schmalen, zusammengepreßten Lippen auf den Boden starrt.
»Leo, ich werde jetzt die Wahrheit herausfinden. Aber ich möchte Ihren kranken Vater vor einer neuen Illusion bewahren. Sagen Sie die Wahrheit: Hatten Sie jemals einen Sohn Vincent? Und wer war seine Mutter?«
Um seiner Frage den nötigen Nachdruck zu verleihen, schaltet er den Deckenstrahler an, der das Frauenbildnis hell beleuchtet. Der Überraschungseffekt verfehlt nicht seine Wirkung. Der Doktor muß den plötzlich taumelnden van Gulden stützen, der fassungslos stammelt:
»Lene! . . .«
Bas schiebt schnell den abgewetzten Samtsessel heran, in den sich der

alte Herr, nach Luft ringend, fallen läßt. Maazel nutzt den Augenblick. Er stürzt sich auf das Regal, reißt brutal die Babywäsche heraus und wirft sie auf den Boden.
»Niemals hat ein Kind diese Sachen getragen. Dieses Kind hat es nämlich nie gegeben!«
Wie in Trance starrt der alte Herr, ohne auch nur mit der Wimper zu zucken, auf das Gemälde. Seine Stimme klingt seltsam fremd:
»Doch... doch... sie war wunderschön... Sie hatte einen Sohn... Vincent, einen Jungen. Er lebte nur kurz, wie eine hell leuchtende Kerze. Eine Kerze, die zu hell, zu schnell verbrannte. Er hat ein kurzes Leben gelebt. Zu hell, zu schnell.«
Jetzt kann auch Leo sich nicht mehr beherrschen. Es bricht aus ihm heraus:
»Vater, sie ist tot. Lene ist tot. Und Vincent ist in Sydney gestorben, zwei Monate alt.«
Befriedigt nickt der Inspektor. Bas ist erschüttert. Dr. Zoutjes fühlt den Puls des alten Herrn. Mit ruhiger, fester Stimme, aber unnachgiebig bohrt Maazel weiter:
»Was ist vor acht Jahren unten am Strand wirklich geschehen?«
Der alte Frans van Gulden kann die Antwort nicht geben. Er hat die Wahrheit längst verdrängt, wollte sie auch nie wahrhaben. So erzählt Leo, fahl im Gesicht und um Jahre gealtert, mit zögernder Stimme die tragische Geschichte.
»Nach dem Tode Vincents sind meine Frau Lene und ich aus Sydney zurückgekommen. Sie lebte hier im Schloß, kaum beachtet von meinem Vater. Obwohl er sie als junge Frau sogar hatte porträtieren lassen. Mein Vater wollte nicht wahrhaben, daß er keinen Enkel mehr hatte. Er verbrachte seine einsamen Tage in diesem Haus, als gäbe es einen kleinen heranwachsenden Jungen... Er kaufte Kleider, Spielzeug, einfach alles. Er sprach mit jemandem, den es gar nicht gab. Der Fischerjunge von van Gogh wurde für ihn sein Enkel... Und dann gab es da auch noch dieses weiße Pulver, mit Zucker vermischt ermöglichte es ihm einen wunderbaren Traum.«
Leo hat das Segelzeug vom Haken genommen. Krampfhaft bohren sich

seine Fingernägel in den schwarzen Gummistoff, bis er unter der Spannung zerreißt.
»Meine Frau versuchte, ihm zu helfen, über Jahre, vergeblich.« Bis zu jenem Tag im November: Ein stürmischer Wind fegte über das Anwesen, jagte dunkle, tief hängende Wolken vor sich her und peitschte die starke Dünung der Nordsee stärker und stärker auf. Eine kleine, zierliche Gestalt in schwarzer Segelkleidung lief aus dem Schloß durch die Dünenlandschaft in Richtung Strand. Doch es war natürlich nicht Vincent, dem Frans van Gulden hinterherlief. Die Gestalt hatte die gleichen langen, blonden Haare wie Vincents Mutter auf dem Gemälde. Es war – Lene, die gegen die heftigen Böen kämpfte! Voller Verzweiflung schob sie das zerbrechliche Boot durch die Brecher und sprang hinterher. Von der Promenade aus mußte Mijnheer van Gulden hilflos mit ansehen, wie der winzige Segler, schon ziemlich weit abgetrieben, von den mächtigen Wellen hin- und hergeworfen wurde. Dann wurde das Boot von einer gewaltigen Welle erfaßt und kenterte.
»Lene hat sich das Leben genommen.« Leo ist in Tränen ausgebrochen. Die Stimme versagt ihm für einen Moment. »Hendrikje hat nie ein Verbrechen begangen. Sie rief mich an, und ich kam hierher . . . Zu spät. Die Leiche meiner Frau wurde nie gefunden. Fortan glaubte mein Vater, Vincent sei ertrunken. Er hat auch nie nach Lene gefragt: Er verbannte sie aus seinem Gedächtnis.«
»Und Ihr Vater hat all die Sachen hier aufbewahrt, die Fotos, das Portrait, die Kleidung?« fragt Maazel mit gesenkter, fast mitleidvoller Stimme. Keiner im Raum bemerkt die dunkle Gestalt, die sich durch die Schranktür geschoben hat. Erst als sie spricht, wenden sich der Inspektor, Bas und Dr. Zoutjes erstaunt um.
»Nein, das war ich. Ich habe alles hier versteckt.« Beherrscht und mit unbewegtem Gesicht steht Hendrikje im Halbdunkel des Türrahmens. Nur das leichte Zittern in ihrer sonst sachlich-nüchternen Stimme verrät ihre innere Anteilnahme.
»Ich wollte ihr Andenken bewahren. Sie sollte nicht in Vergessenheit geraten. Und nicht die Wahrheit. – Lene war meine Tochter.«

Ein kalter Schauer läuft Bas den Rücken hinunter, als er das hört. Auch Dr. Zoutjes ist sichtlich beeindruckt und stößt, obwohl er äußerlich unbeteiligt tut, schnaufend die Luft aus. Selbst Maazel, der während seiner vielen Dienstjahre schon manche menschliche Tragödie miterlebt hat und so einiges gewöhnt ist, ist beeindruckt.
»Erst sind es nur Vermutungen, dann ein Verdacht, dann sucht man Beweise . . . und dann kommt die Wahrheit ans Licht. Eine Wahrheit, die nichts als Traurigkeit hinterläßt.«
Allgemeine Betroffenheit spiegelt sich auf den Gesichtern wider. Nur Bas ist anzusehen, daß er fieberhaft nachdenkt. Ihm will es immer noch nicht in den Kopf, wie er in die ganze Sache hineingeraten konnte. Sicherlich hat die große Ähnlichkeit zwischen ihm und dem Jungen auf dem Gemälde eine Rolle gespielt. Aber wie hing das alles zusammen? Wie kam der alte van Gulden an sein Foto? Denn ohne dieses hätte es nicht zu all dem kommen können, was sich dann ereignete. Als Bas Leo darauf anspricht, erzählt er stockend, wie alles angefangen hat:
An jenem ereignisreichen Tag hatte Bas mit seinem Vater den Ausflug ans Meer gemacht. Die Seenotrettung hatte das Segelboot an den Strand gezogen, es war leer gewesen, und der alte van Gulden hatte einen Schock erlitten. Damals hatte Maazel ihn, Leo, gebeten einige Aufnahmen für die Spurensicherung zu machen. Und er hatte fotografiert: Das Boot, die Spuren im Sand, die Menschenmenge, die Strandpromenade. Oben auf einer Bank neben dem Leuchtturm hatte er dabei einen kleinen Jungen mit einem gebrochenen Arm entdeckt. Als er ihn durch sein Teleobjektiv anvisierte, war ihm der kleine Bas in diesem Augenblick wie sein eigener Sohn erschienen, der ihm so früh genommen worden war. Leo hatte damals überhaupt noch keinen Plan gehabt, er wollte Bas nichts Böses antun. Er wußte nicht einmal, wer der kleine Junge war, den er knipste. So kam es zu diesem Foto, das er dann seinem Vater gegeben hatte, nicht ohne es zu retuschieren. Leo schlug sich damals als Fotograf in Kneipen und bei Grachtenrundfahrten für Touristen durch. So war es für ihn kein Problem gewesen, das Foto entsprechend zu verändern. Erst als Leo das Foto von Bas in Rutgers Galerie durch Zufall zu Gesicht bekam, nahmen die Ereignisse ihren Lauf . . .

In dieser Nacht kann Bas kein Auge zutun. Unruhig wälzt er sich in seinem Bett und strampelt die Bettdecke, die ihm erdrückend schwer erscheint, herunter. Zwar ist das Verbrechen aufgedeckt, der Knoten des gemeinen Spiels gelöst. Doch damit ist die Sache für ihn noch nicht erledigt. Eigentlich müßte er sich freuen. Der alte Mijnheer van Gulden hat begriffen, daß er niemals sein Enkel gewesen ist und es auch niemals werden kann. Er ist auf dem Wege der Besserung. Außerdem sind die Drahtzieher hinter Gittern. Aber Genugtuung kann Bas trotzdem nicht empfinden. Vielmehr spürt er, daß die letzten Tage ihn verändert haben, daß er nicht mehr derselbe unbeschwerte Junge ist wie vor dem Turnier, für den Eishockey das Wichtigste auf der Welt war. Aber das ist noch nicht alles. Irgend etwas, das spürt er, harrt noch der Entdeckung. Er kann sich des dunklen Gefühles nicht erwehren, daß diese Entdeckung ihm nicht sehr gefallen wird ...

Schon am nächsten Morgen erhält Bas einen Dämpfer. Er, der Kapitän der »Eisbären«, der sich so darauf gefreut hat, an dem das Turnier entscheidenden Spiel gegen die Amsterdamer teilzunehmen, muß dieses auf der Bank erleben. Nicht etwa als Auswechselspieler, sondern in seiner ganz normalen Kleidung. Kaltgestellt von seinem Trainer Jürgen. Der hat ihn bei der Mannschaftsaufstellung überhaupt nicht berücksichtigt, mit dem Argument, Bas solle sich erstmal erholen, womit er seine spielerische Leistung meint. Es schmerzt ihn schon, hilflos mit ansehen zu müssen, wie das eigene Team chancenlos zurückliegt, ohne daß er selber eingreifen darf. Da kann auch Annettes aufmunterndes Lächeln kein Trost sein. Hilfreicher ist da schon das Taschentuch, das Jaap wortlos seinem schniefenden Freund reicht. Bas schneuzt seinen gesammelten Ärger heraus. Und trotzdem hat er die Nase voll. Ihn beherrscht nur ein Gedanke: Er will weg!
Beim Radfahren kann er sich endlich abreagieren. Er tritt voll in die Pedalen, so daß Jaap Schwierigkeiten hat, ihm über das holprige Kopfsteinpflaster der Keizersgracht zu folgen. Mit einer dicken Kette schließen sie ihre Fahrräder an das Treppengeländer der Galerie an. Jaap

knufft Bas in die Seite, um ihn ein wenig heiter zu stimmen. Doch Bas reißt sich los, springt die Stufen hinauf und öffnet die schwere Haustür. Gerade als er den ersten Schritt in die Galerie setzt, fliegt ein Tennisball knapp an seinem Kopf vorbei, knallt gegen die Türrahmen, springt zu Boden und rollt über das Holzparkett zu dem lederbespannten Lehnstuhl am anderen Ende der Galerie, wo er abrupt von einem vorschnellenden Fuß gestoppt wird. Bas steht wie gebannt. Wer mag das sein, dort im Lehnstuhl? Jaap ist es nicht, der steht wie zur Salzsäule erstarrt neben ihm. Leo, van Ling und seine Truppe sind in sicherem Gewahrsam. Wer ist es dann?

Die Verblüffung ist groß, und alle Spannung fällt von ihnen ab: Nicht der erwartete schwarze Motorradfahrer, sondern – Inspektor Maazel begrüßt lässig die verdatterten Jungen. Verschmitzt wedelt er mit den Röntgenaufnahmen.

»Ich bin dir noch was schuldig, Bas. Die Wahrheit . . . Um was es schließlich gegangen ist . . . Das Wichtigste fehlt noch . . .«
Doch bevor er fortfährt, wendet er sich zunächst an Jaap. Der alte Mijnheer van Gulden will an ihm das Unrecht wieder gutmachen, das er seinem Vater angetan hat. Er wird sich in Zukunft um Jaap kümmern und für ihn sorgen. Jaap sieht man die Freude darüber an.

Weniger erfreulich ist das Thema van Ling. Der Chinese und Leo hatten Bas' Leben bis ins Detail erforscht, um ihren verbrecherischen Plan in die Tat umzusetzen. So erfuhren sie auch, daß er sich als kleiner Junge den Arm gebrochen hatte und daß es im Archiv des Amsterdamer Krankenhauses die Röntgenbilder davon gab.

»Vincent kann man überall draufschreiben, das ist kein Problem«, schnauft Maazel verächtlich. Dann zieht er aus seiner Manteltasche ein amtliches Dokument und setzt ein bedeutungsvolles Gesicht auf.

»Die Geburtsurkunde allerdings war echt, denn die sollte ich finden. – Und was Hendrikje betrifft, die unterstützte ihren Schwiegersohn, den Sohn ihres Herrn, mit Geld. Leo wollte sein Glück zwingen, er setzte alles, was er hatte, und die Ersparnisse von Hendrikje auf eine Karte. Doch die war gezinkt beziehungsweise das Roulette war manipuliert, und in kurzer Zeit verlor und verspielte er alles. Schließlich wurden seine Schulden immer höher...«

»Und dann hat er bei meinem Vater auf dem Schreibtisch meine Fotos von damals gesehen, als ich noch klein war, und dann kam er auf die Idee mit dem Doppelgänger«, fährt Bas fort.

Alles ist ihm jetzt sonnenklar. Nur die Sache mit dem Spielzeug bereitet ihm noch Kopfzerbrechen. Er hat es eindeutig wiedererkannt, erst das Jo-Jo, dann die Schlittschuhe und das Kinderbuch. Wie aber gelangten die Sachen in Vincents Zimmer? Wer hatte sie geklaut und dort versteckt?

Eigentlich kommt nur einer in Frage, durchzuckt es Bas. Der Wohltäter, der schwarze Motorradfahrer! Der Mann, der ihn und Jaap vor van Ling gerettet hat. Der ihm den Schlüssel zum Geheimzimmer gab. Der Mann, der frühzeitig erkannte, welches Spiel gespielt wurde, und dann Leos und van Lings Spiel genial durchkreuzte. Und dann auch die Bilder sozusagen in Sicherheit brachte.

Inspektor Maazel schmunzelt, als Bas ihm seine Gedanken offenbart.

»Aber er hat dich auch benutzt, um in das Schloß von van Gulden zu gelangen, vergiß das nicht«, sagt der Inspektor mahnend. Er nimmt ihn väterlich an den Schultern und streicht ihm über das Haar. »Der Motorradfahrer wollte vor allem die Bilder retten. Inwieweit der alte van Gulden bei dem Diebstahl mitgewirkt hat, ist mir nicht ganz klar. Jedenfalls habe ich ihn im Rijksmuseum mit seinem van Gogh-Bild erwischt. Irgendwie muß er ja da reingekommen sein. Und was die Lösung unseres Rätsels, die Identität Vincents, betrifft, so konnte er dir den Schlüssel zum geheimen Raum nur geben, weil er das Gemälde der Frau längst gefunden hatte.«

Bas wird es ganz schwindelig. Sein Kopf droht zu zerspringen. Zu viele Gedanken schwirren auf einmal in ihm herum. Doch vor der immer klarer ans Tageslicht kommenden Wahrheit verschließt er die Augen, er verdrängt sie immer wieder.

Voller Vorahnung geht er zur eichenen Kellertür, schiebt die Riegel zur Seite und läuft die schmale Stiege hinunter. Es ist ein typischer Amsterdamer Keller, ebenerdig angelegt und mit einem weiteren Ausgang zur Straßenseite. Rutger hat hier eine Werkstatt zum Bildereinrahmen und Restaurieren eingerichtet. Auf einer großen Arbeitsplatte liegt das zerstörte van Gogh-Gemälde. Die Risse und Schnitte sind mit einem Spezialklebeband notdürftig zusammengehalten. Bas streicht mit einer Hand nachdenklich über die Naht und blickt sich dabei suchend um. Überall auf dem Boden liegen Hobelspäne und Sägemehl. Am Ende des Raumes, neben der Außenluke, befindet sich ein Verschlag aus massiven Brettern. Normalerweise steht dort ein Metallregal mit Farbtöpfen und Pinseln, so daß man die schmale Tür dahinter bisher nie sehen konnte. Und genau dort vor dieser Tür liegt ausgerechnet in einem Bogen von 45° kein Sägemehl. So, als sei es beim Öffnen weggeschoben worden. Das erregt natürlich Bas' Neugier. Er rappelt an der Tür. Zu seinem Erstaunen ist das Vorhängeschloß nicht eingerastet. Es läßt sich schnell abnehmen. Dahinter erstreckt sich ein schmaler, langgestreckter Raum, den Bas nun zögernd betritt.

Scheppernd fällt die Tür hinter Annette ins Schloß. Sie ist immer noch aufgebracht über die Niederlage der »Eisbären«, obwohl sie mit dem zweiten Platz mehr als zufrieden sein könnte. Trotzdem kann sie sie nicht verwinden. Schon während der ganzen Fahrt zur Galerie ist sie das Spiel noch einmal Zug um Zug durchgegangen, hat sich jede vergebene Torchance, jeden Gegentreffer vergegenwärtigt und dem geduldig zuhörenden Rutger erklärt, welche taktischen Fehler die Jungen gemacht haben. Nun läßt sie sich auf einen Stuhl im Ausstellungsraum fallen, zückt ihre Puderdose und holt tief Luft, um wieder zu einem erneuten Redeschwall anzusetzen. Doch dazu kommt es nicht mehr. Während sie sich mit fahrigen Bewegungen die Nase pudert, erblickt sie im Spiegel der kleinen Dose etwas, das ihr die Kehle zuschnürt und sie wie einen Stein erstarren läßt. Rutger, dem das plötzliche Verstummen seiner Frau seltsam vorkommt, wendet sich ebenfalls um. Hinter ihm steht – der schwarze Motorradfahrer. Rutger ist perplex. Ungläubig mustert er den Fremden von Kopf bis Fuß, von den Lederstiefeln bis zum Helm, versucht vergeblich, hinter dem Visier die Gesichtszüge zu erkennen. Langsam nimmt der Motorradfahrer den Helm ab und gibt sich zu erkennen. Es ist – Bas, dem dicke Tränen über die Wangen rollen und der mit kaum hörbarer, tränenerstickter Stimme sagt: »Ich habe diese Sachen unten in deinem Keller gefunden, Papi. Du bist der schwarze Motorradfahrer! Warum? Warum hast du mir das angetan?« Dann fällt er seiner Mutter in die Arme.

Auf der Eisbahn am Leidseplein herrscht munteres Treiben. Zu den Klängen einer alten, reich verzierten Drehorgel dreht Soukje kunstvoll ihre Pirouette. Snoopy versucht es ihr nachzumachen, landet aber immer wieder, unter dem höhnischen Gelächter von Lutz, Kees und Jaap, unsanft auf dem Hosenboden. Etwas abseits, in dicke Winterkleidung verpackt, lehnen Bas und seine Mutter an der Bande. Nichts von der ausgelassenen Stimmung um sie herum ist bei ihnen zu spüren. Deprimiert und mit leeren Blicken schauen sie aufs Eis, wo Lutz und Snoopy wie die Wilden herumfetzen. Die Kufen ihrer Schlittschuhe stieben Eis auf. Sie versuchen die Amsterdamer Mädchen anzumachen, tollen herum, freuen sich und lachen ausgelassen. Doch dafür scheint Annette heute keinen Blick zu haben. Das ist verständlich nach den Ereignissen der letzten Nacht. Sie bemerkt nicht einmal den Inspektor, der lässig über den Leidseplein herangeschlendert kommt und eine Tageszeitung unterm Arm trägt. Väterlich legt er seine Hand von hinten auf Bas' Schulter.

»Hier, kannst du Holländisch lesen? Mijnheer van Gulden hat seine bedeutende Sammlung dem Rijksmuseum als Dauerleihgabe übertragen. Sie wird nicht nach Amerika verkauft. Dein Vater hat es also geschafft. Und der alte van Gulden hat keine Anzeige erstattet. Rutger braucht sich nicht vor Gericht zu verantworten. Das habe ich eigentlich auch nicht anders erwartet.«

Bas ist niedergeschlagen. Er ist vollkommen fertig. Trost suchend lehnt er den Kopf an die Schulter seiner Mutter, die neben ihm steht.

»Wie konnte er nur so etwas machen! . . . All das nur wegen der blöden Bilder . . . Ich bin doch mehr wert als so eine Sammlung . . . Ich bin doch sein Sohn . . .«

Eine kräftige Windböe erfaßt die Zeitung und wirbelt sie durch die Luft, fegt sie über das schmutzige Kopfsteinpflaster, wo sie sich schließlich im Rinnstein verfängt. Bas blickt gedankenverloren hinterher, ihm ist, als gehe mit dem bedruckten Papier auch ein Teil von ihm dahin. Er ist um eine Enttäuschung reicher. Tief in seinem Innern spürt er, daß sein Leben nicht mehr so sein wird wie vor dem Turnier, nicht so unbekümmert und einfach. Irgend etwas hat sich verändert. Ist es das, was man erwachsen werden nennt? . . .

Inhaltsverzeichnis

Seite

1. Die Reise 7

2. Der Doppelgänger 45

3. Der Diebstahl 89

4. Die Freunde 121

5. Die Entführung 143

6. Die Wahrheit 167